最后一公里

舒风◎著

海南出版社

图书在版编目（CIP）数据

最后一公里 / 舒风著. -- 海口：海南出版社，2018.3

ISBN 978-7-5443-8070-6

Ⅰ. ①最… Ⅱ. ①舒… Ⅲ. ①长篇小说-中国-当代 Ⅳ. ①I247.5

中国版本图书馆 CIP 数据核字(2018)第 039159 号

最后一公里

主　　编：舒　风
责任编辑：陈　霞
封面设计：天一创意
印刷装订：湛江南华印务有限公司
出版发行：海南出版社
地　　址：海口市金盘开发区建设三横路 2 号
邮　　编：570216
电话号码：0898-66816923
经　　销：全国新华书店
网　　址：http://www.hncbs.cn
开　　本：787mm×1092mm　1/16
印　　张：20.25
字　　数：260 千字
版　　次：2018 年 3 月第 1 版　2018 年 3 月第 1 次印刷
书　　号：ISBN 978-7-5443-8070-6
定　　价：39.00 元

就已然情知未然事
於独居地見大众心

"最后一公里"出版贺
柳斌

序

精神家园就是“天”

敢　峰

人生在世，除了有一个物质生活家园，还有一个精神家园。物质生活家园不可缺，那么精神家园呢？

如果说，物质生活家园是“地”，那么精神家园就是“天”。

什么是幸福？从个人和家庭来说，就是这两个家园的和谐统一。

舒风的新著长篇小说《最后一公里》，是以人生为主题，用串珠手法从主人公的儿童、少年、中年一直写到老年。贯穿其中的红线，就是精神家园问题。对于女主人公柳笛来说，快乐的童年，初恋遇阻，命运捉弄，“文革”灾难，人间百态，再加上风烛老年时的“世代隔膜”，心灵孤苦，这是一幅什么样的精神家园图呢？我不知道怎样才能说得清楚。最后女主人公在无可奈何中导演了一出人生奇剧，也算勉为自慰地圆了初梦，以此画上人生句号，走完了人生“最后一公里”。这对于小说的女主人公来说，最终也算是自我解脱了，但剧终人去，其他一切并没有结束，把需要回答的问题被留在了人间。

柳笛的女儿芽芽得到妈妈去世的音讯后的第一反应会是怎样呢？是不信？是悲痛与后悔？还是埋怨“在美国生活得好好的，

非要回国，给我们添麻烦”？如果芽芽回国料理母亲后事时，知道了隐秘的真情呢？

读者读了这部小说，反应又是什么呢？肯定不相同。老人、年轻人和各种不同经历的人，会有种种不同的看法和感想吧！

尽管时代不同了，但同样的主题在变换了新的环境和主人公后，还在继续演绎啊！

如果要问我的看法，现在我真的还回答不了。我只能说，这比解数学四色定理难题还难。我为什么把这两个问题联系在一起呢？因为最近半年，我夜夜搞到两点多，刚写完《海岛理论与四色问题——再证四色定理兼论拓扑思维》，随即发到中国博士网上，整个心神还没有转过弯来。舒风邀我给他这部长篇小说写序，我一时怎么理得清人生道路上和感情王国中这个“剪不断理还乱”的难题呢？倒也奇怪的是，我没有想到在翻来覆去读这部小说文稿的过程中，竟然把这两个“牛头不对马嘴”的问题，在思想上联通起来了：在精神家园中也同样有个“四色问题”啊！用抽象的语言说，就是两者都是要解决交叉（矛盾），达到新的平衡。在精神家园中，同样不可避免会出现这个问题和需要解决这个问题的时候。在《最后一公里》这部小说中，不就是在演绎这个问题吗？杨冰、柳笛、柳絮三个主人公之间的交叉，已经转换为平衡与和谐态了，互相成了好朋友。但柳笛在人生的“最后一公里”期盼重建新的精神家园时，由于女儿、女婿不懂事理（不仅是“世代隔膜”），又出现了新的矛盾交叉，没有得到妥善解决，使她感到绝望，导致离开女儿、女婿和外孙，孤苦回国。最后，深埋在心底的感情终于像“死火山”喷发那样，企求重温一次早年破灭了的旧梦作为自慰，以此画上自己的人生句号。

我匆匆翻阅了《最后一公里》，心情是沉重的。我无心从文学审视的角度来评论它，也不忍对女主人公柳笛的最后选择再说些什么，更难以回答小说中揭示的问题。只想也只能就其中的一个核心问题——精神家园问题，在一般性的层面上谈一些粗浅的认识。

精神家园和家庭，一般来说是紧密联系在一起的，可以比喻为两个大小不同的同心圆重叠在一起。家庭是精神家园的重要基础，但不是唯一的基础。精神家园是家庭的上层建筑，但不仅是家庭的上层建筑，同时还覆盖着家庭之外的广阔领域。就像鸟儿有自己的窝，还有一个飞翔的广阔天空。建立美好、和谐与幸福的家庭，是精神家园的重要基础，也是人人都在追求的理想。这里需要说明的是，我只是从广义的精神家园的视角，提出几个问题和谈自己的看法。

第一，人生在世，都有一个精神世界和精神寄托的地方，这就是精神家园。从儿童到老年，人的精神世界和精神家园也是随着年龄、境遇、追求的变化而变化的。因此，从个人到家庭到社会，一定要重视和关心人的精神家园（包括家庭生活不幸的人的精神家园），而且要使其成为健康的、美好的精神家园。莫使人成为没有精神家园的流浪汉，更不能任凭一个人构建邪恶的精神家园。在当前的中国社会，由于环境快速与巨大的变化，出现了许多新的问题，关系和影响着人的精神家园的建立，这些都亟须好好研究啊！

第二，要自重，同时要尊重他人的人格。人格是人的立世之本。人生于世，无人格何以为人？同样，人格也是精神家园的支柱和守护神。由于年龄、环境和经历等各种主客观原因，每个人的精神境界和追求也存在差异，在生活和交往中难免会出现矛盾与不和谐，需要正确对待和处理。其中首要的一点是，无论对什么人都一定要首先尊重对方的人格，即使是家庭成员间也要互相尊重。但是社会上往往有这种情况：强势的人不尊重弱势的人的人格，成年人不尊重未成年人的人格，父母不尊重幼年儿女的人格和儿女不尊重年迈父母的人格，健康人不尊重残疾人的人格，执法者不尊重罪犯的人格，这些都是错误和有害的。人格有高尚的人格、健康的人格、不健康的人格、扭曲和变异了的人格，这些都应区别对待。人格的教育和培养、矫正和治疗，都是非常重要而且复杂的问题，在这里就不多谈了。

第三，要善于与人沟通和交流。诚以待人，信以立己。情通才能理达，才能化解矛盾，增进和谐和友谊。这是一门大学问，是精神家园的窗户，使新鲜空气流通（同时也要安上纱窗，防止蚊蝇飞入），庭院中的“半亩方塘”才能不断注入活水。读书（包括利用现代媒体）是一种高层次、宽领域的沟通，涵盖古今中外，更是丰富精神家园不可或缺的重要手段。

第四，要胸怀坦荡，意志坚强。志向高远些，心胸广阔些。遇烦恼事要想得开、放得下。对人讲恕道，不抱成见，能容不同意见和对自己的议论，能原谅别人说错了话、做错了事，宽恕冒犯了自己的人。遇不幸事，要挺得住，天塌不下来。遇困难事，毅然面对，把精神家园建成坚固的堡垒。

第五，要有高尚的生活情趣，多参与一些健康和有益于身心的休闲活动。同时也不怕寂寞，不怕坐冷板凳，能自得其乐。这是精神家园的休闲“港湾”。十年寒窗苦，一颗平常心。眼界高远一些好，兴趣宽广一些好，各种喧嚣少一些好。家国情、亲情、友情、同事情、邻里情、师生情、同窗情、同乡情、山水情、花木情……人人、事事、处处皆有情，还有寓于书中、文物中和艺术品中的各种情愫。只要不自困愁城，何惧寂寞之有？怕只怕被钱、权、名的枷锁套住，怕只怕被膨胀了的私欲抛入深渊，怕只怕干坏事被世人唾弃啊！

回过头来还得再次说几句关于作者的话。舒风已是年过八十岁的老人了，近几年抱有病之躯，大部分时间蛰居海南，他是怎样养老的呢？闭门奋战，一年一部长篇小说（还有其他作品）问世。诸如《活出个人样》《河湾镇的女人们》都是独具一格、生活气息浓郁的现实主义巨著，有血、有肉、有灵魂，活生生的。这是他在自己人生的“最后一公里”道路上的驰骋啊，以此来构建他最后阶段的精神家园。可圈、可点、可钦、可感、可羡啊！他驰骋的身影哪里像个八旬老人，连身处壮年的一些朋友都难比肩啊！谁说人老成废物？秋蝶也可化春蚕，织出人间锦绣，让因历史原因失去了的青春旧梦，似旭日之东升，再现长天秋水间吧！

最后，录 2012 年所写的诗《秋韵》以做结：

秋山壮丽，秋水迷人。

秋风浩荡，秋月有情。

秋云似马，催我远行。

斯秋韵也，率土之滨。

2017 年 4 月 20 日深夜

于北京碧水云天寓所

目 录

一、勾魂电话

1

寒冬腊月的五指山市，风和日丽，温暖宜人，街上矗立着的大广告牌上写的“这里四季如春”，特别引人注目。2016年的腊月下旬，怡然小区里显得格外宁静。来海南躲避严寒的老人们吃过早饭，有的拄着拐杖，有的互相搀扶着在健身大道上漫步，坐在亭子里、花廊里两边的护栏上聊天，更有兴致的老人在湖心岛上垂钓。这天上午，年过八旬的杨冰陪着老伴柳絮，在小区健身广场的花坛旁边坐了一会儿，和几位来自北方的老人聊了一些故乡的趣事儿，便搀着老伴回到自已的寓所里休息。

杨冰年轻时稍不注意，一着凉就感冒，咳嗽发烧，吃药打针，闹三五天就痊愈了。但他年过七十以后，冬天里就咳嗽不止，吃药打针后好不了三五天就又犯病，而且还带上了喘。柳絮说：“你老了，身体免疫力低了，晚上常熬夜累的。以后不要熬夜了，早点休息，这么大岁数了，还写什么东西?!”

杨冰说：“不怪熬夜写东西，咱们邻居老张，从不写作，晚上九点准时上床睡觉。他每年冬天喘得躺不下，咳嗽得无法入睡，这是病，不怪熬夜写作。”

柳絮说："你到医院做个 CT 检查一下，看看到底是怎么回事。别是得了肺结核或别的什么病。"

杨冰说："一个月前体检刚做过透视，肺没问题，就是纹理粗些。但今年冬天一咳嗽，牵扯得背部都疼。"

柳絮说："你别太大意了，有的人检查多次没事儿，后来发展严重了，再检查成了癌症晚期。总之，有事要早办，有病要早看。"

有一天杨冰和柳絮一块儿看电视播放的"保健讲座"，一位呼吸道专家讲："有些人的哮喘，是过敏性哮喘。北京所在的华北地区，空气中有几百种过敏原。长江以南，就没有华北这些花草树木，这部分患过敏性哮喘的患者，到了南方就不得这种病了。"

杨冰听了对柳絮说："我那年冬天到三亚出差，住了半个月，哮喘没犯，当时也没注意。要不这个冬，咱俩去三亚过。如果哮喘不犯，咱就在三亚租套房子，每年冬季在海南住。"

柳絮说："咱先去三亚住一个月看看，真像专家说的那样，咱在三亚买套房子也行。如果还像这样咳嗽，咱住半个月就回来。"

杨冰说："好，一切都要经过实验，实践是检验真理的标准嘛！"

当天杨冰就在网上买了飞三亚的机票。两天后，杨冰夫妇到了三亚。他们通过朋友，在山屿湖度假村租了一套房子。三天后，杨冰就不再气喘和咳嗽，便停了药。

杨冰夫妇立即商量着在三亚买房子，一位朋友知道了便出主意说："真要在海南养老，你可以在五指山市买套房子。那里房价比三亚便宜，最可贵的是，那里的山区负氧离子每立方厘米一万多个，是全国最高的。我给你们拿来了一套材料，可以和三亚比较一下，那个城市更适合你们常年居住。”

杨冰夫妇拿到资料，立即贪婪地读起来。

五指山市年平均温度22.4℃，夏季日平均温度25℃，冬季日平均温度20.8℃，相对湿度84%，日照时数全年平均2122。6小时。这里的负氧离子含量每立方厘米10000个以上、负氧离子具有改善肺功能，促进新陈代谢，增强免疫力，改善睡眠等效果。五指山市由此又获得“天然氧吧”的美称，是全国空气最好的城市之一。

柳絮看完资料后说：“百闻不如一见，咱抽空去五指山看看。”

两天后，杨冰夫妇便搭乘看房班车来到五指山。他们当即就看中了怡然小区的房子，立即签了购房合同并交了定金。

杨冰夫妇的居室在17层，客厅和卧室都朝阳。客厅被阳光照得明晃晃，杨冰一进门立即就拉上了窗帘。

柳絮坐在沙发上，睐着眼睛说：“今天是腊月二十三，过‘小年’，祭灶。咱老家有句儿歌‘二十三，糖瓜粘，大人发愁孩子欢’。现在变了，是大人高兴，孩子欢了。”

杨冰说：“儿时的事儿你总是记得很牢，常常念叨。”

柳絮说：“这是老年人的最大特点，年轻人总是展望美好的未来，老年人没事了就爱回忆过去。年代越久远记得越清晰，不管是幸福美好的岁月，还是艰难痛苦的日子。”

这时茶几上的电话突然铃声大作。杨冰拿起话筒一接听，是远在W市的柳笛打来的。柳笛说：“今天是腊月二十三，买了关东糖没有？晚上该祭灶了。”

杨冰说：“在海南岛到哪去买关东糖？你还记得这些家乡的老风俗。”

柳笛说："老风俗一辈子忘不了啊！柳絮身体好吗?"

杨冰说："挺好的。她让我代她祝你身体好，多买好吃的，过一个幸福的春节。"他说完就把电话挂断了。杨冰不想让柳絮与柳笛说话，多一事不如少一事。

柳絮在沙发上靠着软软的靠垫闭目养神，她连眼皮也没抬，轻轻问了句："谁打来的电话?"

杨冰说："是柳笛打来的。"

柳絮说："柳笛比我大一岁，一晃，过了春节她就八十二周岁了。"

杨冰说："人生怕'三晃'，一晃长大了，一晃就老了，再一晃就入土为安了。"

柳絮说："这是自然规律，是任何人都改变不了的。"

2

午饭后，柳絮便躺在床上，盖着薄薄的棉被睡了。近年来，柳絮常常看着电视就合上双眼迷迷糊糊地睡着了，用她的话说是"越来越没阳运"了。

杨冰刚脱掉外衣换上睡衣要上床休息，这时客厅的电话铃又响了。他心想：这一定是一个不常来往的人打来的，熟悉杨冰生活习惯的人，从来不在午后打电话给他，知道这是他雷打不动的午睡时间。杨冰穿着睡衣，敞着怀来到客厅接听电话，听筒里说话的还是上午打电话的柳笛。她轻轻说："打扰你了，柳絮睡了吗?"

杨冰轻轻说："睡了。"

柳笛在电话里说："她睡了觉，我就多说几句。冰哥，我这一辈子在最困难的时候总是你向我伸出援手，我却无以为报，欠你的太多了，心里总觉得对不起你。今天是腊月二十三，再过十九天就是正月十二日。我每逢想起六十八年前的正月十二日晚上，想起少年时代的往事儿，想起我们的初吻，我的心里就翻江倒海，不能自已。”

杨冰说：“我们都是八十多岁的人了，过去的事儿就不要提它了。”

柳笛说：“你越不让我提它，我越感到愧疚，心灵越受到谴责！”柳笛说到这里，声音哽咽了，最后哭了。哭了片刻，柳笛拿着话筒，断断续续地，如泣如诉地唱了一首用旧调填新词的歌：

……如果没有遇见你，我这一辈子将平淡无奇，也不知道爱情甜如蜜，人生也不觉得珍惜。自从了解了你，尽管时光匆匆流去，我只在乎你，心甘情愿感染你的气息。人生能够得到一位知己，失去生命也不觉得可惜。所以我求求你，在我临死时还能见到你，希望你陪我走完人生最后一公里。我只求见到你，愿意死在你的怀抱里。

你说你的生命是我给的，所以我求求你，在我临死时还能见到你，希望你陪我走完人生最后一公里。我只求见到你，愿意死在你的怀抱里。

所以我求求你，在我临死时还能见到你，希望你陪我走完人生最后一公里。我只求见到你，愿意死在你的怀抱里。

……

这最后几句歌词，柳笛反复唱起来没完没了。杨冰只好说：“小笛，咱不唱了。我知道你的心意。”

柳笛在电话里固执地说：“你知道什么！你什么也不知道。”

杨冰说："我知道你心里深深爱着我。我们都老了，把这份真挚的爱情深深埋在我们的心底，珍藏起来吧！"

柳笛说："冰哥，我求求你，你快到W市来吧，我将不久于人世！"

杨冰说："小笛，别说傻话，你不会死，要顽强地活下去！"

柳笛说："冰哥，你来吧，我愿死在你的怀抱里……"

杨冰说："小笛，今天过'小年'，咱应该说点高兴的事，不要说这些。"

柳笛说："我没有高兴的事，我思前想后，看不到一点儿希望，看不到一点儿光明。我心里愁肠百结，怎么能说出高兴的话？我想来想去，我就盼望你能到我的身边来，这就是我的愿望。"

杨冰说："你要想得切合实际点儿，如果净想一些办不到的事儿，那当然就难过了，悲观了，失望了。"

柳笛说："冰哥，你买张机票就可飞到W市，这不是多么难的事，就看你愿不愿意来看我了。"柳笛说完长叹了一口气就挂断了电话。

3

杨冰好不容易挂断了电话，他再也没有睡意，靠在沙发上，六十八年前的画面又一幕一幕展现在他的眼前。

杨冰是杨家屯的，柳笛是柳林庄的，两个小村只隔着一条东西大道。柳林庄在大道南边，杨家屯在大道北边。大道往西走十多里就是县城，往东走十多里就是本县的一个大镇子康庄。每逢县城和康庄市集日，这条大道上推车的、挑担的小商贩和赶集买卖农副产品的农民，从天亮到傍黑，就来来往往络绎不绝。

杨家屯多数姓杨，柳林庄多数姓柳。两个村只隔着一条大道，就好像一个村子。卖豆腐的在柳林庄的街上一敲梆子，杨家屯急着做饭的大娘就端着一碗黄豆，跨过大道到柳林庄换豆腐。卖香油的在杨家屯一敲铜锣，柳林庄的媳妇就端着一碗芝麻到杨家屯换香油。冬天里，杨家屯腿脚快的年轻人从柳林庄买了豆腐走到家，豆腐还冒着热气，你说两个村有多么近吧！

杨冰的家在杨家屯前街，柳笛的家在柳林庄后街。两家虽说是两个村，实际上只隔着一条大道。柳笛娘和杨冰娘在娘家就是当家子姐妹，出嫁后两个人的婆家虽然是两个村，但两个人经常互相交流做婴儿衣裤的经验，说个家常话，不用出村，只要在院子里趴着墙头喊几句，就互相听得清清楚楚。

柳笛家房后有一个二亩多的果树园子，有桃树、杏树、梨树、苹果树、枣树、还有柳笛爹嫁接的面梨树、黑枣树等。到了果子熟的时候，柳笛爹柳贵摘了桃、杏等水果，装在筐里挑到集上或四乡去卖，附近三里五里的老乡都认准柳贵的桃甜杏好吃，鸭梨的水分大。柳笛家日子过得红火，家庭殷实。

杨冰他爹叫杨发家，父母给他取这个名字，就是指望他这一辈能发家致富，可是他苦干几十年，到老也没富过。杨发家是个泥瓦匠，他手中的七寸瓦刀，既能盖高楼和瓦房，也能给穷人垒土坯窝窝。一开春他就在自己的二亩半地里忙活，自己地里没水井，只能死皮赖脸，给邻家说好话，借人家的水井，“接把儿”①浇浇自己地里旱蔫巴了的庄稼。邻家的一眼水井安着水车，另一

① “接把儿”，即利用别人吃饭、喂牲口的工夫，插空儿浇庄稼。

眼水井有两个辘轳用柳罐提水浇地，杨发家一个人用辘轳提水，水在旱透的地里根本就流不动。他只好让自己的妻子一块去拧辘轳把子。六七岁的儿子杨冰还是个贪玩的孩子，就勉强拿着小铁锹去改畦。每天早晨和晌午接两个“把儿”，也浇不了多少地。杨发家从春忙到秋，地里的收成有限，根本不够一家两口半人的嚼裹儿。一到冬天，杨发家就腰里掖着瓦刀走四乡，去揽泥水活儿。到了冬天，杨发家省吃俭用，挣的钱刚补足一家两口半人的吃用。

杨家屯和柳林庄因为紧挨着，两个村的管事人商量着在杨家屯村东口合着盖了一所完全小学。一至四年级的都是这两个村的孩子，五六年级的除了本村的学生，还有一些外村富户的孩子。杨冰和柳笛，因为两个人的母亲在娘家是堂姐妹，这两个孩子从小就在一起玩儿。杨冰比柳笛大几个月，两个人自幼就以兄妹相称。杨冰娘挂在嘴边上的话是：“冰，你是哥哥，各方面都要让着妹妹。”柳笛娘总是说：“小笛，你是妹妹，与哥哥一块儿玩，不要争，不要抢。”

两个孩子六七岁时，就被送到村东口小学上学。两个孩子自小就在一起玩儿，很自然就挨着坐在一起，合用一张课桌听课。没几天，老师发现杨冰和柳笛在课堂上总是小声说话，有时还你打我一下，我捅你一下，像两只小猫一样，互相厮缠扭扯。老师便把他俩的座位分开了，最初还有效。有一天上着课，柳笛站起来念完生字，老师让她坐下，没想到柳笛一下坐空了，一屁股坐在地上，逗得全班哄堂大笑，柳笛却红着脸哭起来。原来是杨冰看见柳笛站起来，他就像猫一样爬过来，轻轻把柳笛的凳子移开了。

柳笛和杨冰在学校形影不离，放学回到家里，两个孩子不是在柳笛家屋后果树园子里玩捉迷藏，追打嬉戏，就是柳笛在杨冰家帮着杨冰识字，补上因为砍草或到地里改畦落下的功课。杨冰非常聪明，在识字做算术题方面柳笛一说他就明白了。杨冰虽然因干农活落下一些功课，但考试成绩一点也不差，有时还考全年级第一，经常被老师夸奖。

杨冰和柳笛十四五岁时，上了六年级。两个人不是在杨冰家的堂屋里做作业，就是在柳笛家的堂屋里看旧小说。因为柳贵识些字，爱看闲书，比如什么《西游记》《水浒传》《三国演义》《红楼梦》《彭公案》《施公案》《三侠剑》，他借到什么书就看什么书。杨冰和柳笛在做作业之余，摸到什么书看什么书，其中的文言部分看不懂就跳过去，隔二偏三地蹦着看。柳贵在县城卖水果，看到书摊上有什么喜欢的新鲜画报、杂志就买回来，这些书也成了他们的课外读物。因此，杨冰和柳笛比同龄的孩子懂的知识多。但他们终究还是孩子，即使刚刚跨入少年时代，他们也没有完全脱离孩子气，有时也会无拘无束地尽情玩耍。

4

这年冬天，杨冰和柳笛六年级毕业，学校放寒假早，让他们准备明年春天县师范招生考试。腊月二十三这天，杨冰在柳笛家一块复习功课，学习累了便跑到柳笛家果树园里玩。这天风和日丽，阳光照在身上暖洋洋的。柳笛忽然说："冰哥，我们玩捉迷藏怎么样?"

杨冰说："好啊，你先藏起来，我找你!"

柳笛说："你到院子那边去，我说'开始'，你就找。"

柳笛藏在一个麦秸垛里，被杨冰找到了，他要把柳笛拖出来用鞋底打她的屁股。这是玩捉迷藏前规定的“惩罚”，一边打还要一边念着：“钉子钉，凿子凿。问问大官小官饶不饶？”如果旁观者或一块儿玩的人说“不能饶”则继续打。柳笛坚决不让打，杨冰硬把柳笛拖翻在麦秸上，两个孩子紧紧抱着在麦秸上打滚，滚过来滚过去，杨冰第一次感觉到女孩子肢体的柔软，柳笛也同时感觉到男孩子肢体的坚实有力。两个人同时体味到一种不可名状的快感，所以谁也不愿松开自己的胳膊。最终还是杨冰把柳笛压在身下，他骑在柳笛身上，脱了鞋子要用鞋底打柳笛的屁股。柳笛苦苦哀求道：“冰哥，饶了我吧，别打了，怪疼的。”

杨冰说：“不能饶，我可以打轻点儿。”

柳笛说：“冰哥，你骑着我，打我的屁股，就是轻轻打也怪难为情的。”

杨冰说：“你不让我打，就得认罚！”

柳笛说：“好，我认罚。你罚我什么吧？”

杨冰说：“好，让我想想，罚你什么！”

柳笛亲热地说：“我叫你十个‘亲哥哥’行吗？”

杨冰说：“不行，你平时就叫我‘哥哥’。”

柳笛说：“只是叫‘哥’，没有‘亲’字啊！”

杨冰说：“加上‘亲’字也不成。”

柳笛急了，她扳着杨冰的脑袋说：“我长大了，你娶了我……行吗？”说着同时把嘴唇贴在杨冰的脸蛋上亲了一下。

杨冰满意地笑了笑，从柳笛的身上懒懒地站起来。

杨冰和柳笛只顾尽情地玩，他们没想到柳笛爹正在果树园里修剪果树，这一幕被柳笛爹从头到尾都看到了。柳笛爹大声嚷道："别闹了，你们两个都大了，以后不要这样闹着玩，让别人看见像什么话！杨冰快回家吃饭去！"

杨冰不好意思地耷拉着脑袋，蔫蔫地回家了。柳笛爹又悄悄说了柳笛一顿："你都十五的大闺女了，以后与杨冰不要这样玩！"回到屋里，柳笛爹又严肃地对柳笛娘说："闺女大了，以后少让她与杨冰在一起玩，应该教育咱闺女懂得男女有别。"

柳笛娘说："他俩从小就在一起长大的，又一块上学，怎能生硬地分开他们！"

柳笛爹看了一眼正在外屋饭桌摆放碗筷的女儿说："不要说了！要不说你妇道人家见识浅，当着孩子的面，不说这个了。"

晚上，柳贵与妻子躺在炕上又小声说起闺女的事儿。柳贵把上午在果树园里看到和听到的情况对妻子说了，然后说："我想来想去，咱的闺女大了，应该及早寻个婆家，到十八九岁就嫁出去。俗话说'女大不可留，留来留去是个仇'。在家里闹出丑事，后悔就晚了。"

柳笛娘说："看你说的，咱小笛不是那种疯丫头。我的闺女，我心里有数。他们从小就在一起玩，过家家，扮演夫妻。我和杨冰他娘都见过，这些年了不是也没出事吗？"

柳贵说："这种事可大意不得，要出事儿就是大事儿，到那时真成了'粘糕掉到灰堆里——吹不得，打不得'，你就傻眼了。东街柳老惠的闺女，多么稳重，知大知小，大门不出，二门不迈，从不疯跑，从不跟那些坏男人们说笑。突然她肚子大了，气得老惠要打死闺女，老惠妻子也气得寻死觅活的说'没脸见人'了。你知道老惠闺女的肚子是怎么大的，孩子是谁的？"

柳笛娘说："不知道。那么好的闺女怎么能做出这种丑事儿?!”

柳贵说：“最初我也纳闷，后来她闺女被逼急了，才说出实情：孩子是她表哥的。姑舅表兄妹，从小在一起玩大的，谁想到他们竟玩大了肚子。所以我说，咱们家小笛也得管严些。”

柳笛娘说：“你说怎么管才算严?”

柳贵说：“最简便的方法就是不让小笛和杨冰在一起厮混。要想彻底解决这个问题，就是给咱小笛寻个婆家，让小笛和杨冰都死了那条心。”

柳笛娘说：“咱小笛长得俊且不说，她懂识文断字，又有文化。随便寻个长得平常、不识字的小伙子，不要说咱小笛不会答应，咱做父母的也不忍心啊!”

柳贵说：“你说怎么办呢?反正这事不能再拖了，如果像今天上午那种玩法，一旦‘生米煮成熟饭’就晚了。”

柳笛娘说：“真要是‘生米煮成熟饭’倒好办，立即让他俩拜天地成亲。”

柳贵说：“他杨家那么穷，日子过得那么紧巴，怎么能给闺女寻个穷婆家，一过门就和丈夫过那种‘面朝黄土背朝天’的苦日子，和杨冰娘一样去地里拧镳铲把子去。今天晚上不说了，我太累，明天一早我还得起来赶集去!”

5

第二天，天刚蒙蒙亮。柳笛娘给柳贵煮了两碗挂面，下了两个鸡蛋，打发柳贵吃饱了，挑着一担鸭梨去县城赶集了。柳笛娘把家里的杂事料理清，一个人就坐在炕上纳鞋底，心里七上八下地想着闺女的婚事儿。她越想心越烦，不由得自言自语地说：“人们都说养闺女事儿多，果然麻烦，养个秃小子就省心多了。”

柳笛娘忽然心里有了主意，觉得这事儿不能傻等，“凡事都是先下手吃肉，后下手喝汤”。万一别人先找了媒人，把闺女许给了杨冰怎么办？自己一定要想办法，找个媒人去撮合一下。柳笛娘正在愁眉不展想办法时，忽然大门“嘎吱”一声被推开了。柳笛娘透过窗棂的玻璃，看见村里有名的媒婆张名嘴闪身进来。张名嘴进了院，扭哒扭哒地走到院中间大声问：“怎么这么安静啊，家里没人呵？”

柳笛娘心里高兴得不得了，忙从里屋走出来，迎在堂屋门前说：“哎哟，俺她大妈，您怎么这么稀罕啊，哪阵风把您吹来了？”

张名嘴说：“风可吹不动我，是咱家招人喜爱的俊俏闺女吸引我来的。”她边说边随着柳笛娘进了堂屋，也没等柳笛娘让坐，就拽过一个杌子坐在柳笛娘对面。

柳笛娘开玩笑说：“俊俏闺女吸引小伙子吧，怎么还吸引你这大老婆子啊！”

张名嘴说：“我这个人没有别的本事，专门给俊俏闺女找女婿，给漂亮小伙儿寻媳妇。我这辈子不知道说成了多少门亲事儿，积了多少德。哪个村都有几对被我撮合的恩爱夫妻，我走到哪个村都有人请我吃饭。”

柳笛娘笑了笑，把事儿挑明了说：“听了老嫂子的话，我才知道您是特意给俺小笛说婆家来了，不知道说哪村哪家的小伙子。”

张名嘴说：“我给咱小笛说的婆家，你打着灯笼找十乡八村都找不到。我晚上躺在炕上就琢磨，咱小笛这么俊的闺女，到哪里去找配得上的漂亮小伙儿呢？我一个村一个村地找，拨拉过来拨拉过去，一个一个地去衡量，最终我选了一个最棒的小伙子。这孩子非常聪明，念书经常考第一。相貌是全天下第一的俊，盖世无双的漂亮。”

柳笛娘听了“咯咯”笑着问：“您说得这么好，婆家到底是哪里啊?”

张名嘴因为急着夸奖男方聪明、漂亮，两个嘴角都溢出了白沫，她用手抹了一下嘴巴，神秘地小声说：“我说的不是别人，就是成天和咱小笛一块上学读书的杨冰，怎么样?”

柳笛娘也笑了说：“说了半天，原来近在身边啊。杨冰这孩子是有出息，长得也俊，只是家里不太富裕，日子紧巴点儿。”

张名嘴说：“日子虽然紧巴点儿，但也够吃够喝。再说，你不要只看眼前。将来杨冰和小笛高小毕业，都考上咱县的师范，出来就是小学教师，两个人一个月挣几十块钱。一个月一个秋，挣的钱一家子四口人花不完。再加上他爹杨发家在四乡盖房子，也挣不少钱。到那时，杨家的小日子会过得很红火的。”

柳笛娘说：“我不是嫌贫爱富的人，给闺女找婆家主要是要寻个好女婿……”

柳笛娘的话还没说完，张名嘴就把话接过去说：“杨冰人长得俊，这个没挑儿。他有才学，为人忠厚老实，这是乡亲们公认的。这么好的小伙儿不好找啊！”张名嘴说到这里，她把声音压低了说：“还有个情况我忘记告诉你了，听说最近有许多说媒的去给杨冰说媳妇，我也去说过。有的女方答应供着杨冰念书，有的女方家里地多，愿意送给杨家几亩好水浇地。咱村东头柳富家的独生女柳絮，长得出奇的俊，柳富愿把十亩好地和一处宅院作为陪嫁，把闺女许给杨冰。杨冰的爹娘高兴得要命，没和儿子商量就答应下来。杨冰知道了和爹娘大闹一场，马上要送订婚帖子了，硬退了亲。问杨冰为什么不愿意，杨冰嫌柳絮不识字。后来我又给杨冰说了一个闺女，人家在县城高小念书，杨冰也不愿意。他娘问他为什么，杨冰说，不认识，没感情。后来我想来想去，只有咱小笛符合杨冰的心意，有文化，又俊俏，最重要的是两个人从小在一块玩儿，一块儿读书，又对脾气，杨冰准满意。”

柳笛娘听了，笑笑说：“您既然觉得咱小笛合适，那就麻烦您，去杨家提提。成也好，不成也罢。咱也不想去攀他的高枝儿。”

张名嘴忙说：“那是自然，咱这么好的闺女，又不愁婆家，咱求他干什么?!”

6

这天张名嘴刚从柳笛家出来，街坊们就把她围住了。大家知道她来柳笛家是给柳笛说亲的，多事儿的娘们忍不住，便直截了当地问张名嘴：“你给柳笛找了个什么样的婆家啊?”

张名嘴说：“这件事儿保密，不能随便告诉你们!”

有位大婶鬼机灵，说：“我们早就知道你说的是谁，还给我们保什么密呵?!”

张名嘴说：“你早就知道还问什么?”

这位大婶说：“大家都说你专门给漂亮闺女找个丑女婿，把鲜花插在牛粪上。大家伙担心你给柳笛找个丑八怪，所以才问你。”

张名嘴说：“你们放心，这次我介绍的是个人尖子。”

那位大婶说：“你思想老了，跟不上时代，你认为漂亮不一定漂亮。你说出来让大家听听，看看是真漂亮还是假漂亮。”

张名嘴被大家一激，使性子说：“我思想落后了？那比你们先进多了。我介绍的是杨冰，这可是十乡八镇拔尖的好小伙儿，怎么样?!”

众街坊一听，大家都高兴地笑了。一位大婶说：“你说了一辈子媒，撮合了许多对夫妻，只有柳笛和杨冰这对才真是郎才女貌。”

一位老奶奶听后高兴地说：“这两个孩子，真是天造地设的一对啊！我们就等着看他们婚后美满地过日子吧!”

张名嘴听了大家的议论，便美滋滋地扭哒地扭哒走到杨家屯去了。

张名嘴来到杨冰家，正好杨冰爹也在家。张名嘴把来意对杨冰爹娘说了。杨冰娘热情地说：“感谢您老人家还惦记着俺小冰，柳笛那闺女不错，识文断字，常来玩儿。我也喜欢这个孩子，我和柳笛她娘在娘家还是堂姐妹，这事如果成了就亲上加亲了。”

杨冰爹在旁边只是咧着嘴笑，不说话。张名嘴说：“你别光笑啊！柳笛做你的儿媳妇怎么样?”

杨冰爹瓮声瓮气地说：“这还用说，当然好了!”

张名嘴说：“既然你们两口子都同意，我估计杨冰也不会有意见，你们就准备送喜帖吧。我就不坐着了，现在就去告诉柳笛她娘，让她那头也准备准备。”张名嘴说着就想站起来，但屁股抬了几次，硬是没站起来。不知道是人老了腿上没劲儿站不起来，还是心口不一，嘴上说着要走，屁股底下的腿却不肯使劲儿。

杨冰娘看透了张名嘴的心思，便说：“您别急着走哇，就到了吃午饭的时间，您也不是外人，就在这儿吃顿便饭，咱姐俩也多亲热会儿。我也不给你做什么好吃的，咱就烙饼炒鸡蛋吧！”

杨冰爹听说要“烙饼炒鸡蛋”，四个人吃饭得破费许多，他一辈子节省惯了，便说：“我还得到李家庄去一趟，那边盖房班还有点事儿，午饭就做你们二人和杨冰的吧，别给我留着。他说着就大步流星地走出家门。

烙饼炒鸡蛋在当时的农村是待客的上等饭食。尤其在杨冰家，鸡下了蛋自己舍不得吃，不是攒多了拿到集上去卖，就是省着换香油或豆腐，或者过节时给杨冰爹改善一下伙食。

张名嘴一听要做“烙饼炒鸡蛋”，忙说：“哎呀，随便做点什么填饱肚子就行了，别费事儿烙什么饼了！”

杨冰娘说：“烙饼也不费事儿，家里有现成的白面。鸡蛋是自己的鸡下的，也不用花钱。”她说着就进了厨房忙活起来。

吃午饭时杨冰回来了，杨冰娘悄悄告诉他：“张名嘴是来给你提亲的，她这回说的是柳笛，你愿意吗?”

杨冰说：“她愿意说谁说谁，你们愿意就成。”

杨冰娘说：“我和你爹都愿意，你若没意见就答应了。”

杨冰没说话就把把烙好的饼端到堂屋桌子上，摆好筷子准备吃饭。

张名嘴吃了饭，用手掌擦了嘴巴上的油，觉得不干净又用手背擦，在杨冰娘不注意的情况下，干脆用袖头抹了两下。张名嘴从杨冰家出来，就扭哒扭哒去柳笛家报喜讯去了。

柳笛娘看见张名嘴眉开眼笑地进了大门，知道她去过杨家并带来了不错的消息，于是忙把她迎到堂屋里。张名嘴还没坐下就连珠炮似地说：“咱小笛的喜酒我喝定了！我跟杨冰他爹娘一提，杨冰爹高兴地合不拢嘴。杨冰他娘一拍巴掌，高兴地说‘我做梦也想不到俺杨冰能娶这么好的媳妇，小笛能做我的儿媳妇是我前世烧了高香，修下的福份啊’！”

柳笛娘听了张名嘴的话，立即笑成了一朵花。她慎重地说：“这事儿我一个人还不能做主，待我和小笛她爹商量妥了，我再给你回话。”

张名嘴说：“在咱村谁都知道，你们家大事小事都是你说了算，这事儿只要你愿意就成了。”

柳笛娘笑了笑说：“可不是那么回事儿，表面上家里大事儿小事我做主，那都是鸡毛蒜皮的小事儿，实际上家里的大事儿都是小笛她爹说了算！”

张名嘴说：“这事儿你跟小笛她爹商量商量吧，我估计小笛她爹早就同意了，只是没人给他提罢了！”

7

人世间的事儿都是好事多磨。这天傍晚，柳贵才挑着一副空担子，疲惫地走进家门。晚饭后，柳笛娘烧了热水，伺候柳贵擦了身子，泡了脚，两口子就早早躺在炕上睡了。

柳笛娘轻轻捅了一下男人，亲热地说：“有件事儿我跟你说一下。”

柳贵很累了，合着眼问：“什么事儿，你说吧。”

柳笛娘说：“今天一早你出门不多会儿，张名嘴就来咱家了。”然后她从头到尾把张名嘴两边提亲的事儿说了一遍。柳贵一听立即来了精神，带着火气说：“昨天夜里我就说这门亲事不行，你怎么一个人就做主让张名嘴去提亲!”

柳笛娘说：“我一开始就说是张名嘴自己上门主动提的，再说就算是我找张名嘴去提亲也没有什么不对的地方。提一下亲，成就成，不成拉倒，你至于着急上火地嚷叫吗?”

柳贵说：“杨家是个穷棒子，能把闺女嫁到他家吗?”

柳笛娘说：“你这个大男人见识也不高，你就忘了古书上说的‘嫁女择佳婿’，不是嫁的庄宅地土。人世间有多少不成器的人，家有良田百顷几年就成了穷光蛋。有一些有志有才的人，穷小子可以变成大财主!”

柳贵说：“杨冰他爹叫了一辈子‘杨发家’，也不见他的家发起来。他们杨家祖坟选的地方是世代出穷人的地方，风水不好，不会出富贵子弟的。你看着，杨家后代永远不会出有本事、能发家致富的能人。”

柳笛娘说：“你不要把杨家看扁了，看死了。我看杨冰就很有出息，一般孩子比不了。你们姓柳的几大支，过去出过什么能人？我不清楚。就从现在那群十几岁的半大小子来看，还没有一个赶得上杨冰这么聪明的男孩子。”

柳贵说：“这会儿才到哪了，出水才见两腿泥。看人不能只看眼下，几十年后你再看。”

柳笛娘说：“你看杨冰就看眼前，看你们柳家的就要放眼几十年。你看人论事，不用一个尺子，怎能服人？常言说‘三岁看大，七岁看老’。这是老人们传下来的古训，错不了。”

柳贵使性子，没好气地说：“咱小笛姓柳，是柳家的闺女，我的闺女。我把话放在这儿，小笛的婚事儿我做主，你当娘的是外姓人，靠边站!”柳贵说完就转过身，屁股一撅，把柳笛娘拱到一边去了。柳贵由于挑着百多斤的担子，连天赶了两个大集，累得跟散了骨头架似的，不一会儿就睡着了。

柳贵一年四季，不是挑着担子赶集就是挑着担子串四乡，他打着滚卖水果，只要是赚钱的事儿他就浑身有使不完的劲儿。头天夜里累得没一点精神，第二天吃过早饭他就又精神抖擞地挑上担子，去四乡卖水果了。

柳贵前脚刚出大门，后边张名嘴就跟着进来。她边往堂屋走，边问："大妹子，昨天夜里你和老头子把小笛的婚事儿说妥了吧？"

柳笛娘没张嘴先笑了，她仍然笑得那么好看，给张名嘴的示意是"俺她爹同意那件婚事儿！"柳笛娘笑过后说："这事儿还真麻烦。"

张名嘴问："麻烦什么？"

柳笛娘说："俺她爹嫌杨家穷，死不同意。"

张名嘴说："小笛她爹除了嫌杨家穷之外，还嫌别的吗？"

柳笛娘说："就嫌杨家穷，别的方面他挑不出毛病。"

张名嘴说："就嫌穷好办。"

柳笛娘说："好办什么？你能让杨家一夜之间由穷变富？"

张名嘴说："我不能使杨家变富，我可以想办法让你老头子改变主意。"

8

柳笛娘说："您是不知道俺她爹的倔脾气、怪脾气，他要是认准的理儿，世界上就没有一个人能劝他改变主意。他若是上了道，不要说十八头牛拉不回来，就是用火车头也拉不回来。”

张名嘴说：“俗话说‘话是开山斧’。理不说不明，灯不拨不亮。说透理的话能把山劈开，同样可以把小笛她爹的榆木疙瘩脑袋劈开。”

柳笛娘说：“你若能把俺她爹说通了，我摆大宴席请你。”

张名嘴能说，柳林庄的人们说她“能把死汉子说活了”，所以才送她一个“名嘴”的外号。

柳贵一个大男子汉，特别信相面的、算命的。每个月的初一十五，他都给家里供奉着的财神爷烧香、磕头，还要上贡。每年正月他都把柳林庄相面的柳瘸子请到家里算卦、看面相，问他当年做买卖是赔是赚。如果柳瘸子说他流年不顺，他就进一步求破解的办法，不惜花大钱，千方百计也得把不吉利的“晦气”转化成吉星高照的好“运气”。柳瘸子就抓住了柳贵这个弱点，每年得坑他好多钱。真正关心柳贵的乡亲说这是封建迷信，劝他不要相信这一套，他听不进去。柳贵背后对柳笛娘说：“这些人是吃不了葡萄说葡萄酸，嫉妒我赚大钱。”

话说就到了腊月底，张名嘴从柳笛娘那里了解了这个情况，她就去找柳瘸子商量办法。在农村，“三姑六婆”和占卦相面，或附神作鬼的男巫都是坑人的骗子，他们互通信息，勾结合作一起骗人。张名嘴找到柳瘸子，说明来意，两个人一拍即合。

自从张名嘴给柳笛说了个不对柳贵心思的婆家，柳贵就不再理她，就算是在街上碰见了，不是装作没看见一扭脸走过去，就是拐弯走进小胡同，绕远路走。

转眼过了春节，刚“破五”张名嘴就来柳笛家串门。柳贵和妻子在热炕头上正商量柳笛考学的事，他一听张名嘴来了，立即抓起一本旧小说一撩门帘进了闺女的里间屋。张名嘴进了屋坐在柳笛娘的对面，装作有一搭没一搭地说："听说正月十二晚上，柳瘸子从三十里外的梅花庵请来一位能请各路神仙，非常有道行的老师傅，给大家算卦、相面。据说她能把周公请来，这位神仙算卦可灵了。你还不去听听，顺便给咱小笛算一卦。"

柳笛娘问："请周公算卦？周公是谁啊？"

张名嘴说："我也不清楚，只知道周公算卦灵。"

柳笛爹在闺女的里间屋一听说"算卦特别灵"，立即来了兴趣，他一撩门帘出来说："周公就是周朝有名的大臣，和姜子牙齐名，他帮着周武王灭了商朝，建立了大周朝，死后被玉皇大帝封为神仙。"

柳笛也从里间屋跟过来说："我们历史老师在课堂上讲过周公的历史故事，语文老师还给我们讲过周公'一饭三吐哺，一沐三握发'的典故。"

柳笛爹高兴地说："俺闺女没白念书，比爹娘知道的事就是多！"

柳笛娘说："我不明白，古代的人死了几千年，怎么这会儿成了神仙，会算卦了？这纯粹是迷信，骗人的玩意儿，我不去听。"

柳笛爹说："你们妇道人家就是见识短。周公、姜子牙这些好人、名人死了，天上的玉皇大帝都把他们封为神仙。现在许多人家盖房子，上梁时还在梁上贴着一张红纸，上面写着'姜太公在此诸凶神退位'，让姜太公降妖避邪。"

张名嘴故意问："大兄弟，您成天在外边跑买卖，经多见广，也信神仙，也信算卦的、相面的？"

柳笛爹说："关于神仙、算命相面，'信就灵，不信就不灵’。别人信不信我不管，反正我信。”

张名嘴说：“你既然信神仙算卦，正月十二晚上还不去柳瘸子家算个卦!”

柳笛爹说：“到时候我就去，这事少不了我。”

张名嘴对柳笛娘说：“大兄弟都去算卦，到时候你也去听听。”

柳笛娘说：“去！我也见识见识，开开眼。”

9

冀中平原有个风俗，正月十二晚上，老鼠聘闺女，要给老鼠的女儿“添箱”，“添箱”的东西是各家大人孩子穿破的旧鞋，把旧鞋收集到一起在村边搭成一个小窑，点火烧掉。孩子们热火朝天地烧鞋，大人们则围在旁边看热闹。现在想来这有什么好看的，但当时农村没什么热闹玩意儿可看，烧破烂鞋也成了农村春节的一景。这实际上也是打扫卫生，处理废旧物品的好办法，可能是老祖先中的有心人借着美好的传说——给老鼠的女儿“添箱”来进行罢了。给老鼠的女儿添完箱之后，人们就回到街里看花灯、猜谜语，东街走、西街串，谓之“走百病”或“游百病”。总之，要把一身的晦气丢掉，迎来一年的吉利。

正月十二晚上，杨家屯和柳林庄大街小巷的灯笼都被点亮了。街上来来往往都是看灯笼、猜谜语和“走百病”的人。这时，柳林庄柳瘸子家却陆续来了一些老大爷、老大娘。杨家屯的杨发家和妻子，也一前一后进了柳瘸子家的大门。

不大工夫，柳瘸子的堂屋里坐着的、站着地挤满了人。柳瘸子便轻轻嘱咐妻子说："把院门栓上，用顶门杠把门板顶一下，有人敲门也不开。"

柳瘸子妻子顶牢大门后，进了堂屋又把屋门关好，这时柳瘸子才咳嗽了两声，说："大家不说话了，我们远道请来梅花庵的吴师傅，今晚在这里设坛看相、算命。现在吴师傅开始请上界神仙下凡，为我们凡人指点迷津。"

只见一位六十多岁的虔诚的老尼姑，慢慢从方桌旁边的椅子上站起来。她转身面对北墙挂着的全神像，双手合十拜了拜，然后从摆满贡果的方桌上拿起一束红纸封着的高香，在蜡烛上点着，两手哆哆嗦嗦地插在香炉里。这时老尼姑从桌子上拿起一封黄表纸，跪在地上点着，嘴里还念念有词地说着："正月十二烧高香，上大贡，点上明烛请周公。请了周公来算卦，一卦更比一卦灵。"

堂屋里鸦雀无声，老尼姑又慢慢坐在方桌旁的椅子上，两手平放在大腿上，合上双眼。过了一会老尼姑开始运气，面部肌肉抽搐，两肩开始抖动，嘴张了张，腮帮子鼓了鼓，便咿咿呀呀，学着苍老男人的声音，拿腔拿调地说："我是周公大仙，在上界异常繁忙，各位施主，有何迷惑需要指点，有何困苦需要排解，请快点说来。"

杨冰的爹娘比柳贵夫妇来得早，在方桌边找了个凳子坐着，离老尼姑最近。老尼姑的话音一落，坐在杨冰娘旁边的张名嘴就捅了她一下，悄悄说："快请师傅算卦，人这么多，一会大家争先恐后地请师傅算卦，你连插嘴的空也没有。"

杨冰娘在张名嘴的怂恿下，终于鼓起了勇气说："俺就一个儿子，想请周公大师给儿子算个命。"

尼姑眯着两眼，粗声粗气地说："把你儿子的生辰八字报上来。"

杨冰娘于是说："俺儿子属猪的，三月初十生日。生他那天我记得是天快亮的时候，天上还有星星，东边已经发白了，是什么时刻我也不知道。请大仙算一下俺儿子将来是个穷人还是一个富人，念书有没有出息，能寻个媳妇吗？"

一位挨着杨冰娘坐着的大娘小声说："现在给你们家说媒的就不断，想把闺女嫁给杨冰的不知道有多少，恐怕你得挑花了眼。你这会儿倒说俏皮话：'能寻个媳妇吗？'"她这一句话逗得屋里的人都轻轻笑了，笑过之后就是叽叽喳喳地窃窃私语。

这时老尼姑伸着右手，大拇指掐着其他四指，嘴里还不住地念着"甲乙丙丁子丑寅卯"。忽然她像唱戏一样，抑扬顿挫地说："你的公子是上天文曲星，因为冒犯了玉皇大帝，被打下凡界。这位公子长得眉清目秀，聪明伶俐，人见人爱。在学校读书成绩出类拔萃，命中可以中状元，但现在废了科举。他大学毕业，出国留洋，将来肯定是个闻名遐迩的大人物。"

杨冰爹说："我不求他念大学，出国留洋，只希望他能过上富裕日子，别像我这样穷苦受罪就行。"

老尼姑微微一笑说："大善人，你是虎落平川，一时受困。不久你将时来运转，家有良田千亩，骡马成群；粮食仓廪堆不下，丝绸箱柜盛不了，钱多得花不完。你将来翻盖的新住宅，是青楼瓦舍，回廊曲径，亭台水榭。家中男仆女佣，侍奉左右。当年看不起你的人，会俯首帖耳听从你的使唤……"

屋里的人听了老尼姑的话，有人哧哧轻笑，有人交头接耳。柳笛娘捅了一下柳贵，耳语道："听见了吗？"

柳贵长吁了一口气，没有理会妻子。

10

正月十二晚上，杨冰和柳笛并不关心周公算卦的事儿。他俩看完烧破烂旧鞋为老鼠女儿“添箱”后，柳笛便拉了一下杨冰的衣服，杨冰扭头一看，只见柳笛回身往街里走去。杨冰不解其意，也就紧跟着柳笛进了柳林庄的大街。

柳笛到了自家门前，她一推大门上了锁，就知道爹娘都到柳瘸子家算卦去了。柳笛从口袋里掏出钥匙，轻轻开了门，杨冰紧随其后就进来了。柳笛回身关好大门，上了栓。杨冰问：“你上了栓，你爹他们回来怎么进家？再说，你爹看见咱俩拴着大门在屋里，他还不生气，打你一顿怎么办？”

柳笛用右手食指在他的额头上点了一下，说：“你也不呆啊！”

杨冰说：“谁知道你打的什么鬼算盘！”

柳笛说：“我没有打鬼算盘，两个人在一起光明正大说说话有什么不行？”柳笛说着抗了他一膀子。

两个人说说笑笑进了堂屋，柳笛点着灯，两个人撩门帘进了自己住的里间屋。柳笛一歪屁股坐在炕沿上，杨冰挨着柳笛也坐在炕沿上。柳笛说：“张名嘴前些日子到你家提亲的事儿，你知道吗？”

杨冰说：“知道。听俺娘说，你爹嫌俺家穷。”

柳笛把嘴一噘说：“俺爹就是这么个人，俺家有多么富？就嫌别人家穷！”

杨冰说："你们家可比俺家富多了，你爹做买卖，天天有钱进。俺家光有花钱的道，没有进钱的路。"

柳笛不以为然地说："俺爹成天在四乡吆喝卖个水果，能赚几个大钱?"

杨冰说："不管赚几个钱，到时候你爹硬不同意，这事儿就吹了。"

柳笛说："如果俺爹不同意，我硬住在你们家不回来，这事儿不就成了。"

杨冰说："你想得美，咱两家离得这么近，那时你爹像抓小鸡一样就把你揪回去了!"

柳笛说："不说这个了，说点儿高兴的。"

杨冰不知道什么是高兴的事儿，应该说点儿什么，于是他什么话也不说了，一时间，屋里静悄悄的。杨冰坐在柳笛旁边，两个人挨得很紧。忽然杨冰感到自己呼吸短促，心跳加快，他没有想到晚上会和柳笛在她的"闺房"并肩坐着，他努力控制自己的情绪，尽量使自己的心跳慢下来。这时柳笛两眼盯着油灯捻上的小火苗，火苗欢快地一蹿一蹿往上跳。柳笛忽然拔下头上的一枚卡子，走到桌前拨弄了一下灯花。杨冰借着灯光看见柳笛两颗眼珠水汪汪的，黑黑的眉毛弯着，脸庞分外好看。杨冰从来没有这么近距离看过她，从来没发现柳笛这么动人，这么撩拨人心。杨冰再次听到了自己的心跳声，感到自己脸上发烫。

正在这时，柳笛忽然用卡子使劲一戳油灯的灯捻把灯戳灭了，屋里骤然黑了下来。杨冰借着窗棂玻璃上透过来的月光，看见柳笛猛地转过身子，一下扑到自己怀里。杨冰顺势紧紧地抱住柳笛，两个人紧紧地搂在一起。柳笛的脸蛋烫烫地贴在杨冰的脸上，两个人的嘴唇很自然地滑到一起。互相吮咂，吞咽着对方的甜蜜唾液。不知过了多长时间，柳笛忽然扭曲着身子，浑身痉挛，同时她的眼泪像断线的珠子滚到杨冰的脸上，滚到他的嘴边，杨冰用舌头舔到嘴里，咸丝丝的。

杨冰亲昵地问柳笛："你怎么哭了？"柳笛没有回答，他又轻轻问了几遍，柳笛始终不说话，只是两条胳膊搂得更有力，更紧。柳笛疯狂地吻着杨冰，用舌头舔他的脸颊，用牙咬他的双唇，她恨不得一口吞了杨冰，恨不得把杨冰搂得融化了，两个人变成一个人。

两个人正在难舍难分之际，外面忽然传来了"咚咚"的砸门声。两个人同时松开了紧抱着的胳膊，杨冰紧张地说："怎么办？你爹回来了。"

柳笛说："你快跑到后面果园，从临街的土墙上跳出去。"

杨冰对柳笛家后面果园非常熟悉，转眼间就消失在朦胧的月色里。

柳笛先点着灯，然后才出来给爹娘开门，边走边说："听见了，别砸门了。"

柳贵夫妻俩进了屋，见闺女在旁边，什么话也没说，洗了脸，脱了衣服就上炕睡了。柳笛娘吹灭了灯，才小声说："明天吃过早饭你就去找张名嘴。"

柳贵不耐烦地说："着什么急？明天是正月十三，全年第一个'杨公忌'忌讳最多，不能出门办事。"那时在农村，迷信的人忌讳很多，每月的初五、十四、二十三这三天称为"月忌"，每个月还有一天是"杨公忌"，即"正月十三、二月十一、三月初九、四月初七……"每个月的"杨公忌"往后错两天。不管是

"月忌"还是"杨公忌"，迷信的人都忌讳办大事儿，如盖房破土、娶亲、送喜帖、贺寿、出远门等等。正月十三是全年第一个"杨公忌"，所以柳贵说不能出门办事。

柳笛娘对柳贵这样信神信鬼、拖延误事儿十分不满，说："不管你，你愿意什么时候去什么时候去！"她说着就背过身子不再理丈夫。

11

就在柳贵两口子钻到热被窝里舒舒服服睡觉时，柳林庄和杨家屯两个村子的宁静却被"柳瘸子家请周公算卦，说杨家屯杨发家将来要大富大贵"这条消息搅动了。

柳瘸子家算卦结束后，一个快嘴大娘走在街上碰到邻居大婶，悄悄说了句："你做梦也想不到杨家屯的杨发家将来要发大财！"于是把周公算卦的事儿添油加醋说了一遍。

那时农村没什么稀罕事儿，有点事儿就传得特别快。别小看口耳相传，那可比电台广播还快，而且入脑入心。杨发家将来要成为这一带的首富，这成了当晚人们街谈巷议的话题。

农村的人多数没见过大世面，第二天杨发家走在街上，好多人见了他都主动迎上去亲热地打招呼。有个叫杨怀仁的本家侄子，平时见了杨发家连话也不说，第二大在街上看见了他老远就大声喊："叔叔！"

杨发家心里一惊，因为怀仁的父亲长年卧床不起。杨发家以为怀仁的父亲有什么不测，忙站住问："怀仁，有什么事吗？"

杨怀仁没想到杨发家这么认真地问他，感到非常意外，竟一时窘在那里不知怎么回答。杨发家见怀仁没畅快回答，还以为他有难言之隐，便认真地走过去小声问：“家里没出什么事儿吧?”

杨怀仁才如梦方醒，不好意思笑了笑说：“叔，家里没事儿。”

杨发家这时也醒过劲儿来，憨厚地笑笑回了家。

这天，杨发家却接二连三地来了几个说媒的。

张名嘴来得最早，她说媒拉纤两头齐骗，没一句实话，谁家给的东西多，她就向着谁家，无中生有说些好话，把两家的孩子撮合到一起就行，她哪里管男女双方婚后是否和谐幸福。正月十三早晨，张名嘴还在蒙头大睡，忽然听见有人“咚咚”地砸大门。她迷迷糊糊躺在暖和被窝儿里不愿动，但敲大门的人还真有耐心，紧几下，慢几下，砸起来没完。张名嘴睁开惺忪的睡眼，喊在厢房睡觉的儿子：“小二！小二！起来开门去!”她扯着嗓子喊了半天，儿子才答话说：“娘，敲门的都是找你的，开了大门你也得起来！你自己去开吧，我不去!”

张名嘴拗不过儿子，最后只得披散着头发，从热被窝儿里爬出来，穿上裤子，穿上棉袄只系了两扣子，就扭哒扭哒出来开门。她一开大门，村东头的柳富就急匆匆地说：“大嫂子，打搅你睡觉了，我真不好意思来，俺柳絮她娘听说昨晚周公算卦的事儿，今天一早非催着我来。这里太冷，咱屋里去说吧。”

张名嘴知道他来说什么事儿，故意说：“我不怕冷，就在这儿说吧。”

柳富说：“这里不是说话的地方，还是去屋里说吧。”

两个人进了堂屋，柳富也不坐下就开门见山地说：“俺她娘说，上次没提成亲是我舍不得家财，如今我也豁出去了，把全部家产都作陪嫁送给了闺女，麻烦您再去杨家屯找杨发家提提。俺柳絮头拱着地，非要嫁给杨冰不可。我当爹的能说什么！只好又来麻烦你。”

张名嘴说：“大正月里，你也不让我睡个懒觉。我为你闺女的事儿跑折了腿，连顿饭都舍不得让我吃！”

柳富说：“看你说的，为了闺女我把家业都陪送了，你跑腿的费用少不了。”

张名嘴说：“我给你说句玩笑话，你就信实了。我哪里缺你那么一顿饭，我吃了早饭就去找杨发家。”

柳富说：“大嫂子，我来时俺家里给了我一点儿钱。她说马上过元宵节了，你就打发孩子到集上给您买点称心的东西。”柳富一边说着，一边用手在口袋里摸索，摸索了多会才掏出一把票子，递给了张名嘴。

张名嘴一边儿用手推着柳富的手，一边说：“这个使不得，给咱闺女说亲是应该的，哪里能花你的钱过节啊！”

柳富说：“你若这么说就见外了，咱两家子谁跟谁啊。这点儿钱实在拿不出手去，你也不是外人，多少就是它了。”柳富说着硬把钱塞到张名嘴的手里，扭头就走了。

张名嘴刚送走柳富，又来了两位老大娘求她说媒。

12

第二天柳贵刚吃过早饭，柳笛娘忙着刷锅洗碗，柳贵坐在堂屋方桌边的椅子上吸烟，正陶醉在“饭后一袋烟，赛过活神仙”之中。这时邻居大婶就匆匆来了，她还没进屋就大声对柳贵说：

“你还眯着眼吸烟，真沉住气！”

大婶进了屋，柳贵忙让座，然后问：“婶子，有什么急事儿要办啊？”

大婶说：“我听街上的人说，一大早柳富就把一卷子票子塞给张名嘴，请她去杨发家提亲。你还沉住气，在这儿坐着吸烟？”

这时柳笛娘挓挲着两只手，在水盆里甩了一下，然后用挂在铁丝上的手巾擦了一把，就走到堂屋里说：“咱婶子都坐不住了，你还不着急。我看你得把这事儿拖黄了，起个大早赶个晚集，两手空空回来。”

柳贵说：“今天是全年第一个“杨公忌”，硬要出门办事儿，不是自找倒霉吗？”

柳笛娘说：“别人不在乎什么人家“杨公忌”“李公忌”，该干什么干什么，到时候别人家拜天地、入洞房，你就在旁边看热闹吧！”

柳贵听了妻子的话，气得把手里的烟袋锅在鞋底子上磕打了两下，猛地站起来说：“他们都不在乎这个，我也豁出去了！”

柳贵最迷信不过了，在这种情势下他居然撅哒撅哒去找张名嘴。没想到张名嘴不在家。她儿子小二说：“俺娘没顾上吃饭，她拿了一个馒头在火炉上烤了一下，夹了 片肉，就着一碗热水吃了就出了门，好像去杨家屯说亲去了。”

柳贵一听，张名嘴果然去杨发家提亲，这下真糟了。他一着急，竟然也要去杨家屯找张名嘴。他转身走了半条街，忽然想明白了，他能去杨发家找张名嘴吗？找到张名嘴能说，我们早就订下的，你们后来的靠边站吗？真要这么做还不让全村的人笑死自己。柳贵想到这里，又转身回来找张名嘴的儿子小二。他对小二说：“你去杨家屯把你娘叫回来，就说我有急事儿找她。”

小二说：“我不去，找到我娘也得被她骂回来。”

柳贵也急了，立即从口袋里掏出几张票子说：“小二，这些钱是你跑腿的钱，拿去推牌九玩吧。快点儿把你娘找回来，正月十五我再多给你点儿钱!”

小二把柳贵的手推回去说：“大叔，您还不知道我娘的脾气，为了说媒饭可以不吃，命可以不要。”

柳贵说：“你就说我找她也是为了提亲的事儿，而且比别人给的跑腿费还多。”

小二说：“这事儿您得自己给她说，我说不顶用。院里冷屋里暖和，您在屋里坐着等她吧。说媒也不是一句话的事儿，急不得。”

柳贵仍然递着那一卷票子说：“你去不去找你娘没关系，这钱你拿着，是大叔给你的过节零花钱。”

小二坚决地把柳贵的手推回去，说：“大叔，这钱我不能要，您收起来，我不能还像孩子那样买零嘴吃。”

柳贵觉得脸上无趣，只得讪讪地说：“我还是在街口晒着太阳等你娘吧!”他说完就转身出来。

柳贵出了张名嘴家的大门，心里很不是滋味，回家吧，不好对妻子交代，真要去街口晒太阳，那里不只不暖和而且闲人多，不是议论杨发家要穷变富的事儿，就是说去他家说媒的人成堆。人们不管议论什么，他都不好插嘴。柳贵前走走，后倒倒，左右为难。这时柳林庄有名的三嘎子过来了，他看见柳贵踟蹰不前的样子十分好笑，便说：“大叔，您进三步，退三步，这是练的什么功啊?”

柳贵猛一抬头，见三嘎子正冲着自己坏笑，他一时语塞，不知道该用什么话回击他，便支支吾吾，连他自己也不知咕哝了一句什么，就没头没脑地往前走了。他边走边想，今天是杨公忌，本来就不应该出门找张名嘴，碰钉子、被三嘎子嘲讽是神明对自己的警示。于是，柳贵心里反倒有了主意：回家去，谁也不找了。柳贵继而想到，古今世道，人心都是向往金钱、富贵。仅仅是算卦说杨发家的儿子将来做大事、成名人，而他杨发家要骡马成群。这不过是一句空话，水中月镜中花而已，人们竟然争先恐后地巴结他，要把闺女许配给他儿子。杨发家的儿子真要是做了大官，人们还不挤破了脑袋，用花轿把闺女抬进杨家大门！柳贵觉得这些人太可笑，太可怜了，而自己竟是一个这样可笑的人。他想到这里，不由觉得脸上发烫。他急忙看看四周，确定没人，便加快了脚步，匆匆回了家。

13

柳贵进了家门，刚走到堂屋门口，柳笛娘就急急忙忙走出来问他："你找到张名嘴了吗？"

柳贵在妻子面前说话从来没有嗫嗫嚅嚅的，今天却含含糊糊地咕噜一句："张名嘴像没尾巴的鹰一样，两个村子找遍了看不见她的人影。"

柳笛娘说："巴掌大的两个小村，找不到张名嘴，她能躲到哪去？我去找！"

柳贵说："你本事大，你去吧！"

柳笛娘一阵风出了家门，她的确比柳贵脸皮厚，逢人就问：

“看见张名嘴了吗?”有人告诉她:“张名嘴刚从杨家屯回来。”有人说:“她刚往东街走去,可能去了柳富家。”柳笛娘一路打听紧紧追过来,在柳富家门口不远的一个拐角处,她看见柳富两口子喜笑颜开地把张名嘴送出来。柳笛娘利用墙角藏住身子,只听见柳富说:“我让柳瘸子看看黄历,选一个黄道吉日,再告诉您。”张名嘴说:“好,好。”

她等张名嘴返身往回走时,忙迎上去说:“哎呀,大嫂子,我找你老半天了,两个村子大街小巷我转遍了都没找到你。”

张名嘴说:“我吃了早饭就去杨家屯杨发家那提亲,哪儿也没去,说成了我立即给柳富家来送信。”接着,张名嘴明知故问:“大新正月里,你找到这里来有事吗?”

柳笛娘一听肚子里就有气,明明给他们家说妥了杨家,现在又去杨家给柳富家提亲,这种吃里爬外的行为着实可恨。但她又不敢说什么,只能忍着气,赔着笑脸说:“大嫂子,您不是给俺说定了杨发家这门亲事儿吗?怎么又给柳富家提亲,他家一个儿子寻几个媳妇?这会儿可不是旧社会了!”

张名嘴说:“我给你们家说这门亲,跑折了腿。你们柳贵嫌人家杨发家是个穷棒子,死不同意,我有什么办法?人家柳富家不嫌杨家穷,上次提亲说陪送十亩水浇地,一处庄宅,没说成。这次柳家把全部家产都陪送了闺女,杨发家两口子一听,高兴得屁颠屁颠的,立即答应了。我问他杨冰不同意怎么办,杨发家说:‘他敢不同意?他若敢说半个‘不’字,我打不死他怪我没力气!’”

柳笛娘说:“大嫂,这事儿也得有个先来后到吧!我们提亲在前,他们提亲在后。你中间人最清楚,不能这么办啊!”

张名嘴说："这和买东西一样，你们家虽然在前，但你们家不肯出大价钱。人家柳富家虽然晚了一步，但人家肯出大价钱，把东西买到手了。你们家又没下定金，如今说什么也没有用。"

柳笛娘听了这话，气得一拍屁股，扭头就撅哒撅哒回了家。柳笛娘急匆匆地进了屋，柳贵看她脸色不对头，也不问她什么，只是坐在椅子上"吧咂吧咂"地吸烟。柳笛娘一看火了，立即拿起方桌上柳贵盛烟叶的小纸盒，"啪"的一声摔在地上。

柳贵好像在精神上早就有了准备，他不紧不慢地说："有什么事儿说什么事儿，发脾气、摔东西是无能的表现。把我的烟叶盒子摔烂了就解决问题了？"

柳笛娘气呼呼地说："煮熟的鸭子眼看着从锅里飞了，到嘴的肉让人家硬从嘴里抠出来吃了。这都是你相信命相、风水，嫌贫爱富的结果！你成天价看不起这个，瞧不起那个。自认为走南闯北，经多见广，办事精明。可你连不常出村，土里刨食吃的柳富都谋划不过。"

柳贵问："我哪一点儿不如柳富精明？"

柳笛娘说："人家柳富比咱行动快，办事果断。同样是提亲，柳富就把闺女柳絮许给了杨冰，他们很快就择吉日送订亲帖子了。到时候人家吃肉，你站在旁边咽唾沫吧！当时张名嘴给咱说成了，你嫌杨家穷，多好的一门亲事儿都让你搅黄了！"

柳贵一辈子没服过软，认过输。这回给闺女寻婆家，让他办砸了，成了妻子数落他的话把儿。柳贵气得一拍桌子，一跺脚，站起来走到院里。他长吁短叹，走里转外，胸中的苦闷无处诉说。柳贵信步走到后面果树园里，他对这些果树最关心，最疼爱，这些果树就像他的儿女一样，每一棵他都熟悉，哪棵该施肥，哪棵该浇水，甚至哪个枝杈该修剪他都记挂在心上。他修剪果树可以排解胸中的苦闷，今天他不是来侍弄果树的。柳贵忽然看见一些向阳的枝条，在早春的季节，有的开始冒芽，有的吐出了花苞。他的心情好了起来，因为他看到了未来的繁花，看到了希望。柳贵自言自语地说："有闺女不愁婆家，世上好男儿多得是，不能一棵树上吊死人。"

这时，前院妻子正喊他回屋吃午饭。

二、一诺千金

1

正月十五，是元宵节，又叫上元节，是一个黄道吉日。这天柳富家大摆宴席，杨冰家向柳富家送订婚帖子，柳富家要宴请媒人张名嘴和有关亲朋。这天柳富家人来客往，分外热闹。柳富的独生女儿柳絮身穿一身崭新的衣服，喜上眉梢，忙前忙后招待来贺喜的亲朋好友。

此时柳笛正在自己的里间屋，趴在炕上哭泣。柳笛早饭就没吃，不理爹娘也不出里屋。当时她爹说："这闺女让我们惯坏了，非常任性，要什么就是什么，一旦满足不了她就闹。"

柳笛娘要进里间屋劝劝闺女，柳贵说："别去。这闺女太没出息，天底下有出息的男孩子多得是，非得嫁给杨冰？！饿她两天就吃饭了。"

到了吃午饭的时间，柳笛扯了一条被子，盖在身上，蒙起头来趴在炕上"呜呜"地哭了起来。娘心疼地走到里间屋柳笛的炕头上，想扯开被头劝劝闺女，她哪里扯得动，柳笛用两条胳膊压得死死的。柳笛娘说："傻闺女，想开些，咱不能非杨冰不嫁啊。天下有文化的俊小伙多的是。他杨冰看上了柳富家的闺女柳絮，见异思迁，咱还看不起这样的人哩！让你爹给你寻个更好的女婿！”

柳笛娘万没想到柳笛猛地一撩被子，坐起来怒睁着哭得红肿的双眼，大声说：“胡说，杨冰就不是那样的人！全村谁不知道我爹嫌杨冰家穷，日子苦。柳富钻了空子，趁机将自己的女儿许配给杨冰，杨冰还不定在家里怎么闹哩！”柳笛娘刚要劝解女儿，柳笛又哭泣着说：“咱赚几个大钱？我爹成天挑着担子到四乡扯着嗓子吆喝，卖个小梨子、烂桃的，赚个块儿八毛的，就嫌人家穷，也不拿镜子照照自己！”

柳贵在外屋听见女儿的话心里很不是滋味，平时小笛对自己很尊重，就因为这件婚事办得不对闺女的心，亲闺女都这样挖苦自己。他想到这些好不伤心，眼里的泪珠转了几圈没滚下来。最后他气得把脚在地上“啪啪”跺跶了几下，骂了一句“他妈的”就走到后院去了。柳贵没别处可去，他也觉得无脸见人。

柳笛娘说：“小笛，哪能说娘胡说，更不能挖苦你爹。你爹辛辛苦苦卖水果，赚点儿钱还不是为了供你念书，你怎么能这样说你爹！”

柳笛说：“你不实事求是，杨冰不是那样的人，你把杨冰说得那么坏，不是胡说是什么？爹赚了多少钱？咱家是有千顷园子万顷地，还是金银满箱满柜？就这样看不起穷人……”

柳笛娘撇开这些气人的话，劝闺女说：“人是铁，饭是钢。起来，吃饱了肚子，咱有什么事说什么事儿。事已至此，你就是饿死了，杨冰与别人订了亲，也不会退了亲再与你订婚啊！”

柳笛听娘这么一说，心里一阵酸楚涌上心头，“哇”的一声大哭起来，继之哭得没了气，脸色苍白，四肢抽搐。吓得柳笛娘一边掐闺女的人中，一边喊丈夫：“咱闺女都哭得没气了，你快去请南街的老医生啊！”

柳贵这时在后院哪里听得见，柳笛娘站在院子里大声连着喊了几句：“老头子，咱闺女没气了！”“快去南街请中医去啊！”

柳贵在后园听见妻子一连几声喊叫，也慌了神。他急急忙忙走出大门，去南街请本村的老中医。他走进老中医的家门，堂屋关着门，院子里只有两三个十来岁的孩子在比赛踢毽子。柳贵问了一个正踢毽子的女孩子：“你爷爷去哪了？”

小女孩正专注着踢毽子比赛，嘴里不停地数着数：“二十一、二十二……”柳贵连着问了几声，小女孩才接住踢起来的毽子说：“我爷爷去人家喝喜酒去了。”

柳贵又问：“去哪家喝喜酒？是送喜帖的那家，还是生了孙子的那一家？”

小女孩说：“好像不是这两家，是我爷爷看过病的人家，我也说不清。你去问我奶奶吧！”

柳贵问：“你奶奶在哪？”

小女孩说：“我也不知道她去谁家玩牌去了。”

柳贵越着急，事越不顺。他为什么要问得那么清楚，原因是柳富家闺女订亲送喜帖宴请宾客，他觉得见了杨发家或见了柳富脸上无光，说话也不方便；而生孙子的那家和柳贵向来不熟，平时在街上见了面连话也不说；如果去了别人家，他可以自己去找，但小孙女不知道，柳林庄没有一家没让老中医看过病。一家一家去找，找到什么时候？这岂不耽误了女儿的病。柳贵想麻烦自己本家侄子小顺去找，他扭头就出了老中医家的大门，犹犹豫豫地往前走。正在这时，侄子小顺迎面跑来，老远就喊他：“叔叔，你还慢腾腾地走，小笛已不省人事了，大婶让我找你，赶快把小笛送县医院!”

柳贵一听急了，小笛的婚事就是因为他优柔寡断，耽误了。如今小笛的病再因为自己磨磨蹭蹭，行动迟缓耽误了，他将愧疚一辈子。他想到这里，便不由自主地加快了脚步。

2

这几天杨冰总是忙着过元宵节，或者和自己要好的几个伙伴躲起来“顶骨牌”。至于提亲的事儿，他认为和柳笛订婚是板上钉钉、万无一失的事儿，媒婆来家出出进进，他一概不过问。张名嘴正月十三来提柳富家闺女的亲事，杨冰不在家。杨冰娘对杨发家说：“咱应该与孩子商量妥当了再答应，要不又像上次那样闹啊。”可杨发家说：“大事小事不能总依着孩子，当大人的也得做点儿主。等着订了亲，将来花轿抬来一个好看的媳妇，咱杨冰就什么话儿也不说了。”这就叫“财迷心窍”，聪明一世，糊涂一时。

正月十五吃午饭的时候，只有娘和他两个人。杨冰问：“爹怎么不在家，干什么去了?”

娘犹豫了一下，说：“这几天你只是忙着玩儿，也没顾上告诉你。这几天给你说媳妇的接二连三地来，都说柳林庄东街柳富家的闺女柳絮长得俊，又聪明。柳富还答应把全部家产陪送闺女，我和你爹偷着看了看柳絮，长得非常受看。我和你爹就答应了，今天送订亲帖子，你爹到柳富家赴席去了。”

杨冰一听火了：“上次张名嘴提柳富家的闺女，说陪送十亩地、一处庄宅，我没同意。这次把全部家产陪送给咱，我照样不同意！我告诉你们，全世界的女孩子里，我非柳笛不娶！”

杨冰娘说：“人家柳笛她爹嫌咱穷，不肯让闺女嫁给你，她爹若同意，早就订亲了，还能等到今天？”

杨冰说：“她爹嫌咱穷，她闺女不嫌咱穷就行。柳富家的闺女我不娶，送了订亲帖也得退了。”

杨冰娘说：“这订亲的事儿，不是小孩子过家家，说不玩儿就不玩了，订了亲就不能退！”

杨冰说：“我就不信不能退婚，结了婚还能离婚，订了亲退婚比离婚省事多。”

娘俩正为这订婚的事儿叨叨，杨发家赴席后美滋滋地回来了。他一路上盘算着，春天里就把喜事办了。他是讲究实际的，周公说儿子将来要出国留洋，那是多少年后没影子的事儿，谁知道是真是假？春天里把喜事一办，儿媳妇一进家门，几十亩地，一处大宅子就是自家的了，这才是真的，实实在在的。俗话说“马不吃夜草不肥，人不得外财不富”，不假啊！杨发家越想越美。

杨发家万万没想到，一进家门就听见杨冰和娘吵着要退婚的事。杨发家好像当头被浇下一桶凉水，他一激灵从美梦中回到了现实。杨发家很快意识到，如果退婚，他的美好计划将彻底破灭。杨发家想到这里，他猛地跨进堂屋，大声呵斥道：“退婚？没门！你非要退婚我就不活了。”

杨冰娘马上劝解：“大新正月，又是元宵节，各路神仙都在我们左右看着，听着我们说些什么，我们万万不能说不吉利的话啊。”

杨冰说：“爹，你不要拿死吓唬我。我早想好了，你非要我与柳富家的柳絮成亲，我立刻出家当和尚去。”

杨冰娘忙说："有事说事，你们父子俩不要死啊出家啊地说狠话。"她转过身对丈夫说："你枉活了五十来岁，为得到几十亩地和两处庄宅，把长大成人的儿子逼得当了和尚，值吗？是人重要还是东西重要？你活着就是为柳富那几十亩地和住宅？你的命就值那点儿东西，你死了咱杨冰还是要娶柳笛，就不如好好活着守着儿子儿媳过日子。穷也好，富也罢，够吃够穿就行。居家过日子，和和睦睦就好。常言说，千间房子住一间，良田千顷吃饭只端一个碗。话该怎么说，事该怎么办，你好好想想吧，别给后人留下笑话。"

妻子的一席话说得杨发家的火全消了，他长叹了一口气一屁股坐在椅子上，掏出烟锅在烟袋里装满了烟，划了根火柴点着，自己在一边慢慢吸烟想心事。

杨冰娘劝了丈夫又劝儿子："你也不小了，念了六年书，在过去就是秀才。秀才就要比一般常人懂得人情事理，婚姻大事应和爹娘好好商量，不应该不合心意就要出家当和尚。"

杨冰说："你们不跟我商量就做主订了亲，我跟谁商量？"

杨冰娘说："这个事儿，我和你爹做得不对，应该先与你商量好了再定下来。冰，我觉得你说得有道理，结了婚还能离婚，退亲更容易。你实在不乐意，咱可以退掉这门亲事儿。"

杨冰说："不愿意，退掉！"

杨发家把烟锅子从嘴里拔出来对妻子说："退亲，可不像买个烧饼那么容易退。我可没脸对张名嘴提退亲的事儿，你脸皮厚，你去找她退亲。"

杨冰娘说："不用你出面，我去找。"

杨冰娘几句话就平息了父子俩的一场争吵，甚至避免了家破人亡。要不说家有贤妻胜过家有万贯家财，有才智的女人优于平庸的男人啊！

3

杨冰娘把凉了的午饭热了热，杨冰吃了饭催促娘说：“您快点去找张名嘴退婚，要不她嚷嚷得两个村子的人都知道我与柳富家的柳絮订了亲，柳笛要出事的。”这时柳笛正躺在县医院急诊室抢救着，杨冰还被蒙在鼓里。

杨冰娘吃了饭把饭碗一推，锅盆碗筷也不刷，只说了一句：“我这就去找张名嘴！”杨冰娘出了家门，直奔柳林庄的张名嘴家，她进了院喊了一句：“大嫂子！”没人答应，张名嘴的儿子小二出来说：“我娘到柳富家赴了席就没回来。”

杨冰娘心急火燎地问：“你知道她去哪了吗？”

小二说：“我娘没个准头，她可能去玩纸牌，也可能又去给别人提亲。俺娘一年三百六十天，除了大年三十和初一不说媒，没闲着的时候。”

杨冰娘一听，心里凉了，上哪去找啊！她扭头就往外走，到了街上见人就问：“您看见张名嘴了吗？”街上的人看见杨冰娘那风风火火的急样子，既觉得好笑又十分同情她。三嘎子走过来对杨冰娘说：“张名嘴的买卖这几天太火了，前天柳贵到处找她，今儿个你又满街吆喝她。我这才发现社会上最好的职业就是保媒了，只要有男有女就永远不会失业，到处受欢迎，而且能吃香的喝辣的。”

杨冰娘说：“你站着说风凉话不腰疼，你知道大婶子心里多么着急。”

三嘎子往前凑了一下小声说：“婶子，您可千万不要说是我告诉你的，张名嘴刚去光棍儿柳大棒槌家了……”他说完又坏坏地笑了。

放在平时杨冰娘就不去搅张名嘴的好事儿了，今天家里父子俩为订亲的事大吵大闹，她顾不得这些了。杨冰娘一阵风似的走到柳大棒槌家，推门不开，里边上了插关。杨冰娘不管不顾地按住门环就“啪啪”地敲起来，敲了半天没有人理，她就用拳头使劲地砸。砸了半天仍然没动静，反而引来了许多人看热闹。杨冰娘有点不达目的誓不罢休的劲儿头，她一直用力砸下去。大门忽然开了，柳大棒槌气势汹汹地问：“你砸门子干什么？”

杨冰娘思想不会拐弯，直愣愣地说：“我来找人。”

柳大棒槌问：“找谁？”

这一下把杨冰娘问住了，她不敢直说找张名嘴，也不能说找别人，只能说找大棒槌，但大棒槌就在眼前。杨冰娘两眼眨了眨，急中生智地说：“听说你们家好几个人玩牌，张名嘴在不在这玩牌？”

大棒槌说：“我们家从来不玩牌，找张名嘴到她家去找。我想睡会儿觉都不让睡安生。”他说完用力把门一甩，门“哐当”一声关上了。

杨冰娘心想，跑了和尚跑不了庙，我到你家里等着，晚上你总得回家睡觉吧！杨冰娘刚进了张名嘴家门不一会儿，张名嘴就扭哒扭哒地回来了。她一进家门就看见杨冰娘在堂屋椅子上坐着，便问：“你怎么有工夫到我家来坐着了？”

杨冰娘说：“我等了你好半天，有急事儿找你！”

张名嘴问："有什么急事？"

杨冰娘说："你给我儿子说的亲事，儿子不同意，要退掉！"

张名嘴一听急了："今天前晌刚送的订婚帖，后晌你们就退亲，世界上哪儿有你们家这样的，反悔得这么快，不行！"

杨冰娘说："为什么不行？给儿子订亲，得儿子同意。我儿子不愿意，当然要退掉！"

张名嘴说："订婚帖子上红纸黑字写着你丈夫和你儿子的名字，是你丈夫亲手交给柳富的，哪能上下嘴唇一碰，说退亲就退亲，没那么容易！"

杨冰娘说："把订亲帖子要回来就完了，有什么难的？你不要刁难人！"

张名嘴说："帖子是你丈夫送的，让你丈夫来，我跟你说不着。"

两个人越说越来气，越说声音越高，最后成了吵架，由张名嘴家里吵到街上。农村人爱看热闹，爱围观。两个人吵架有什么好看的，这也引来了满街的人。在农村两个女人吵架不稀奇，稀奇的是她们吵架的内容。订亲本来是件喜事好事，今天却成了三个家庭十来个当事人的心头烦恼。这件事一传十，十传百，很快两个小村便家喻户晓，"杨冰要退婚"成了头号新闻。

聪明反被聪明误，自己搬起石头砸自己的脚，自己酿的苦酒自己喝。

4

杨冰要退婚的消息很快传到了县医院的抢救室里。柳笛经过打针、服药，很快清醒过来。守在病床边的柳笛娘悄悄告诉女儿：“刚才从家里送晚饭来的你小顺哥说，杨冰娘在村里与张名嘴吵了一架，要退掉柳富家的亲事。”

柳笛微微笑了一下，过了一会说：“娘，我想坐起来吃点东西。”

柳笛娘把女儿扶起来，打开小顺送来的小罐儿，想拿出热气腾腾的饺子喂喂闺女。没想到柳笛说：“娘，我自己吃。”柳笛一天没吃东西，现在饿了，一小罐饺子差不多都要吃完，剩下几个，对娘说：“你吃了吧。”

柳笛娘吃了两个饺子，看见守在旁边的丈夫，她想起老头子中午饭也没吃，便把小罐递给柳贵说：“你吃了这几个吧。”

柳笛对娘说：“我好了，等爹吃了饺子，咱回家吧！”

柳笛娘说：“要出院也得医生同意，等会儿你爹吃了饭，把医生叫来看看，医生同意出院咱就走。”

柳贵很快吃完了小罐里的饺子，把嘴一擦便去找医生。医生来了测了血压，又检查了一下心肺，说：“现在各种体征都挺正常，你们办下手续就可以出院了。”

柳贵很快办了出院手续，回来对柳笛娘俩说：“月亮也升高了，咱借着月光快点儿走吧。”

远远近近送神的爆竹声，仍然断断续续地“噼噼啪啪”作响。柳笛听到鞭炮声，心情立即轻快许多，说：“咱走快点儿，到了家，还可以看看街上的灯笼！”

柳笛娘说：“今年这元宵节让你闹得我心不安，早没心思看灯了。”

柳贵和柳笛娘俩走出医院大门时，迎面来了十来个人，抬着一个病人急匆匆地进来。柳贵仔细一看是柳林庄的乡亲。他叫住最后边的一个小伙子问："这是谁又病了?"

小伙子小声说："是柳絮一时想不开，吃了安眠药。"

柳贵长叹了一声什么话也没说，柳笛娘随后出了一口长气，嘴张了一下把要说的话咽下去了。柳笛两眼凝视着远方升起来的圆月，两眼泪汪汪的。

这天后半晌，杨冰娘与张名嘴吵架后，她左思右想没有别的办法，牙一咬，她豁出去了，便直奔柳富家。柳富和妻子、女儿正忙着收拾中午宴席用过的杯盘碗筷，杨冰娘站在院子当中大声说："柳富大哥，我来给您赔不是来了。"

柳富一边从屋里出来，一边用一块脏兮兮的抹布擦着手说："您赔哪门子不是啊?您可是稀客，难得来家坐坐。"扭头冲屋里喊，"絮她娘，你乡亲来了。"柳絮娘也赶忙从屋里出来，一边擦手一边请杨冰娘到屋里坐。

杨冰娘说："我不到屋里去了。直说吧，订亲这件事儿，我和俺他爹想得实在不周到，没跟儿子商量妥当就匆匆忙忙送了订婚帖。俺杨冰知道了跟他爹大闹，要么退亲，要么他就出家当和尚去了。我就这么一个儿子，俺杨冰真要当了和尚，订了亲也没用，咱闺女和谁结婚?现在是新社会，能让咱这么好的闺女守一辈子活寡吗?我想来想去，只有退亲一条路。"

柳富两口子听了杨冰娘的话，脸上的笑立即没了。两口子你看看我，我看看你。柳富为难地问妻子："你说怎么办?"

柳富妻子板着脸什么也不说，大家正在为难之际，柳絮从屋里走出来，手里拿着红纸写的订婚帖子，往她爹手里一塞说："退婚!"扭头回了屋里，使劲把门关上。

杨冰娘还想说几句赔礼的话，夸夸柳絮懂得人情事理，甚至还想说以后给柳絮说个好婆家。她还没张嘴，柳富妻子就下了逐客令："你快走吧，俺忙着哩！"

知女莫若娘。柳富妻子知道自己的闺女是个刚烈脾气，担心闺女出事儿，忙回屋去看。她推女儿住的里间屋的门，推不开，立即就大声说："小絮，快开门！"

柳絮在屋里哭泣着说："我没脸活在世界上了！我怎么了，不就是不识字吗？没有文化就被人看不起来，刚订婚，没过门就被丈夫休了。我没法活下去，我咽不下这口气！"

柳富一听急得忙说："好闺女，听爹的话，把门打开。咱也念书，你想上什么学校，爹就送你上什么学校。"

柳絮在屋里说："我的爹啊，这话十年前你怎么不说？晚了，下辈子我再念书吧！"

柳富听了闺女的话急了，他后退一步，猛地用力一脚把门踹开。只见闺女躺在炕上，嘴里开始吐白沫，精神恍惚，桌子上扔着一个空的安眠药瓶子。柳富两口子马上出门喊人，把柳絮送到县医院抢救。

5

柳絮为什么对杨冰那么痴迷，这说来话长。柳絮娘和杨冰娘的娘家也是一个村，两个人娘家住得很近，有时两个孩子回娘家碰在一起，就玩上半天。柳絮十来岁时，有一年七月十五，柳絮娘和杨冰娘都带着孩子回娘家给父亲烧纸。两家的墓地中间是块不大的无主荒地，长着许多高高矮矮的酸枣树。大人们烧过纸之后或在墓地转转，认认祖先的坟头，或在一起拉家常，孩子们则到酸枣林里去摘酸枣。这时的酸枣有的还青，有的熟透了，有的半截青半截红。熟透的酸枣像小红灯笼似的挂在枝头，非常诱人。酸枣树的枝上有许多刺儿，摘酸枣不小心就会被刺扎破手。酸枣又小又酸，吃起来也不爽嘴，大人们不摘也不吃。杨冰比柳絮大两岁，他像个小哥哥一样知道让着她，照顾她。杨冰让柳絮在树下等着，他爬到树干上把树枝压下来，让柳絮抓住树枝慢慢摘树枝尖梢上的红酸枣。两个孩子配合得很好，说说笑笑，不大工夫两个孩子衣袋就快装满了。

柳絮正抓着一条嫩树枝摘酸枣，没想到嫩树枝从根部折了。整个树枝往上一弹，一个尖刺扎进柳絮的中指里，尖刺的半截折在肉里了。杨冰用手指甲把扎到肉里的半截刺儿掐住，轻轻拔出，血立即从小小的伤口里冒出来了。柳絮看见鲜血，“哇”的一声哭了。杨冰立即用手指捏住了伤口，他见大人们这样止血过，自己也学着这样做。

当娘的耳朵尖，柳絮娘立即从墓地那边跑过来，边跑边问：“小絮，怎么了？”

杨冰娘也紧随其后跑来，边跑边说：“小冰，你不要欺负小妹妹。”

杨冰说：“我没欺负她，我帮她拔出了刺儿。”

柳絮娘走到跟前，让杨冰松开手，看血已止住，便安慰女儿说：“没事儿，好了。小哥哥多好，还知道帮你拔刺儿、止血。谢谢哥哥。”

柳絮眼里还含着泪花，微笑着说：“谢谢小哥哥。”因为这件小事儿，杨冰在柳絮心里留下了很深的印象，也埋下了幼小的友谊种子。

大概又过了二三年，有一天杨冰去看姥姥，碰到柳絮的姥姥，柳絮姥姥说："我有二斤棉线，你帮我捎给柳絮她娘吧。"杨冰痛快地答应了，他回到杨家屯没进家就去了柳林庄，他把棉线给柳絮娘送去了。柳絮娘夸他说："杨冰真有出息，越长越好看，将来一定寻一个漂亮媳妇。"杨冰笑笑，什么也没说扭头就跑出去了。

柳絮听见娘夸奖杨冰，自己也莫名其妙地高兴起来，心里暗暗下决心，将来我要寻个这样的女婿。

柳絮和杨冰长到十四五岁，见了面只是相互笑笑，不再像童年那样无拘无束的说笑了，但心里还是很亲近的。尤其是柳絮，默默地把杨冰当成未来的丈夫，只是她没有把自己的心迹向母亲透露罢了。

前些日子张名嘴给柳絮提亲，说了东庄李家的儿子，柳絮不愿意；又说西庄张家的儿子，柳絮也不同意。这两家都是殷实人家，儿子又很聪明、漂亮。娘偷偷问柳絮："这么好的婆家你不愿意，你想嫁个什么样的？"柳絮只是低着头不说话，娘又问了几遍，柳絮才很不自然地小声说："我想嫁——给——杨冰。"

娘说："这个容易，待我有了空去告诉张名嘴。"

柳絮娘把闺女的心思对丈夫说了，柳富说："杨冰是个有出息的孩子，就是家里穷些。"

柳絮娘说："咱就这么一个闺女，闺女出嫁了，咱家里这些庄园地土谁继承？不如陪送闺女十亩地、一处宅子。闺女一过门就有家私过活。"

柳富听了妻子的话觉得有道理，便说："就这么办，你去找张名嘴说说。”

张名嘴认为这是十拿九稳的事儿，没想到杨冰知道了坚决不同意，理由是柳絮不识字。村里人们都说：“杨冰念书越念越傻了，送到嘴边的肥肉都不吃。”

第一次给杨冰提亲，因为自己不识字被拒绝了，对柳絮刺激非常大。第二次爹娘增加了筹码，杨家送来了订婚帖子。柳絮如愿以偿，高兴得要命，但只高兴了半天，杨冰娘就把订婚帖子要走了。这次柳絮绝望了，她羞愧得无地自容，不想再活在这个世界上丢人现眼，于是便吞了整瓶的安眠药。

6

柳笛回到家，心情很沉重，她再也没有看灯的心情了。她对娘说：“我很累，我想睡觉了。”

娘说：“好好休息吧，我把暖瓶放在你的桌子上，渴了自己倒水。”娘替闺女收拾好桌子上的东西，放下门帘就出去了。

柳贵为闺女折腾了一天，累得不愿动弹，他坐在堂屋方桌边懒洋洋地叼着烟袋吸烟。柳笛娘说：“明天咱就找张名嘴去杨家提亲，选个黄道吉日送了订亲帖子，免得夜长梦多。”

柳贵说：“梦多不了啦，杨冰一闹，我们又闹，谁还敢打杨冰的主意?!”

柳笛娘说：“你也不要太大意，世界上的事儿非常复杂，谁能料到会出什么意外?”

柳贵说：“世界上的事再复杂多变，我想经过一个晚上，杨冰不会再与别人订了亲事吧!”

柳笛娘说："咱俩别闲着没事瞎嗑牙，明天吃了早饭就去找张名嘴商议订亲的事儿！我很累了，咱快睡觉吧。"

第二天吃过早饭，柳笛娘对丈夫说："你去找张名嘴吧！"

柳贵说："我不去，最初这事儿是你与她说的，你们女的说话方便，还是你去吧。"

柳笛娘没办法，只好自己去找张名嘴。张名嘴原来是赶着给柳笛说亲，如今是求她都不肯去说亲了。因为昨天她与杨冰娘吵了一架，杨发家前晌订的亲后晌就退了亲，闹得柳絮还吃了安眠药。张名嘴越想越气，对柳笛娘说："我不想再理杨发家了，他们一家子没一个懂事儿讲理的人。你找别人去说吧！"

柳笛娘说："俗话说，好事儿不烦二主。你放心，我们订了亲不会反悔的。我们诚心诚意地求你，你就跑一趟吧。"

张名嘴决绝地说："我昨天已经发誓不再理杨发家了，我说到做到，不能自食其言，我不能在杨家屯、柳林庄丢这份人！"

柳笛娘请不动张名嘴，只好回家。她对柳贵说："张名嘴现在也摆起架子来了，我说尽了好话，她就是不肯去。"

柳贵说："难道说，离了张屠夫我们就非吃带毛的猪吗？西院大婶是热心人，你请大婶去一趟，准没问题。"

柳笛娘去找西院大婶，西院大婶说："我正想去找你，你却来了。"

柳笛娘问："有事吗？"

大婶说："有些人说杨冰是个书呆子，念书行，别的事儿什么也不懂，呆头呆脑的，另外还有些别的病。我正想告诉你，你和小笛她爹要慎重考虑一下。"

柳笛娘说："杨冰挺机灵的，他成天和我们小笛在一起，我没发现他呆头呆脑啊！至于有什么别的病就看不出来了。”

大婶说：“那种病看不出来，好像是那方面不行。这是你大兄弟在街上坐着，听人们闲聊时说的。我再让你大兄弟打听一下，婚姻大事还是慎重些好。这事儿不急，过两天再说也不迟。你说哩?”

柳笛娘听了这话，心里也犯嘀咕，只好说：“孩子还小，不着急。”

柳笛娘回到家把大婶的话对柳贵说了一遍，柳贵说：“说杨冰是个书呆子，我看不像。至于有什么病，还是应该打听清楚，这可是咱小笛一辈子的大事。”

柳笛娘说：“我听了觉得奇怪，杨冰还小，没结过婚，别人怎么知道他那方面不行？莫非杨冰太漂亮，有女人勾搭过他。”

柳贵说：“杨冰若真是个风流浪荡子，学习再好，也不能把好端端的闺女嫁给他。”

柳笛娘说：“事情没弄清楚之前，先不要与咱闺女说，免得平地又起波澜。”

柳贵说：“那是自然，那是自然。”

农村里有些好事之徒，往往捕风捉影，无中生有，总希望别人有些发愁的事儿、糟心的事儿、倒霉的事儿，他们才高兴，心里才舒坦。杨冰“呆傻”“有病”的传言，就是来自一次开玩笑。

7

杨冰第一次拒绝了柳絮家的婚事后，村里一些年轻人就说他是一个“书呆子”，念书念傻了。有一天，一个叫小嘎的叫住杨冰，说：“你这么大是想娶媳妇的年纪了，怎么柳絮那么漂亮的大闺女想嫁给你，你都不要，是怎么回事？你是不是缺心眼，念书念傻了？”

杨冰脸微微红了一下，不好意思地说：“我是有点缺心眼儿，就知道成天念书，不想娶媳妇。”

小嘎说：“你没吃过肉不知道肉香，你没抱着大闺女睡过觉，不知道是什么滋味啊！你什么都不懂，傻乎乎的。”

杨冰说：“我是什么都不懂，傻乎乎的。”

三坏正好在旁边，他听了插嘴说：“那滋味比吃肉香，比吃糖甜，没法说的好受。快娶媳妇吧，娶了媳妇就什么都知道了。”

小嘎说：“你那个东西是不是不行啊，晚上没做过好梦？”

杨冰说：“我躺倒就睡着了，夜里从来不做梦。”

三坏问：“你有蛋子吗？”

杨冰没好气地说：“没有。”

小嘎问得更直接：“你那个东西硬不起来吧？”

杨冰生气地扔下一句“硬不起来”，扭头就走开了。他听见身后这几个人“哈哈哈”地坏笑了一阵，当天就传出杨冰自己“承认”不只“呆傻”，还“发育不健全”“没有生育能力”等等，把几个人开玩笑说的话添油加醋地四处传播。

柳笛与杨冰订亲，本来是水到渠成的事，由于不实的传言就又拖下来了。春季开学时，杨冰和柳笛同时考上县师范学校，到县城读书，订亲的事就不再提了。

还没出正月，杨发家就同几个泥水匠结伙到外村盖房子。有一天，杨发家站在高高的脚手架上砌墙，脚下站的木板一倾斜，杨发家身子一歪，从一丈多高的架子上摔下来。板子上堆着的备用砖，随即砸在杨发家的头上，鲜血立即流出来。脚手架底下是一堆烂砖头，杨发家正好摔在烂砖堆上，有一块砖头正好戳在他的脊梁上，把腰椎硌折了。

人们七手八脚抬着杨发家去医院，由于没有医护知识，杨发家的腰椎又第二次扭伤。由于医疗条件太差，伤口感染得了破伤风，杨发家三五天就死在医院里了。

杨发家是家里的顶梁柱，日子全靠他支撑。杨发家一去世，杨家的日子就无法过了。杨发家圆坟那天，娘叫住杨冰："冰，别念书了，在家种地吧。"

杨冰说："咱家只有二亩半地，种好了也无法养活咱娘俩。读师范不交学费和伙食费，咱勒紧腰带苦熬三年，我一毕业就可挣钱养家了，比种地强。"

杨冰小舅也同意外甥的意见，劝杨冰娘说："姐，你纺线子织布，给人家做个针线活，混自己一碗饭吃。那二亩半地，我和大哥苦点、累点，一早一晚过来侍弄一下，能收成多少粮食收成多少。三年苦日子好熬，小冰一毕业就好办了。"

大舅也说："小冰有出息，回家种地就把他的才学糟蹋了。你自己努把劲儿，我们兄弟俩再帮衬一下，苦日子就过去了。"

杨冰没有退学，他继续在学校发奋读书。每逢开学、放假、学期中间回家探亲，杨冰和柳笛都是做伴同行。柳笛的大行李、重行李都是杨冰帮她扛着，两个人的小包由柳笛来拿。只要不在学校，两个人亲亲热热像亲兄妹一样。

新中国成立初，同学的旧思想意识还是很浓的，男女同学课上课下都是规规矩矩的，男女同学除了课间跳集体舞靠得近一些，平时很少说话，收作业、做值日打扫教室这些必要的沟通，都要

聪明，有一道可做可不做的智力测验题，杨冰不只做对了，而且创造性地用了两种解题方法。可见杨冰读了不少数学参考书，知识面非常宽，而且能灵活地运用所学知识。他的试卷我贴在后边的黑板上，下了课同学们可以认真看看。”

老师表扬了杨冰也就罢了，他不该对比着点名批评柳笛：“柳笛就做对了一道题，只得了20分。这么简单的题都不会做，我不知道柳笛上课听讲了没有？稍微用点心思也不至于错成这个样啊！下午课外活动时间，请柳笛同学到我的办公室去一下。”这让爱面子的柳笛怎么能挂得住脸了，她当即就趴在桌子上“呜呜”地哭泣了。

下课后许多女同学围着柳笛，七嘴八舌地安慰她。柳笛什么话也不说只是哭。杨冰也觉得奇怪，柳笛不是这么不用功的学生，脑子也没有这么笨。杨冰也不好意思前去劝解她，更不便于问明原因。杨冰好不容易等到中午，待柳笛吃过午饭从食堂走出来，准备回宿舍午睡时，他紧走几步赶上柳笛，递给她一个纸团。柳笛打开一看，上面只写着一句话“想开些，补上课就是了，不要难过”。柳笛看完回头冲着杨冰瞪了一眼，说：“都是你的过!”

杨冰更加糊涂了，心想，你考砸了关我什么事?

9

柳笛考试考砸了的确和杨冰有关。暑假前柳笛和杨冰在高粱地里幽会后，暑假里他们二人又在柳笛家的后院果园里偷偷幽会多次。也许是柳笛性成熟比杨冰早，或者柳笛的自控能力不如杨冰，有几次柳笛都忍不住要突破最后一道防线，还是杨冰把持住了，劝柳笛说：“我们还是再忍一年多，等咱们毕业后当了教师再……”

开学后，柳笛晚上睡不好，总想着与杨冰在一起的情景。有时在课堂上，柳笛人虽然坐在位子上，但她的头脑里总像演电影一样，一个场景一个场景地闪过，老师讲什么根本听不进去。所以她把数学考了20分归罪于杨冰。

杨冰知道柳笛考砸了的原因后，也深感内疚。一个星期六下午，下了第二节课以后，杨冰和柳笛借故取棉衣回了家。在路上，杨冰说：“你应该善于控制自己的思想感情，不能骑着感情的野马任意奔驰。最近我读了一本书，书上说一个人管不住自己的思想感情，一辈子将一事无成。历史上那些成就大事业的人，都是善于控制自己感情的人。”

他们两个并肩走了一路，杨冰苦心劝了柳笛一路。天黑下来，他们走到柳林庄和杨家屯中间的大道口，杨冰说：“我带数学课本回来了，明天咱哪里都不去，在你们家我帮你补习数学好吗？”

柳笛犹豫了一下，勉强说：“好吧！”

第二天吃过早饭，杨冰早早就去了柳笛家，柳笛刚被娘叫起来吃早饭。柳笛懒洋洋地说：“在学校天天顶着星星起床，不能睡懒觉，好不容易回了家，还不睡个够？”

杨冰说：“勤奋学习不是一句空话，在家也不能懒散。快吃饭，我等着给你补课哩。”

柳笛娘也说：“古代的举人、状元，都是三更灯火五更鸡，冷桌子硬板凳熬出来的。应该像你杨冰哥那样吃苦才行，舒舒服服念不好书。”

柳笛不耐烦地说："别絮叨了，我吃饭还不行。"

吃过早饭，柳笛还想玩一会儿，她找借口说："刚吃了饭就用脑不卫生。"

杨冰说："又不是天天这样，没事的。"

柳笛娘也说："别磨蹭了，再磨蹭就快吃午饭了。"

于是两个人立即在柳笛卧室的三屉桌上并排补课，但柳笛的思想很难集中，杨冰反复讲解她还听不懂。有时杨冰在纸上正画着几何图形，柳笛把杨冰一搂就想亲吻。杨冰把她轻轻一推说："不要这样。"

柳笛自从恋爱分心后，学习成绩在班上始终处于下游，最初老师们还耐心地帮助她，下课后单独给她补课，但仍然没有起色。老师们认为柳笛的理解能力比一般同学差些，对她也就不抱多大希望。班上同学们认为柳笛太沉溺于爱情不能自拔，在言谈话语中有些看不起她，她也没感到任何惭愧和压力。

有些过来人也许觉得柳笛太没出息，怎么能沉醉于甜蜜的爱情中不能自拔？生活中许多事都是旁观者清、当局者迷。不要说柳笛是个十几岁的、涉世很浅的女孩子，即使一些成人，甚至是名人、大人物在婚姻恋爱问题上，也给后人留下许多话柄和笑谈。不过后世传记作者美其名曰"风流韵事"，加以美化罢了。男女之间的问题，发生在名人身上就是小节，发生在俗人身上则是道德品质问题。

一个星期六晚上，杨冰约柳笛到操场上走走，他亲密地对柳笛说："我们应该有意识地疏远些，从明天起我们少接触，少来往，让我们把炽热的爱情温度降下来，好不好？"

柳笛说："可以。我也觉得成天价总想着亲热，脑子里空空的，没理想，没抱负不像话。从明天起，我要振作起来，像个新时代的青年。”

杨冰说：“你有这样的想法好，我们正处在学知识的年龄，应该多读书，免得老了后悔。”

柳笛猛然搂住杨冰说：“冰哥，再抱抱我，亲最后一次。”

不管同学们说什么，杨冰始终不乱方寸，上课专心听讲，自习时埋头读书。小而言之，他不能辜负母亲的辛勤劳动，她一针一线供自己读书；大而言之，他不能辜负国家的培养和人民的资助，要对得起人民的助学金。所以，杨冰的学习成绩始终是班上最好的。

杨冰和柳笛疏远了一个礼拜，第二个星期六的晚上柳笛拉着杨冰的胳膊说：“这一个礼拜好像过了一年，你是不是不爱我了，借着疏远我的机会又爱上别人了？”

杨冰急忙解释说：“根本不是这么一回事，我们在一个班学习，我谁都没接触……”

柳笛说：“我俩不说话，你每天晚上给我写个条子好吗？要不我心里空空落落的。”

杨冰说：“你应该意志再坚强些，我们一句话也不说，坚持到放寒假。我可以每天给你写个条子，你也可以给我写个条子，互相沟通思想。”

从那天起，杨冰每天写一句名人的格言，悄悄递给柳笛。柳笛有时也回杨冰一句名人格言，这样一来二往柳笛的精神开始振奋起来，成绩也逐渐好起来。

10

时间过得很快，转眼放了寒假。这年正月十二晚上，大家又在村边上烧烂鞋给老鼠女儿“添箱”。柳笛在人群里悄悄走到杨冰身边，轻轻扯了他一下。杨冰转身跟在柳笛后边走进柳林庄。两个人跳墙进了柳笛家的后院果园，在麦秸垛撕了个小窝窝，两个人并肩坐在里边。

柳笛说：“我三姨和姨父在W市工作，他们回家过春节。今天三姨和姨父来看我娘，他们无意中说起我在县师范读书。三姨说，W市也有师范学校，而且初级师范和中级师范合校。初师毕业可以升中师，不升中师也可分配在W市教小学，比在咱县师范读书前途好。他们想带我去W市读师范，我爹和我娘都同意。他们过了正月十五就走，如果我同意去W市，过了十五就和他们一块走了。你说我去还是不去？”

杨冰说：“你爹娘都同意你去，我想为了你的前途，你还是去好。你去了W市读书，我们就不可能天天见面，炽热的思念之情会逐渐凉下来，这样有利于你专心学习。再说毕业后可在南方富庶的城市工作，那里比在北方农村教小学更有前途。”

柳笛忽然偎在杨冰怀里，亲昵地撒娇说：“冰哥，我舍不得你，不能天天见面多苦恼。毕业后，如果我被分配在W市工作，结婚后我们两个人就不可能生活在一起，要两地分居更烦恼，你想到了吗？”

杨冰抚摸着柳笛的两手说：“语文老师上课时引过秦观的两句词‘两情若是久长时，又岂在朝朝暮暮’。好男儿志在四方，有志气成才的女子，也应该志在四方。我如果有出息，将来可以考到大城市读书，毕业后调到W市工作，我们不是就可以永远生活在一起吗?”

这时柳笛忽然趴在杨冰身上，猛烈地亲吻他的双唇，嘴里不停地说着：“好哥哥，亲哥哥……”过了多会，柳笛喃喃地说，“我如果初师毕业还读中师，需要六年，你可等着我，不要与别人恋爱结婚。”

杨冰也喃喃地说：“不要说六年、十年，二十年我也等着你。”

柳笛说：“我去了那里会经常给你写信，你也要经常给我写信。”

杨冰说：“你放心，每信必复，你不来信我也会给你写信。”

柳笛用柔软的小手抚摸着杨冰的脸颊说：“你真是我的好哥哥，亲哥哥……我永远属于你，你可要等着我。”

杨冰说：“你放心，我也永远属于你。”

柳笛爹送柳笛去县城上火车那天早上，杨冰和柳笛娘一起送柳笛上路。杨冰站在村口的小土岗上，看着柳笛逐渐远去的身影。柳笛一步三回首，恋恋不舍地回望杨冰和自己的母亲。

柳笛刚去W市第三天，就给杨冰寄来了一封热情洋溢的信，谈自己在火车上的感受和见闻。过了几天，在新学校上了三天学，又写了第二封信，介绍学校和班级情况。又过了十来天，柳笛写了第三封长信，报告自己的学习情况。隔天又写了第四封长信，说班主任多么喜欢她，语文老师讲课多么精彩，数学老师讲课多么棒，比县师范学校的数学老师强千万倍，等等。

不久柳笛又写信说，自己刚到W市，有些吴侬软语和W市的方言听不懂，与同学交流很困难。杨冰立即给她写了回信，鼓励她多和同学交流，敢于张嘴说话，不要怕南方同学笑自己说话侉，逐渐改掉河北的方言土语，时间久了就习惯了。

杨冰说到做到，柳笛一来信立即回复，有时柳笛没有来信他也会写信给她。杨冰甚至把家乡风调雨顺，农田的庄稼长势喜人，柳笛家的果树硕果累累的情况都写信告诉柳笛。

有时柳笛可能功课较多，时间较紧，信上出现一些错别字或不通的语句，杨冰都耐心地在信上指出来，并分析错在哪里，教给她正确的用法。有时杨冰把信写得简直像语文函授讲义。两个人在信上很少谈思慕之苦、想念之愁，而是互相鼓励刻苦学习，介绍好的报刊文章和新出版的好书。两个人的通信真成了互相激励、互相帮助、共同进步的好方式。

有一次杨冰在给柳笛的信上写道："有人说恋爱影响学习，那是没处理好，如果两个人情操高尚，互相鼓励，互相帮助，爱情可以成为进步的原动力。"

杨冰和柳笛步入了学习的正确轨道。

三、预料不到

1

一个学期以后，柳笛的父母把家里房子和果园租给了一个卖水果的外乡人，两口子也迁到 W 市，租了一间铺面房，开了一家干鲜果品店。柳笛娘则给柳贵父女俩做饭，料理家务，小日子一天天红火起来。

这学期开学初，柳笛来信说："功课很紧张，以后写信的间隔要长一些，信也不会写得太长，希望冰哥能够理解和谅解。"杨冰立即回信说："我完全同意你的意见，希望你抓紧时间努力学习，争取期末被评为'三好学生'。"

柳笛对争做"三好学生"的提议，在信上只是淡淡地说"好吧"。杨冰后来在信上详细谈了自己争"三好学生"的计划，过了很长时间柳笛才回信，但没有任何反应。杨冰觉得奇怪，写信问她有何想法，请谈谈。但信寄出去，如同石沉大海一样。

临近初师毕业，杨冰还要到小学实习，代任六年级的班主任，再回学校鉴定，准备毕业考试。杨冰也顾不上给柳笛写信，他想待毕业后，分配了具体的工作单位再给她写信。

分配的结果张榜公布了，杨冰被分配到师范附小，教五、六年级的语文。许多同学都羡慕杨冰分配到的单位好，因为他不只在县城工作，而且是县重点小学。如果工作非常出色，被县教育局看中，几年后就有可能被调到县师范或县立中学教书。杨冰非常高兴地把分配结果写信告诉柳笛，他把信寄出后就开始计算时间，哪一天柳笛会收到信，柳笛的复信几天后自己会收到。杨冰按照计算好的日子，天天跑到学校收发室看有没有自己的信。最后搞得只要杨冰走进收发室或靠近收发室，负责收发信件的同志就说："杨冰同学，没有你的信。"或者幽默地说："你的朋友正在给你写哩。"

杨冰焦急地等了半个月，他写的信竟原封未动被退回来了，信封上贴了一张纸条，上写"查无此人"，还盖了"W 市师范学校收发章"。杨冰看了退信批条，火热的心立即凉了，而且由内到外凉彻全身。他拖着沉重的双腿，没精打采地回到了学生宿舍。

杨冰拿着县教育局的介绍信，到师范附小报到后就回了家。他向娘报告了分配结果，娘挺高兴的。中午吃饭时，娘问杨冰："柳笛来信了吗?"杨冰说："没来信。"娘说："柳笛也该毕业了，她分配到 W 市工作。人家一家子成了 W 市人，她还能瞧得起咱这农村人？早变心了。"

杨冰说："柳笛可不是那样的人，我心里清楚。她也许是毕业前功课忙，毕业分配的单位不对心思，找学校或教育局调换工作单位，顾不过来。"

杨冰娘说："你净往好的方面想柳笛，你不清楚，柳笛她爹可是个嫌贫爱富、见钱眼开的主儿。最初张名嘴给你提亲，她爹嫌咱穷死活不同意。现在成了城里人，又开商店赚大钱，还能看得起咱？你觉得自己师范毕业，做了教师，与过去不一样。人家闺女柳笛同样师范毕业，当了教师，而且在南方有名的W市，你在一个穷县城教书，柳贵就看得起你了？”

杨冰说：“柳贵看不起我没关系，柳笛看得起我就成。”

杨冰娘说：“常言说，有其父必有其女。柳贵的为人我再清楚不过了。你要想到，柳笛成天在她爹的教育下早变了，已经不是三年前没见过世面的农村小丫头了。”杨冰娘把碗里的稀饭喝完，把碗一推说，“还有一件事儿我忘记告诉你，前几天柳絮到咱家来打听你毕业分配到哪儿了。我说还没定下来，她说等放了暑假你回来了再来找你，看样子好像有什么事儿。”

杨冰说：“我们好几年没见过面，她找我能有什么事儿。”

杨冰娘说：“柳絮这闺女可不是一般的孩子，不只聪明，而且有志气。前些时我到柳林庄十字街供销社去买肥皂，正好碰到柳絮娘和几个老娘们在商店门口聊天，看见我走近了便没话找话说，‘这几年俺柳絮跟她姑姑住着，自己在工农补习学校学了两年文化，竟然考上了保定省中，已经读了一年，下学期该读初二，两年后就初中毕业了。她爹还不满意，还要供柳絮上大学哩’。这话表面是说给那几个街坊，实际上是说给我听的。”

杨冰说：“她给你说这个干什么啊？”

杨冰娘说：“你这孩子不明理，前几年给你提亲，你嫌柳絮不识字，两次拒绝人家。人家闺女有志气，两年后初中毕业，那时就赶上你了。人家柳絮还要读高中、上大学。你不是看不上人家吗？几年后柳絮大学毕业，比你学问大多了！”

2

吃过午饭，杨冰就睡午觉了。杨冰正睡得迷迷糊糊，娘在外屋喊他："小冰，柳絮来了。"

杨冰一骨碌爬起来，匆匆穿上衣服，睡眼惺忪地走出来。柳絮有礼貌地说："真对不起你，打搅你午睡了。"

杨冰说："在学校，这时候早就起床上课了，我回到家就懒了。听说你这几年学习很努力，在保定省中读书。"

柳絮谦虚地说："在省中读书有什么啊？我和你比差远了，你是师范毕业班的高才生，许多单位抢着要你。我才读了一年初中，永远赶不上你。"

杨冰说："咱县是个偏僻小县，没几个人念书，学习稍微好点儿就特别显眼。保定是省城，人才济济，能考上省重点中学，说明你学习成绩相当优秀。"

柳絮说："阅卷老师一时走眼，给了我个高分就被省中录取了。咱不说这些了，我想打听一下柳笛在 W 市读书的情况，你一定知道。"

杨冰说："柳笛很少给我来信，最近两三个月就没收到她的信了。你怎么忽然对她有了兴趣，想打听她的情况呢？"

柳絮说："最近我听到一件事，不知是真是假。教我语文的张老师人品很好，她待我像大姐姐一样，我俩无话不说。她是 W 市人，有许多亲友在那里工作。她有个表哥在 W 市师范学校担任教导主任。今年'五一'结婚，多次写信请张老师出席婚礼，所以一放假张老师就乘火车去了 W 市。张老师这位新表嫂比她小得多，是 W 市师范学校的应届毕业生，长得非常漂亮，心计多得一般人比不了，她想出各种办法，使出各种手段俘获了张老师的表哥，硬把张老师原来的表嫂‘置换’了。你猜张老师这位新表嫂是谁？你绝对想不到。”

杨冰听到这儿，心里已经明白了八九分，但他还是说：“我没去过 W 市师范学校，离着千里之遥，我怎能猜出是谁啊？”

柳絮说：“告诉你吧，张老师这位新表嫂就是柳笛。张老师说，在婚礼上，这位表嫂说着蹩脚的江南吴语，但仍然听出些许河北侉音。在婚宴上张老师坐在这位表嫂的旁边，拉了许多家常，惊奇地发现她和我是同乡。张老师一回到保定一中，就把这件事告诉我了。当时我惊讶得不敢相信，但张老师说千真万确是柳林庄人，姓名更没错。”

杨冰沉默着一句话也不说，杨冰娘长叹了一声，说：“世界上的事无奇不有，只有人想不到的，没有人做不到的。”娘转过脸对杨冰说，“别傻等着了，有了合适的就找一个吧。”

杨冰苦笑了一下，对柳絮说：“谢谢你告诉我这件事，你不告诉我，我还被蒙在鼓里呢。”

柳絮说：“谢什么，我们都是乡亲，我知道了这件事，心里难过了几天。我觉得我有责任把这件事如实告诉你，不然，你会受骗好多年，还耽误你结婚成家。”柳絮说完就站起来对杨冰娘礼貌地说，“大娘，我回家了。”

杨冰娘热情地说：“闺女，多坐会儿吧。”

柳絮说：“天很晚了，改天我再来看您。”

杨冰站起来送柳絮，到了院门口，柳絮回头说：“想开些，这样的人不值得爱。”

杨冰说："我想得开，这样的人的确不值得爱。我还得帮着娘做饭，就不远送你了。"

杨冰送走柳絮回到堂屋，娘说："我看柳絮这闺女就很好，这些年她也没找婆家，如果她想跟咱结亲，你千万别再冒傻气拒绝人家了。"

杨冰说："娘，你想到哪去了？人家是来给我送信的。柳絮的话也不能全信，我总觉得柳笛没那么坏。再等等，看柳笛来信不来。"

杨冰娘说："小冰，你太死心眼儿。柳笛好几个月都不理你，你已经知道她另找了对象结了婚，你还等什么呢?!"

杨冰说："我和柳笛已经相处好多年了，她哪能说变就变。柳絮说得太离奇，哪有那么巧的，她的老师的表哥就在W市师范学校当教导主任，新婚的妻子正好是柳笛。我总认为越奇巧的事越假。"

杨冰娘说："你认为柳絮的话不可信，她是来骗你的？"

杨冰说："我也没根据说柳絮是个骗子，要不我说再看看吧。"

杨冰娘说："你是不到黄河心不死，不见棺材不落泪啊。"

3

八月下旬杨冰就到师范附小报到，做开学的准备工作。柳絮也回到保定姑姑家准备开学。杨冰他们刚离开柳林庄，柳笛就陪着父母回来处理自己的房产。

十月一号国庆节，学校放假三天，杨冰回家看母亲。娘让杨冰到供销社去买一斤瘦肉，回来剁馅包饺子吃。杨冰在供销社门口碰到本家五婶，五婶一看见他就热情地大声打招呼：“小冰啊！你八月底就回学校了，没看见柳笛？柳笛完全成了洋人，烫着卷发，戴着墨镜，手腕上戴着手表，手里打着花洋伞，身上穿着碎花布拉吉，脚上蹬着高跟皮鞋。她卷着舌头说些我们听不懂的南方‘洋话’。要不是这位‘洋人’叫柳贵‘爸’，我们真看不出是当年的土丫头柳笛啊！”

杨冰听了五婶的话，脑袋“嗡”的一下，心里五味杂陈，勉强笑了一下，说：“五婶，你没出村就开了眼！”

五婶哈哈大笑，说：“没花一分钱就看了西洋景。我问柳笛她娘‘闺女有了婆家了没有？’柳笛她娘倒没改口音，还是用咱家里的土话说‘俺小笛结婚了，女婿大学毕业，当什么主任，他们刚度完蜜月’。‘蜜月’是什么意思？我也不知道，可能是掉在蜜罐里生活了一个月吧。”

杨冰说：“就是这个意思。五婶，我得快点儿买了肉回家，娘还等着剁馅包饺子哩。”他说着就进了供销社，直奔卖肉的柜台，称了一斤好瘦肉扭头就出来了。

杨冰走在回家的路上，心里非常愤懑，有人跟他打招呼都听不见，只顾闷闷地往前走。他实在不明白，自己认为最了解的人，最信任的人，最心爱的人，朴朴实实的一个年轻姑娘，曾对自己信誓旦旦，怎么到了新的环境竟然变得如此之快？变得快也不怕，写封信明确告诉一声，自己也不会死赖着她。为什么连个纸条也不写给自己？他越想越不明白，他越想越恨自己走了眼，看错了人。杨冰进而有一种失落感，像被人当小丑耍弄了一番。杨冰很强的自尊心受到了极大的打击，他羞愧得无地自容。杨冰越想心里越乱，头晕眼花，脚下无根，恍恍惚惚、飘飘悠悠回到了家。杨冰把肉往桌子上一放，对娘说："我有点儿不舒服，想躺一会儿。"说完就进了自己的里间屋。

娘就这么一个独根苗儿子，从小就疼他，头上顶着怕歪了，嘴里含着怕化了。杨冰只要有点儿小病，什么头疼脑热呀，胃胀肚疼吃不下呀，娘就心惊胆战恐怕他有个三长两短，立即请医生吃药。杨冰在县师范学校读书，娘不守着，看不见，松心多了。今天一早，杨冰从县城买了许多水果回来，高高兴兴和娘一块过国庆节，娘笑得合不拢嘴。杨冰记得，自从爹死后娘就没有这样开心地笑过。

娘一听见杨冰说"不舒服"，笑模样立即变成了愁容。娘随即跟到里间屋问："孩子，怎么不舒服啊？要不要请柳林庄的老中医来看看。"

杨冰说："娘，我没事儿，可能着了凉。"

娘又摸了一下杨冰的头说："不烫啊，怎么会着凉？"娘眨巴着眼思考了一下又问，"你刚回来还欢天喜地，怎么出去买了一趟肉回来就病了，情绪低落得像霜打过的庄稼？你是不是在街上碰到熟人，给你讲了前些时柳笛回来的事，心里不好受啊？"

真是知子莫若娘，娘最了解儿子，一句话就问到杨冰的心里去了。因为柳笛前些日子回来，她的穿着打扮、言谈做派，成了柳林庄、杨家屯两个小村群众茶余饭后的谈资。娘估计杨冰碰到熟人了，他们会很自然地告诉杨冰这些事儿。

杨冰说："我知道柳笛那些事并不生她的气，是生我自己的气，悔恨我当初走了眼，没有看透柳笛。"

杨冰娘说："当初你也没走眼，是柳笛变了。我打个比方，你今天买的这些苹果个个是好的，过了几天有两个烂了。不能怪你走了眼没挑好，只能怪这两个苹果自己变坏了。柳笛也不是一天变的，是一点一点儿慢慢变坏的。你没守着她，自然没发现她的变化。如果你和柳笛天天在一起没发现，那就怪你了。”

话是“宽心丸”，杨冰听了娘的话心里好受多了，便坐起来。杨冰娘说：“小冰，你不要觉得丢人，丢人的是她柳笛父女俩。村里人们议论的是柳笛，不是议论你，你丢什么人？这样的闺女不值得爱。冰，出来帮着娘剁馅，娘去和面。”

4

娘俩一块包着饺子，娘又有一搭没一搭地说：“张名嘴耳朵最尖，不出三天，张名嘴就会来给你说媳妇。”

杨冰说：“你又盼着她来提亲呢，我还不到法定结婚年龄，刚工作，不急着娶媳妇。”

娘说：“咱当然不着急娶媳妇了，可是村里人比你还着急。你走了以后村里人就开始议论你，有的说不出三个月，你就从城里带回一个漂亮媳妇；有的说国庆节你休假，张名嘴就来给你说亲；有的说柳林庄和杨家屯的好闺女们，不用媒人‘撮合’，自己就找上门了。你五婶前几天对我说，‘嫂子，柳絮早晚得当了你的儿媳妇’。昨天五婶对我说，‘柳絮回家过节了，你准备招待她吧’。我说‘不亲不故的，我招待她干什么’。你猜五婶怎么说，她说‘没亲没故，可以变成沾亲带故嘛’。我有你这样的儿子觉得有脸，你怎么能因为柳笛这件事觉得丢人呢！”

杨冰说：“咱村里的人闲着没事儿，就爱琢磨事儿，有影的，没影的，都能琢磨得活灵活现，我没有那么多人喜欢。”

饺子煮熟了，热气腾腾的饺子端上桌子，杨冰在醋盘里又放了一些香油。娘俩正吃着香喷喷的饺子，院里有个女人高声说：“我有嘴福，走到哪儿都能赶上好吃的。”

杨冰娘小声说：“我说张名嘴不出三天，准来给你说媳妇，今儿个第一天就来了。”然后大声冲院里说，“快来，就等着你来吃哩，再不来，杨冰就去请你了。”

张名嘴进了屋说：“什么馅？这么香！”

杨冰娘端着一盘饺子递过去，说：“你坐在旁边的杌子上吃，不就知道是什么馅了吗？”

张名嘴也不坐，伸手捏了一个饺子放在嘴里，“咕噜咕噜”吃了，嘴角流着油说：“怪不得香，肉馅饺子，又放了许香油。您可真舍得。”

杨冰娘说：“俺就一个儿子，好不容易回来过节，再不做好吃点儿行吗？坐下吃了这一盘饺子。”

张名嘴说：“我在柳絮家刚吃饱了，我再尝一个吧。”她说着又伸手捏了一个塞到嘴里。张名嘴把杌子拉到一边坐下，待咽了嘴里的饺子才说：“今天我来不为别的事，专门给咱杨冰说个好媳妇。”

杨冰娘说：“你这是三句话不离本行，卖什么吆喝什么。给俺说哪里的好闺女？”

张名嘴说：“还是俺柳林庄的，前几年我说了两次没说成，咱杨冰嫌人家没文化。现在这闺女可是个中学生，九年后就大学毕业了，是咱周围近十来个村第一个大学生。我不说您也知道是谁。”然后张名嘴转过脸问杨冰，“你同意吗？”

杨冰说："柳林庄读中学的多了，你不说名道姓，我不知道你说的是谁。"

张名嘴说："就是柳絮啊，这闺女长相没得说，才学数得着。听说前些时她来咱家，与你长谈过一次，怎么样?"

杨冰说："结婚是终身大事，容我考虑一下，过些时我再回复您吧。"

杨冰娘笑了笑说："这闺女长相、才学都不错，又知根知底。我没意见，就看俺杨冰的意思了。"

杨冰说的"考虑一下"不是托词，他被分配到师范附小工作后，暑假里有初师同班的几个女同学，直接给杨冰写信倾诉爱慕之情。还有一个女同学脸皮儿薄，托一位任课女老师向杨冰求婚。杨冰都以有了对象为借口，一一婉言谢绝。如今柳笛已经"不辞而高就"，自己再要择偶自然要慎重考虑了。

张名嘴说："杨冰你考虑吧，不过时间不要太长，柳絮她娘还等着我回话哩。三天后柳絮就回保定上学去了，最好在你回城里前就能定下来。"

杨冰说："时间太紧了吧!"

张名嘴说："紧什么啊，你们谁不了解谁? 恐怕你心里早拿定主意了。"

张名嘴正在杨冰家提亲，柳絮进了院，正是"说谁谁来"。柳絮大声说："大娘，我看您来了。"

杨冰娘慌忙从屋里迎出来说："闺女，过节你也回来了?"

柳絮说："我娘想我，非让我国庆节回来，一共才三天假，来回多紧张呀!"

杨冰娘说："来回坐火车对你们年轻人来说，不算什么。"

柳絮随着大娘进了屋，看见张名嘴在这里便惊讶地说："啊，大婶在这里，是来给杨冰哥说媳妇吧?"

几个人你看看我，我看看你。张名嘴有些不自然地说："闺女，我不能走到哪都说媒，我是闲着没事儿来串门的。"

柳絮说："大婶，你们还聊天吧。我是找杨冰哥有点儿事。"

杨冰很机灵，一看这种情况便说："柳絮，咱们在外边走走吧。"

于是柳絮就跟着杨冰出来了。张名嘴继续与杨冰娘说些闲话。

5

听张名嘴的话，她是受柳絮娘的委托来说媒的，而且在柳絮家刚吃了午饭就来到杨冰家。其实，根本就没有这么回事儿。张名嘴是假冒柳絮娘的名义来杨冰家提亲，成了她就去柳絮家骗吃骗喝骗钱花，不成只当没这回事儿，谁知偏巧柳絮来了，戳穿了她的"西洋景"。

杨冰和柳絮肩并肩走出了杨家屯西口，西口往北走是一片杨树林。他俩进了树林，杨冰捡了两块半头砖，递给柳絮一块说："垫在屁股底下坐会儿。"

柳絮接过砖头，放在一个小土岗上。她从口袋里掏出一张报纸一撕两半，她用一半报纸蒙在砖上坐下，把剩下的半张递给了杨冰。柳絮把耷拉下来的头发捋到后边，两眼看着远方天上飘动的白云说："上次我回家告诉你柳笛与别人结婚了，看你的样子有点儿不大相信。这次回家听了乡亲们的议论，信了吧!"

杨冰不好意思地说："上次也不是完全不相信，我奇怪一个人怎么会变得那么快？她曾发誓非我不嫁啊！"

柳絮说："是啊，人是活人，随着环境的变化思想也就变了。非你不嫁，一旦遇到她认为是'更好的教导主任'，就变成'非你也可嫁'了。像柳笛这样的人，今后若遇到什么'校长''县长'等更大的官，她同样会扔掉'教导主任'而高就。这样的人长得再漂亮也不值得爱！"

杨冰说："这件事儿对我的教训太深了，今后我再找对象可得慎重些，不能一见钟情，轻易就许下终身大事。"

柳絮说："今天张名嘴给你说的哪里的媳妇？可以告诉我吗？"

杨冰说："可以告诉你，张名嘴能认识几个人，她提的不是杨家屯的就是柳林庄的，她能说谁？"

柳絮笑笑说："她说谁，我怎么知道啊？"

杨冰笑了，笑够了说："她说的是你。"

柳絮一听杏眼圆睁，说："是你胡说还是真的？我娘和我爹都没这个意思，即使有也不会让她来提亲！"

杨冰说："终身大事是极严肃的事儿，我怎么能拿这个和你开玩笑？"

柳絮说："近几年我不想考虑这件事儿，想集中精力学习，大学毕业后再考虑也不晚。"

杨冰说："你的想法很好，我非常赞成你的想法。我们这样的年龄，是长身体长知识的大好时机，千万不能浪费在谈恋爱上。"

柳絮说："我真应该谢谢你，若不是你嫌我没文化，两次拒绝我家的求婚，我还不会发愤读书。这真是坏事变成了好事儿，我发誓要大学毕业，学出个人样让你看看，让柳林庄和杨家屯的人看看。”

杨冰说：“在立志学习方面，我应该向你好好学习。我现在恋爱就太早了，知道什么？懂什么？我工作三年后，有机会我也要考大学深造。”

柳絮问：“为什么要再等三年？”

杨冰说：“国家规定，师范学校毕业生必须工作三年，才允许改行或继续升学深造。”

两个人并肩坐着，由太阳偏西一直谈到太阳西沉。一阵风吹来，柳絮打了个寒噤。杨冰说：“你穿着短袖衫，不禁风吹，别着了凉，咱回家吧。”于是两个人站起来往村里走去。

杨冰回到家里，杨冰娘问他：“你和柳絮到哪去了这么半天？”

杨冰说：“我俩在村西杨树林里坐着闲聊。”

杨冰娘又问：“闲聊什么来？说找对象的事来吗？”

杨冰说：“我们什么都聊，找对象、结婚、读书。”

杨冰娘又问：“柳絮同意吗？”

杨冰问：“柳絮同意什么？”

杨冰娘说：“柳絮同意嫁给你吗？”

杨冰说：“我们没谈这个，这几年她要专心念书，大学毕业后才考虑结婚。”

杨冰娘说：“九年她才能大学毕业，到那时她就三十岁了，还怎么结婚生孩子？我这辈子还能抱孙子吗？”

杨冰说：“人家柳絮嫁给我不嫁给我，我俩都没谈，人家三十岁结婚和咱有什么关系？”

杨冰娘说：“我还以为你们俩去谈恋爱，商量结婚的事呢。

出去半天连这个也没谈，以后不要理她了。你年岁不小了，回城后抓紧时间找对象，定下来就结婚，娘死前得抱上孙子。”

6

娘命令杨冰不要理柳絮，谁知杨冰和柳絮反而经常通信。放了寒假两个人回到家里，不是柳絮找杨冰聊最近读了什么书，就是杨冰找柳絮谈最近报刊上有什么好文章，互相交换着读。

柳絮娘生气地说：“在学校里天天念书还念不够，放了假回到家还看书！”

杨冰娘说得更绝：“这两个人中了书的毒，一会儿都离不开。不知道药铺里有没有解书毒的药，如果有，抓一服来让他们吃了。”

尽管两位母亲对自己的儿女都有意见，但是每顿饭还是变着花样地做，尽力让儿女吃好。寒假很快就完了，柳絮要回保定上学，她要到县城去乘火车。杨冰也要到县城附小做开学前的准备工作，两个人商量好了做伴去县城。

杨冰工作后，几乎每个星期天都回家看望母亲，星期六傍晚到家，星期天吃了午饭就走，每次都是步行，来回五十多里路。娘有点心疼儿子，就嘱咐杨冰挣了工资攒着钱，年底买辆自行车。杨冰五个月的工资，扣去伙食费和零花钱，还不够买辆新自行车。娘又把自己平素攒着的几十块钱给儿子添上，放寒假时杨冰终于买了一辆飞鸽牌的新自行车骑着回来，娘高兴得不得了。

返校这一天，柳絮早早就吃了饺子，肩上挎着书包，手提旅行包来找杨冰。柳絮娘在后面紧跟着走，勉强跟上了。杨冰早把自行车推出来，支在大门口等着哩。杨冰娘看着儿子擦拭自行车。柳絮跟杨冰娘打过招呼，就把旅行包放在自行车的后架子上。杨冰用棉绳捆了一下，和来送行的柳絮娘打过招呼，向围观的人们笑了笑，推着自行车就往村西口走去。街上有一个多嘴的小伙子说：“他们俩真好，就像新婚的小两口一样。”

一出村西口，柳絮熟练地坐在自行车前面大梁上，杨冰在路上蹬了两下右腿一抬就跨上了自行车，转眼就看不见他们的身影了。

寒来暑往，杨冰和柳絮密切交往了三四年。这年夏天柳絮高中毕业，参加了应届高考。杨冰在业余时间进修，也达到了高中文化水平。暑假前，经县教育局批准杨冰报考了高等师范院校。

八月中旬的一天上午，杨冰和柳絮正在杨家屯十字街写黑板报，大队会计看见杨冰说：“今天送信的给你送来一封信，放在大队办公室了。”会计的话刚落音，柳林庄的大喇叭就广播：“柳絮到大队办公室拿信！”柳絮说：“我去看看哪来的信，过会我就来。”杨冰说：“我也得去拿信。”于是两个人停下了手头工作，分头去本村大队办公室拿信。

杨冰刚走进大队办公室，慌忙拿起桌子上放着的那封信，一看落款印着红色的“天津师范大学”，下边还有用钢笔写的“中文系”三个字，他的心就“嘣嘣”跳起来。杨冰忙撕开信封一看，果然是录取通知书，他扭头就往自己家匆匆走去。

杨冰一进家门就高举着信封大声喊：“娘，你看这是什么？”

娘走出屋看了一眼说：“这是哪来的信？”杨冰说：“这可不是一般的信，是天津师范大学的录取通知书。”

娘高兴地说：“考上大学了！你想吃什么？我给你做。”

正在这时，柳絮风风火火地进了院门，她手里同样拿着一个信封大声说："杨冰，你看这是什么？"

杨冰高兴地问："哪个学校寄来的？"

柳絮说："你看啊！"

杨冰夺过信封一看，"北京大学"几个红字映入眼帘。他兴奋地大声说："啊，北京大学数学系！太好了，实现了理想！"

柳絮说："这才是踏进理想大门的入场券，离实现理想还早着呢。"

杨冰说："有了这入场券我们就可以创造美好的生活，凭你这样有志气，还愁攀不上顶峰！"

7

杨冰越说越兴奋，他情不自禁地扑上去，猛地抱住了柳絮，狂热地吻着柳絮的面颊和双唇。柳絮第一次被心爱的异性亲吻，她呼吸短促，心脏剧烈地跳动，浑身好似触电一样酥麻，双腿无力支撑全身，几乎瘫倒在地。幸亏杨冰抱住了她，不然她会晕倒的。杨冰娘看着他俩旁若无人、忘情地吻着，抿着嘴笑了。娘心里想"该给他们办喜事了"，就悄悄进了屋。

后半晌，杨冰娘到柳林庄供销社去买肉，顺便找到柳絮娘，把她拉到一边悄悄说："孩子们不小了，该给他们把喜事儿办了。"

柳絮娘说："我早就有这个意思，就怕他们不肯办。你是不知道俺那闺女，脾气拧着哩，总是强调学习啊，事业啊，理想啊。"

杨冰娘说："两个孩了只要说通一个就好办了，另一个让他们自己去说服。他们之间说话，比我们当老人的管用。我回去就劝俺杨冰。”

柳絮娘说：“好吧，咱们分头去做工作。”

这天吃过晚饭，杨冰又想到街上转转，娘叫住他说：“你先别出去，我给你商量个事儿。今天后半晌我碰见柳絮她娘，她娘说柳絮和你都考上大学了，是一辈子的大喜事儿。如果再登了记，结了婚，就喜上加喜，双喜临门。”

杨冰说：“柳絮说了，再过四五年，两个人都大学毕业后再结婚，不是也双喜临门吗?”

娘说：“早点儿结了婚你们在外面说话、做事各方面都方便。柳絮长得很俊，容易引起那些不三不四的轻浮男人起坏心。俗话说，‘不怕贼偷，就怕贼想’。如果坏人总想算计你，就容易出事儿。柳絮结婚后就是有主儿的人了，那些坏人就有所顾虑。你年轻，这方面懂得少。”

杨冰说：“坏人只要想计算你，结婚不结婚一个样。”

娘说：“不一样。坏人多是算计单纯的没结婚的大闺女，结婚后坏人算计的就少了。柳笛被她们的领导看上了，就想方设法把她勾引跑了。如果结了婚，就不容易中坏人的圈套。”

杨冰说：“等我和柳絮商量一下，听听她的想法。”

第二天前半晌，柳絮到姥姥家去报喜，中午才赶回来。吃过午饭，柳絮就来找杨冰。杨冰说：“屋里太热，咱还是到村边杨树林里去吧!”

两个人到了杨树林，背靠着大杨树坐下来。杨冰把娘的意思对柳絮讲了，柳絮说：“今天我姥姥也劝我早点儿结婚，回到家娘也劝我早点结婚。她们说早点结了婚，咱俩在一起说话、做事儿都挺方便。”

杨冰说：“是啊，如果结了婚，今天歇晌我们就可以在我的屋里，躺在炕上摇着扇子说话，不至于躲到野地里的树林里来。”

柳絮说：“不只是在家里，入学后来往也方便。北京和天津相距很近，乘火车一个多钟头就到了。我们如果想念彼此了，‘五一’‘十一’放假时就可以在一起待上两三天。”

杨冰说：“平时星期六傍晚就可乘车去探视，住一个晚上，第二天下午就可坐车回来。”

柳絮说：“你只说了我们在一起来往的便利、好处，你怎么不考虑这样频繁的来往，影响不影响学习和身体健康？”

杨冰说：“事在人为，就看你怎么对待了。如果相处得好，互相帮助，互相照顾体贴，不但不影响学习，反而能促进学习。”

柳絮说：“我再考虑考虑，如果结婚利大于弊，咱就结婚。”

杨冰说：“如果处理得当，结婚只有利没有弊。”两个人反复计议到日偏西才回家。

吃过晚饭，柳絮娘把锅碗瓢盆洗刷干净后，柳絮把娘叫住：“娘，我跟您商量个事儿。”娘感到十分意外，过去大事小事都是她找柳絮商量，柳絮从没主动找她商量过。柳絮娘拉过一个小板凳，说：“闺女坐在这儿，跟娘商量什么大事啊？”

柳絮坐下后笑笑说：“今天我姥姥劝我早点儿结婚，您也劝过我许多次，今天杨冰他娘也劝我早点儿结婚。大伙劝得我也没主意了，早点结婚到底有什么好处啊？”

柳絮娘说：“早点结婚有什么好处？我也说不出什么来。你也不小了，已经二十五了，在咱这里属于老闺女了。咱柳林庄和你同岁的闺女们，孩子都两三岁了。你若再大点儿，不管生孩子，还是带孩子，身体和精力都不行了。常言说‘母壮子壮’，你应该在年龄最好、身体状况最好的时候怀孕。等到年老体衰再生孩子，就差远了。现在我和杨冰娘都还不算老，还能帮你带下孩子。再晚，不要说不能帮你带孩子，我们还得拖累你们。你们那时是顾老人，还是顾孩子？”

柳絮和杨冰权衡再三，最后决定上大学前结婚，至于生孩子以后再说。

8

第二天吃早饭的时候，杨冰说：“娘，今儿前晌，我和柳絮就到乡政府登记领结婚证去了。”

娘说：“你们要么不急着结婚，要么就这么快领结婚证。你们都准备好了吗？”

杨冰说：“准备什么啊，我们早饭前就在大队开好了介绍信，相片我们早就有合影照和单人照。乡政府要什么样的有什么样的，还准备什么啊？!”

娘说：“咱的房子还没收拾，衣服、被褥、家具还没操办，怎么结婚？”

杨冰说：“娘，登记领结婚证就是结婚。这是最关键的东西，至于其他的东西可有可无，可多可少。”

娘说：“好，好。你们先去领证吧，回来咱再商量怎么办。”

头晌午，杨冰和柳絮回来了。他们手里拿着大红皮烫金印着“囍”字的结婚证，递给杨冰娘看。杨冰问：“好看吗？”

娘说：“好看，好好收着。今天你们结婚登记，我给你们包了饺子，就等你们回来下锅煮了。”

杨冰看见迎门桌上放着两大竹箅子包好的饺子，便说："咱三个人吃不了这么多，你去叫你爹娘来，我再到供销社买瓶好白酒，咱一块儿吃，热热闹闹，以示庆贺。"

柳絮说："你应该以新女婿的身份去请我爹我娘，来赴新婚喜宴。我去供销社买酒，再买只熏鸡和肘子肉、灌肠、肉糕回来。"

杨冰说："你这主意好，我去请他们。"说着就往外走。

杨冰娘说："冰，你先到隔壁三叔家借张方桌来，然后再去。"

杨冰去借方桌，一出家门碰到好友杨益。杨益问他："今天前晌，你和柳絮到乡政府去办什么事？"

杨冰笑笑说："我们去登记，领结婚证。"

杨益问："什么时间办喜事儿？"

杨冰说："今天就办。"

杨益说："这么大的喜事儿，你也不告诉我一下。你都准备好了？"

杨冰说："准备什么啊？"

杨益说："瞧你说的，新房裱糊了？结婚仪式是骑马啊，还是吃顿喜宴就行了？这些都需要准备啊。谁是管事的，你找好了吗？"

杨冰说："我想下午请大家坐在一起，吃点糖果，喝杯茶，热闹一番就成了。"

杨益问："你这是干什么去？"

杨冰说："我去三叔家借个方桌，中午请柳絮爹娘来一起吃顿饭。"

杨益说："你先去借方桌，过会儿我再来。"

杨冰进了三叔家大门，张嘴就说："三叔，借您的方桌用一下。"

三叔问："年不年，节不节，借方桌干什么？"

杨冰说："请柳絮她爹娘过来吃饭，过会您也来。"

三叔说："你请他们吃饭，我去干什么？"

杨冰说："人多更热闹嘛。"搬了方桌就出来了。

杨冰把方桌在堂屋放好，心急火燎地走出家门，他三脚两步来到柳絮家，一进大门就高声说："岳父、岳母大人，今天我与柳絮已登记结婚。小婿前来请二位大人到寒舍去赴新婚喜宴。"说完他又向柳富两口子深深鞠了一躬。

柳富两口子听了杨冰这寓庄于谐的一席话，开始愣了，待明白是什么意思，就哈哈大笑了。柳富说："你叫柳絮来家，把你娘也请过来，在这头吃饭吧，什么东西也有，早就准备好了。"

杨冰说："那边饺子已煮熟了，柳絮又到供销社买了酒和熏鸡等东西。二老快去吧，不然柳絮过会还要来请。"

柳富老两口互相看看，笑了笑说："既然这样，那就去吧！"

9

杨冰陪着柳富老两口来到杨家屯，老远就看见柳絮站在大门口迎接他们。到了门前，看见两扇板门一边各贴着一个大红"囍"字，门框上贴的上联是"门当户对结良缘"，下联是"郎才女貌鼓琴瑟"。

杨冰看出对联上的字是杨益写的，心里全明白了。柳絮上前拉着娘的手说：“娘，我站在这等了好半天！”四个人高高兴兴进了大门。杨冰娘赶忙从堂屋里迎出来，拉住柳絮娘的手说：“终于盼到这一天了！”

三位老人分宾主坐下，杨冰给每人斟了一盅酒。柳絮端起酒盅说：“今天是我俩的大喜日子，我们敬三位老人一杯喜酒，能喝的都喝了它。”

柳絮娘和杨冰娘不能喝酒，每人抿了一点儿。柳絮爹能喝酒，端起酒杯一饮而尽。杨冰立即又给柳絮爹满上了。

柳絮爹三盅酒下肚，话就多了。他说：“柳絮和杨冰有夫妻的缘分，这个缘分是任何人拆不散的。没有夫妻缘分的人，不管你怎么捏合也捏不到一起。”

大家正高兴地说说笑笑，喝着酒，吃着饺子。西院三叔手提着一瓶酒来了，他一进院就大声说：“这么大的喜事儿，杨冰都不告诉我。你担心我喝醉了吧！喝喜酒高兴，喝多少也醉不了！”

杨冰娘赶紧让座，三叔说：“我挨着柳富坐，我俩一盅对一盅地喝。”

三叔坐下刚端起酒盅，院里忽然来了许多人，有提着酒瓶子的，有提着熟肉杂碎的，有拿着镜匾的，有拿着年画的，还有几个人抬着大圆桌、拿着凳子。后边还跟着几位大嫂，一位大嫂怀里抱着一摞盘子，手里攥着一大把筷子。杨益招呼大家把圆桌支在院里，有的挑水泼院子、扫地，转眼又抬来一张圆桌。

杨冰娘和柳絮娘也不吃饭了，立即出来招待大家。柳富和三叔也坐不住了，忙走出来张罗。帮忙的大嫂们把带来的熟肉切好装在盘里，摆在圆桌上。

杨冰说：“把桌子支在院里，太阳晒着多热呵。”

杨益说："话说太阳就偏西了，大家在西边围着大圆桌喝酒吃菜，又凉快又乐呵。愿意吃糖果花生，就吃糖果花生，渴了可以吃西瓜。"说话间几个小伙子就把糖果、花生、西瓜等拿来了。

杨益对杨冰说："你真能凑合，洞房也不裱糊打扫一下。"

杨冰说："过两天我俩就去上学，房子没人住，裱糊没用。"

有人问："这些年画、镜匾挂在哪？"

杨益说："镜匾挂在洞房里，年画就挂在院里墙上，红红火火，热闹。"

一切就绪之后，杨益拍了几下巴掌，大声说："大伙安静了，现在结婚典礼开始，欢迎新郎新娘入座。"于是掌声一片……

今天是个喜庆日子，大家特别高兴。尽管大家都认识新娘，仍然尽情地逗、闹、开玩笑。从太阳过午一直闹到傍晚，从傍晚又一直闹到半夜，一拨走了又来一拨。有位大婶喊儿子回家睡觉，叫了三次儿子硬是不走。大婶说："都是乡亲，出门就见面，熟人熟脸的，有什么好看的？快回去睡吧，明天还下地干活哩！"儿子说："明天我休息了，不下地！"气得大婶说："如果看媳妇能当饼子饭吃，能看饱了，你就看去！"大婶说完就"撅哒撅哒"走了。

一个小伙子劝他说："快回去吧，赶明儿让你娘给你娶个媳妇，让你看个够。"逗得满屋子的人都笑了。

杨冰娘好不容易劝走了闹新媳妇的人们，这时东方已经泛白了。

杨冰和柳絮被人们灌得醉醺醺的，躺在炕上合衣睡着了。常言说人生有四大喜事：久旱逢甘雨、他乡遇故知、洞房花烛夜、金榜题名时。今天杨冰和柳絮恰逢两大喜事，却是在昏昏迷迷中度过的。

10

第二天早饭时，杨冰两口子还在沉睡。娘叫了他们几声，杨冰翻了个身又睡着了，柳絮“呼噜呼噜”睡得很香，连动也没动。娘不忍心再叫他们起来吃饭，只好自己一个人扒拉了两口，就收拾了碗筷。杨冰娘刚刚拾掇清，还没喘口气，就来了几个小伙子。他们一进门就喊：“看看新媳妇。”这几个人吃了早饭去下地，路过门口顺便进来闹新媳妇的。农村的旧风俗，新娶的媳妇头三天，只要辈分小或同辈年岁小的，就可以胡闹胡说，搞得新娘子有苦难言。

这几个小伙子看见柳絮柔美的睡态，就轻浮地动手咯吱她的胳肢窝，弄得柳絮痒痒得难受，她在睡梦中用胳膊使劲把小伙子的手拨拉开，嘴里哼哼唧唧说了句“讨厌”，翻过身去就又睡着了。这时杨冰娘进来劝说：“昨夜闹得他们一宿没睡觉，天明了刚睡着，让他们好好睡会儿吧，别跟他们闹了。”

小伙子说：“大娘，新媳妇年轻，一宿两宿的不睡觉没事儿，别心疼他们。”

杨冰娘说：“你说得轻巧，你试试一宿不睡觉还有精神吗？不能闹了，好小子，听话，出去吧！”杨冰娘硬把这几个小伙子推出去，然后关上屋门，扣上门钌铞又挂上锁。杨冰娘拿了一个麦秸墩子，坐在大门口把守，任何人休想进去再胡闹了。

吃过午饭，人们歇晌不下地，杨冰娘再想扣上门钌铞，挂上锁就办不到了，转眼间新房又挤满了人。夏天里，人们干了半天活，有几个人光着膀子来了，前胸后背都是汗。他们不只不躲着人，还不管不顾地往柳絮身上挤靠，那股酸臭的汗渍味熏得人受不了。其中有一个小伙子吃了蒜，从他的嘴里呼出来的蒜臭气味，简直使人不能呼吸。正在这时，一个人吃了韭菜包子，放了一个大臭屁，更使人出不了气。柳絮捂着鼻子往外挤，边挤边说："让我出去换换气，不然就憋死了。"

有一个小伙子张嘴就骂："谁他妈的这么坏，把这种臭屁放在这儿，熏死爷们啊！"

一个人说："响屁不臭，臭屁不响，呲溜子屁顶上嗓。这种屁是世界上最臭的屁了，能放这种屁的人不是好东西！"

"你是他妈的好东西！放的屁香吗？"几个小伙子，互相骂着、逗着、说着、笑着、闹着就都跑出去了。这时天已起晌，小伙子们便回家扛了锄头，拿了镐头去下地干活了。

杨冰和柳絮结婚后，天天晚上有一些年轻的小伙子，轮班来熬他们，不让他们睡觉。用这些小青年的话说就是"熬鹰"，猎人买了鹰，它们不驯服，不听饲养人的指挥，就是用这种办法"熬"它们使之驯服。他们一直陪伴了杨冰四天，老天爷看不过去，第五天傍晚就开始雷鸣电闪，下起瓢泼大雨。这雨一直下到吃晚饭，忽紧忽慢丝毫没有停止的意思。

吃过晚饭，娘让杨冰拴好大门。杨冰回到北房，娘对他说："今儿夜里凉快，你们快洗洗，放心大胆地睡吧，下着大雨他们不会来了。"

杨冰明白娘的意思，他给柳絮递了个眼色。柳絮也不傻，很快地洗了洗就钻到蚊帐里去了。柳絮说："这几天我没洗也没换衣服，内衣都臭了。你在柜里给我拿身干净内衣，我换一下。"

杨冰给柳絮找了裤衩和背心，扔到蚊帐里。柳絮实在被

“熬”困了，她还没穿衣服，上眼皮与下眼皮就开始“打架”了，她再也睁不开眼换内衣。待杨冰钻到蚊帐里，柳絮已经轻轻地打着呼噜睡着了。这时“忽闪”“忽闪”一个闪电，照得屋里如同白昼，杨冰看见柳絮柔美的躯体，起伏不平的胸腹和滚圆的臀部，他的心跳加快了。闪电之后的炸雷惊醒了柳絮，她一翻身抱住了杨冰，嘴里呢喃地说：“我怕。”

杨冰说：“我抱着你哩，不怕。”他觉得柳絮的肢体像面团一样柔润光滑，稍一用力就会挤扁她。

闪电和雷声一个接着一个，柳絮越发搂紧了杨冰。闪电越来越弱，雷声越来越远。柳絮始终合着双眼紧紧地搂着杨冰，她迷迷糊糊，既没清醒也没睡着，嘴里不停地喃喃说着：“冰哥，我的冰哥。”最后好像彻底醒了，她“哎哟”了一声，喘着粗气说：“我，我的——冰哥——哟。”说完这句话，柳絮就四肢软绵绵地躺在杨冰怀里了。

11

杨冰和柳絮正搂着甜蜜地说着话，忽然听见东头屋“呼啦”一声响。杨冰机警地迅速穿上裤衩，从枕边摸出手电筒捺亮，随即大声问：“娘，怎么回事?”说着跳下炕，趿拉着鞋跑到东头屋。娘点着一盏小煤袖灯坐在炕沿上，铺炕被子已经卷起来，靠墙的地方放着一个脸盆。杨冰往上一看，屋顶塌下一块泥，有一个手指头粗的洞“哗啦哗啦”地往下漏水。

娘说：“这里可能是个蚂蚁窝，开始往下滴水，我接了一个盆子。后来越漏越厉害，刚才竟掉下一团泥，冲得窟窿就这么大了!”

杨冰说："您怎么不早点喊我啊！"

娘说："你们正睡觉，我叫你们干吗！我以为下一会儿雨就停了，或者蚂蚁窝被泥土糊住就不漏了，没想到这雨下起来没完。"

柳絮递给杨冰一个棉花包披在身上，头上戴个草帽。娘看见忙说："你干什么去？"

杨冰说："我上房堵那个洞去啊！"

娘忙说："你别去，刚起来，身子正热乎，让雨激病了你怎么办？"

杨冰急了："房顶不立即堵上，房顶子就塌了！"

娘说："我去喊你三叔，他有经验，请他帮咱去堵。"

杨冰说："自己的儿子在家，怕激病了不让上房堵口子，叫人家大老头子去冒雨上房，乡亲们会笑话死咱娘俩了。"娘俩说话的工夫，房顶的窟窿又大了，这时的窟窿有馒头那么大，雨水"哗哗"往下灌。

杨冰不再理娘，急忙登梯子上了房，让柳絮递给自己两块土坯。杨冰把土坯摔碎堵在窟窿上，立即又被雨水从窟窿里冲下去。杨冰让柳絮把一个搪瓷脸盆递上来，把脸盆扣在窟窿上，四周又用烂泥抹糊了一下，屋里才不漏水了。

杨冰从房上下来，用毛巾擦干了脸和身上。柳絮悄悄说："咱娘可真跟你亲。"

杨冰大声说："都亲糊涂了。"

杨冰娘听见笑了笑，说："冰，我给你熬点姜糖水喝吧！"

杨冰说："娘，我没事儿。东头屋里潮湿又有蚊子，你到蚊帐里和我们一块儿睡吧。"

杨冰娘说："不用，铺炕被子没湿，我靠着隔山墙这边睡。

东头屋打了药，没蚊子。你们别管我，睡你们的。”

柳絮躺在蚊帐里，她对杨冰说：“冰哥，咱娘怕蚊子咬我们，给我们买了新蚊帐挂上。她自己舍不得买个蚊帐。以后我们得好好孝敬咱娘，不然她就白瞎心了，白养活你这么大。”

第二天早上，雨过天晴，天像一块水洗过的蓝布一样，万里无云。杨冰娘做熟了饭，她轻轻撩开门帘看了一眼，两个人还盖着被单熟睡，就没忍心叫醒他俩。

杨冰娘怕小青年们吃过早饭下地前又来胡闹，就没开院门。这时忽然有人砸门子，边砸边嚷：“婶子，太阳三竿子高了，还不开门？能睡到什么时候？!”

杨冰娘听见声音知道是杨益，便走到大门前隔着门板问：“杨益，你有事吗？”

杨益说：“当然有事，要不我来砸门子干什么？”

杨冰娘“吱扭”一声打开大门，杨益说：“大婶，这是邮递员刚给送来的一个挂号纸包，上面写的是‘杨冰亲收’，我替他签收了，是 W 市寄来的。”

杨冰娘的眼睛一亮，“啊，W 市谁给俺杨冰寄东西来，莫非是柳笛寄的，她平白无故寄这个干什么？我去喊杨冰起来看看。”

杨冰和柳絮被杨冰娘喊起来，两个人迷迷糊糊地走到院里，问杨益：“什么东西？”

杨益把纸包递给杨冰，杨冰一看字迹和落款就说：“是柳笛寄的。”他说着就撕开了牛皮纸包，里边是一个精致的红皮日记本，打开封皮，在扉页上柳笛用娟秀的字体写着“杨冰同学留念”，落款是“柳笛×年×月×日于 W 市 13 中”，日记本里还夹着两张信纸。

12

杨冰迅即展开信纸，是柳笛写给他的一封长信：

杨冰哥：

你好！最近咱县师范的老同学来信说，今年夏天你考上了天津师范大学，听到这个消息我由衷地高兴。我在这遥远的南方祝贺你，祝贺你将来取得更大成就，为祖国做出更大贡献。

我知道你有记日记的好习惯，这个日记本是让你把自己进步的足迹记录下来，将来是你的“成长史”“进步史”。你用完了这个本了告诉我，我再给你寄新的去。

我是一个没志气、没上进心的人，不该小小年纪就结婚，而且生了孩子，我后悔死了。现在我成天陷在琐碎的家务中，尽管家中雇了保姆，但给孩子喂奶，晚上带孩子牵扯我很大精力。我每天只能浮皮潦草地备备课，判判作业，简直是误人子弟。

我一生犯了许多错误，最大的错误是我抛弃了你。冰哥，你是一个很好的男人，你宽容大度、才智出众，有顽强的意志，善于学习、勤于钻研，我却失掉了你。将来谁嫁给你谁是幸福的，她将幸福地过一辈子，我好羡慕那位幸运的姑娘啊！我没有这种缘分了，这只能怪我自己，不能怪任何人。我酿的苦酒，只能我自己来喝。

我知道你考上大学后，我的心就飞到你的身边，白天晚上都在思念你，我都无心备课、判作业。冰哥，你能原谅我吗？即使肯原谅我，我也不能再嫁给你，再回到你的身边。因为我有了丈夫，有了孩子。时间不能倒流，假如能倒回六七年该多好啊！有时我就傻想，人有来世多好，下辈子无论如何我也要嫁给你。

冰哥，你考上的是中文系，我知道你喜欢写作，将来你肯定把咱俩的故事写成小说。我求求你，看在咱俩的情分上，不要把我的灵魂写得太丑恶。

我的思绪很乱，想到哪写到哪，信也就写得语无伦次、条理不清，请你不要见怪。

冰哥，你看了这封信能给我写封回信吗？我想你会写的，你不会让我这个可怜的小妹妹失望的。冰哥，我殷切地等着你的回信。

祝你幸福

一个没志气的人

×年×月×日夜半

杨冰看完信递给了柳絮。娘在旁边问："信上写的什么？"

杨冰说："她知道我俩考上大学了，表示祝贺。"

娘不相信地说："表示祝贺说两句就行了，写那么长的信干什么？娘不识字，净糊弄我。"

柳絮听了娘说的话，一边看信一边抿着嘴笑。吃过早饭后，杨冰和柳絮回到里间屋。杨冰问柳絮："还给她写回信吗？"

柳絮说："当然要写回信，人家盼望着看到你的回信，你不写回信怎么行？"

娘在外屋听见后大声说："这种人不要理她！"

杨冰没听娘的话，他还是伏在桌子上，握笔给柳笛写回信。不一会儿信写好，他递给柳絮看：

柳笛同学：

寄来的日记本和信收到了，谢谢你的祝贺。每个人都绊绊磕磕走在人生道路上，谁都难免做错事儿，尤其是在年少时期，没有社会经历，做错事儿就更不足为奇。你能认识到就说明你的思想认识提高了，这是令人高兴的事儿。你千万不要把过去做过的错事当包袱背着，那就一错再错了。

你提到我喜欢写作，那是年轻时的一时兴趣或称为爱好。将来工作后教课就十分忙，恐怕没有时间和精力搞创作。请你放心，将来我即使创作，也不会把我们的故事写成小说。

你说没有心思教书，希望你赶快集中精力搞好教学工作，不要胡思乱想。我们已经跨过了那种自由畅想的时代，想问题、做事儿应该切合实际，小而言之应该对自己的家庭孩子负责，大而言之应该对几十位学生负责，对得起国家和人民。假如我说得不恰当，请你多多谅解和批评。

祝你家庭幸福，工作顺利。

杨　冰

×年×月×日

杨冰在信上关于自己结婚的事儿一字没提。三天后，杨冰和柳絮便一块儿乘火车，分别去北京和天津报到上大学去了。

四、意外来信

1

师大中文系招了一百名新生，分成四个小班，每班 25 位同学，杨冰在四班。因为杨冰是由在职小学教师考来的，属于调干生，县教育局的鉴定说他“品德优良，学习努力，工作成绩突出，能团结人”。系里派来的辅导员就指定杨冰临时担任班长。辅导员客气地对大家说：“同学们互相还不了解，系里先指定杨冰为代理班长，待大家都熟悉了，我们再民主选举，好不好？”25 位同学七嘴八舌地说：“好！”然后是一片掌声响起。

开学后即进入紧张的学习，尽管学习紧张，杨冰还是在第一个星期六晚上，给柳絮写了封长信淋漓尽致地述说了思念之情。第二天，杨冰把信投入邮筒之后，他就开始计算什么时间能收到柳絮的回信。有一天课间时，一位同学高高举着一封信大喊：“班长，夫人的来信！”

一个同学说：“撕开念念，看看嫂夫人写的什么。”

一个同学说：“别胡来，私人的信件哪能随便拆阅！”

一位同学说：“看看信封的落款，就知道嫂夫人在哪工作了。”

拿着信的同学看了一眼信封说：“在W市十三中学。”

杨冰忙说：“别瞎说，这是一个老同学的来信。”

那位同学把信递给杨冰，这时上课的电铃响了。授课的教授开始讲课了，杨冰的心“嘣嘣”跳着，他偷偷撕开信封，展开厚厚的一沓儿信纸，急匆匆地阅读。

冰　哥：

你好！学习非常紧张吧，我却给你写了这样一封信，打搅你的学习了，请原谅。

上封信我只谈了我受家务和孩子的拖累，没有精力和心绪搞好教学。其实我心中最大的苦恼还不是孩子的拖累，而是精神上的痛苦。我丈夫是个品质恶劣的人，他看见漂亮的女人走不动，不只勾引女教师，连学生也不放过。他不只勾引年轻的，上岁数的只要有点儿姿色也不放过。我们学校有个五十多岁的女教导员，丈夫刚去世火化没几天，我丈夫借着去这位职员家里送生活补助，硬把人家强奸了。这位女职员哭哭啼啼找到校长告状，学校给他降职、降薪，戴上“坏分子”的帽子，令他留校监督劳动。按理说他应该努力工作，痛改前非，争取早日摘帽。但他破罐破摔，变本加厉地犯罪。暑假的一天下大雨，邻居一个女孩子找我辅导作文。母亲有病我回家探视，这个禽兽竟然把这个成天喊他“叔叔”的孩子奸污了。邻居告到公安局，立即抓起他，最后判了刑。我曾多次提出与他离婚，监狱和学校的领导、亲友们都劝我：“为了孩子顺利成长，有个完整的家庭，同时也有利于这个坏蛋的思想改造，还是不离婚好。”我就忍下来了。

冰哥，我写了这些你是否会笑话我，说我“活该”！

冰哥，我不知道你有没有对象，结婚了没有。假如没有结婚又没有对象，我厚着脸皮说一句话，希望你能不计前嫌，与我重修旧好。我决心离婚嫁给你，如果我能成为你的妻子，我将好好孝敬大娘，照顾你的生活，为你做牛做马都在所不惜。

冰哥，你读完这封信也许会骂我“无耻”！无论你怎么看我，我还是殷切地希望你给我一封回信，哪怕只写一句话：“今后不要再来信！”我做鬼也明白是怎么回事。

冰哥，我还有一个请求：你知道我的悲惨命运就行了，千万不要把我的遭遇告诉咱们的老同学和乡亲们。我在你面前不要脸面可以，但我在老同学和乡亲们的面前还是要脸面的，还要有做人的尊严。

冰哥，很抱歉，打搅你了。

祝你学习好，身体健康。

一个命运悲惨的人

×年×月×日

杨冰读完信之后心情无法平静，他虽然坐在教室里，但老教授讲的话一个字也没听进去。

2

杨冰是个极富有同情心的人，他觉得柳笛的命运太苦了。杨冰决定给柳笛写封回信，但这封信如何写，却让他颇费周折。当天晚上，杨冰写了撕，撕了写，他用了整个晚自习的时间，给柳笛写了一封信：

小　笛：

来信收妥，我将好好保存。读过你的信，我难过了一天，心情无法平静，我非常同情你，怎么会骂你呢?!你在我的心目中还是那个天真无邪的小姑娘，我仍然非常喜欢你，我不能说非常爱你，因为你已经有了丈夫，我也有了妻子，就没资格说“爱你”的话。今后你若有了困难，只要告诉我，我会尽力无私地去帮助你。

上次写信，忘记告诉你了，在今年夏天入学前我已经与你们柳林庄的柳絮结了婚。我已失去与你“重修旧好”的基本条件，这一点请你谅解。你的痛苦遭遇，我将永远深深埋在心里，谁也不告诉，不告诉我母亲，不告诉柳絮，请你相信我。

你在信上说“我在老同学和乡亲们面前还是要脸面的”，这说明你还没有完全丧失自尊心。有自尊心就好，这是振作奋起的最根本的动力。小笛，我们知道连小鸟都爱惜自己的羽毛，它停下来就不住地用嘴理顺自己的羽毛，使之光滑好看，我们人类更应该爱惜自己的名誉。爱惜自己的名誉最好的办法就是行得正，坐得端，不犯错误，自己不往自己脸上抹黑。小笛，你自己并没犯多大错误，主要是你选择的丈夫不好，给你的家庭和个人带来了不幸。丈夫的错误是他的错误，不是你造成的，不应由你负责，你更不应该背这个思想包袱。

关于你那个不仁不义、品质恶劣的丈夫，既然已成事实，也已经过去，政府也惩治了他，你忍下去是对的。你丈夫破罐破摔，我们不能破罐破摔。你一定要振作起来，担负起一个母亲的责任，抚养好孩子，教育好孩子。同时更要担负起一个教师的责任，教育好自己班上的几十个学生，这既是对学生负责，也是对几十位家长负责，更是对国家对人民负责任。你既然做了“人类灵魂的工程师”，不只要塑造好学生的“灵魂”，还要塑造好自己家庭所有成员的“灵魂”，包括你那位被判刑的丈夫的“灵魂”。我们在塑造别人“灵魂”的同时，也就塑造了自己的“灵魂”。这也就是我们常说的“改造客观世界的同时，改造自己的主观世界”。我们能把自己家庭所有成员教育好，就是了不起的成绩。家庭是社会的细胞，只有每个家庭都是和谐的、健康的，整个社会才能和谐健康。

祝你的孩子健康成长

一个同情你的人

×年×月×日

第二天起床后，杨冰又把装在信封里的信抽出来，认真仔细地读了两遍，认为没有不妥之处，他才装进信封，封好投到邮筒里去了。

吃过早饭，杨冰去教学楼上课，他边走边想，柳笛的来信让不让柳絮看，如果让柳絮读了，等于把柳笛的不幸告诉了妻子。自己曾发誓不告诉任何人，这样做是否不履行诺言，对不住柳笛。如果不告诉柳絮，对柳笛忠实了则对柳絮不忠实，而且柳絮是自己的新婚妻子。在登记结婚前，自己曾和柳絮约法三章，第一条就是“互相忠诚坦白，不做对不起对方的事儿”，杨冰陷入了两难境地。

杨冰经过苦思冥想，上课前终于想出了一个妥当的办法：为了两个人的感情，暂时不告诉柳絮，等过些日子再告诉她，请柳絮也为柳笛保守秘密。

3

六天后，杨冰吃过午饭，他拖着疲倦的身体回宿舍，想好好睡个午觉，下午好上课。一个同学追上他喊："杨冰，信!"

杨冰接过信封一看，他从字迹上就知道是柳笛寄来的。杨冰的困意一扫而光，他急忙撕开信封，抽出信纸，边走边精神专注地读起来。

冰 哥：

收读你的复信之后，有两件事儿感到十分意外：一是你已经结婚，而且妻子竟是柳絮；二是你不但没骂我，或置之不理，而是非常同情地安慰我、劝勉我。这使我非常感激。我一定听你的话振作起来，把我的女儿芽芽抚育好、教育好。同时努力把我带的班级带好，教好课。

我真羡慕柳絮，她运气多么好，你本来是属于我的，由于阴差阳错，我丢掉了你，她却获得了你。她生活在你的身边，该多么温暖，多么幸福。她有了困难，可以随时随地得到你的帮助和支持。我身边就没有人，孤孤单单无援无助，我的命好苦啊。

俗话说"性格决定命运"，一点儿不假。我的苦难命运是我自己造成的。我刚到 W 市师范学校，就引起教导主任吴友德的注意。说得好听点儿，由于我长得俊俏又太活泼，爱说爱笑，讨人喜欢。说得不好听就是作风轻浮，说话随便，爱开玩笑。有一天下午课外活动，吴友德主任把我叫到教导处个别谈话。他了解我是刚由北方农村转来的，父母没有文化，靠卖水果为生，在 W

市又没有靠山。吴友德看出我有浓厚的虚荣心，特别爱面子，他便夸我聪明，学习成绩好，有发展前途。他还说："你好好锻炼锻炼可以培养成学生会干部，毕业时可留校做教师。"他还希望我与任课老师搞好关系，常到他的办公室聊聊。他说这样毕业时，留校就比较容易了。

有一天下午放学时，我背着书包正要回家，吴友德把我叫到他的办公室。这时学校里已没有什么人了，他把门拴好，把我搂在怀里，开始亲我、抚摸我。我非常害怕。吴友德说："没事的，别害怕，男老师与女学生这是常有的事儿。"这天我们发生了第一次关系，有了开头这一次，以后就非常随便了。

我临近毕业时，吴友德更是肆无忌惮，先前还注意避孕，后来他说"那样不痛快"。就在那时我怀了孕。吴友德的意思是打掉孩子，我父亲知道了特别生气，他说："流产？太便宜姓吴的了，把孩子生下来，与姓吴的结婚。"我的父母没文化，没见过世面，目光短浅。他们的意思是，我从农村出来能嫁个教导主任也不错。在父母的指使下，我赖住了姓吴的，他只得与妻子离婚，每天吹毛求疵找妻子的毛病，天天吵架，把妻子打得鼻青脸肿。后来他终于与妻子离了婚，才与我结了婚。

结婚后，吴友德像变了一个人一样。他张嘴就骂我是个"贱货""没人要的烂货"，举手就打我。我想离婚，父母劝我"忍忍吧，等芽芽长大了，姓吴的岁数大了就会变好的"。谁知道姓吴的越来越坏，竟沦为强奸犯。

我太软弱，没主见，从小到大什么事都是听父母的，结婚后又处处任丈夫摆弄，没有一点儿斗争精神，我才慢慢沦落到这步田地。

冰哥，我写不下去了，停笔吧。祝你将来前途远大，家庭幸福。

一个可怜的人

×年×月×日

杨冰看完信回到宿舍，他在双层床的上铺躺着，两眼看着天花板胡思乱想了一中午。起床铃响了，他勉强起来，头脑昏昏沉沉地上课去了。

4

这天晚饭后，杨冰没去阅览室自习。他找了一个小教室，在一个角落里找了一个空位子坐下。杨冰两手支着下巴，静静地思考问题。他想这样三五天收到一封信，深思熟虑之后复一封信，再加上给自己的妻子柳絮写信，肯定影响自己的学习。自己有责任和义务要帮助柳笛吗？自己放弃帮助柳笛也不会受到社会的谴责。但是，杨冰又觉得从小与自己在一起玩耍、学习的老乡、同学，一度的恋人，如今处在困难境地，孤单无助，自己能无动于衷，袖手旁观吗？杨冰的回答是绝对不能。杨冰又进一步拷问自己，你的帮助仅仅是花一些时间和精力写写信，出些主意，劝慰一番，你就觉得受损失了，如果让你拿出钱财不就更舍不得了。你杨冰是不是有点儿太自私啊？杨冰又进一步设想，假如自己处在饥寒交迫的贫困境地，柳笛生活得十分幸福，她会向自己伸出援助的手吗？杨冰想到这里又开始责备自己，既然要无私地帮助朋友，帮助有困难的人，就不要考虑回报，这还是自私的想法。

杨冰想清了这些问题，于是铺开信纸，迅即给柳笛写回信。

小　笛：

收到来信后我想了很多问题，首先想到人活在世界上要做自己命运的主人，自己的命运不能由别人摆布。当然在自己没有社会经验和经济不能独立的时候，要听父母的意见，但也不能盲从，明明不对也要听并按照去做，这是绝对错误的。

婚姻大事是终身大事，不是投资做买卖，不能讲“赔赚”“贵贱”“便宜”等等。找对象是找人生旅途的伴侣，两个人应该志同道合，生生死死永不分离，有祸同当，有福同享才对。你父母把嫁女儿当成了做买卖，择婿不是择人而择官职的大小、有钱与无钱，忽略了人品，这才导致你人生的不幸。我说的话比较直，你千万不要生气。

虚荣心，爱听奉承话最害人不过了。许多骗子、坏人都是善于抓人的弱点，给人戴“高帽子”，待人晕头转向时，他们便下手偷东西，骗钱财了。姓吴的就抓住了你这个弱点，夸你聪明能干，开出廉价的不能兑现的空头支票，什么“当学生会干部”啊，“留校做教师”啊，你就腾云驾雾，不知姓什么，叫什么了。他这时就向你伸出魔鬼的爪子，你成了他的玩物而不觉醒。我们应当时时刻刻警惕生活中这类骗子，不给他们以可乘之机。

思想问题不是几句话就能解决的，也不是几句话就能说清楚的。你尽管带孩子较累，教学工作又重，希望你还是每天挤时间读点儿书报，使自己的胸怀开阔些。事情过去了吸取教训就是了，不要总想那些解不开的思想疙瘩，终日生活在痛苦之中不能自拔，用自己过去犯过的错误惩罚自己，这样就更是错上加错了。

我的功课还是很繁重的，时间很紧，以后书信往来不要太密，以免影响学习。我就不多写了。

祝你心情愉快！

一个同情你的人

×年×月×日

第二天上午，杨冰把信寄出，等了一周不见柳笛来信。他知道柳笛采纳了自己的意见："书信往来不要太密，以免影响学习。"

三个月过去了，仍然没收到柳笛的来信，杨冰心里倒开始嘀咕起来：柳笛病了？她的芽芽病了？不管是自己生病，还是孩子生病，总该来封信啊！

转眼就到元旦，仍不见柳笛来信。杨冰想主动给柳笛写封信问问情况。他刚要拿笔写信，一个同学从信报箱取信回来，喊了一嗓子："杨冰，信！"

5

杨冰迅即接过信一看，信封上同样是熟悉的字迹，但它出自柳絮而不是柳笛。妻子的来信，杨冰同样渴望。他立即撕开信封，信纸有一人张纸，却简单写了几句话：

亲爱的冰：

我感冒了，发高烧，浑身乏力，什么也不想吃。只是想念你，不知元旦放假可否来京。

小　絮

12 月 27 日

这天中午，杨冰立即去车站买了 12 月 31 日下午去北京的快车票。31 日下午 4 点多，杨冰匆匆赶到北大学生宿舍。柳絮的室友本市的回了家，外地的有的去准备文娱演出，有的准备参加化装舞会，总之各忙各的事儿，宿舍就柳絮一个人躺在床上。她看见杨冰风尘仆仆赶来，泪珠立即从眼眶里滚落下来。柳絮伸出白嫩的胳膊，嘴里亲昵地叫道："冰哥——"

杨冰俯下身子，用手摸了一下她的头说："真烫，口渴吗?"

柳絮说："渴。"

杨冰端起床头柳絮的杯子，又兑了一点热水递给柳絮，亲切地问她："你想吃点什么？我去给你买。"

柳絮摇摇头，然后把身子往床里边挪了一下说："你坐在这儿。你来了我的烧好像退了不少，也有精神了。"

杨冰俯下身子想亲吻柳絮，柳絮用手把他的嘴一挡，推到一边喃喃地说："你不怕传染你感冒。"

杨冰说："不怕。"他说着硬低下头，抱着柳絮吻起来。开始柳絮嘴里有点干涩，不一会儿她嘴里的津液就多起来了……

柳絮松开胳膊坐起来，用双手往后梳理了一下头发，说："我有点饿了，你到学联社给我买点吃的来吧。"

杨冰问："你想吃什么?"

柳絮说："随便，你买什么，我就喜欢吃什么。"

没多大工夫杨冰就买回来一瓶酸奶、半斤蛋糕、两个大苹果。柳絮用纸管吮吸着酸奶，含情脉脉地看着杨冰。柳絮吃完了酸奶，拉着杨冰的手，仰着脸慵懒地说："冰哥，我想——"她说着话时眼里滚出了几滴热泪。

杨冰说："小絮，再过一个月就放寒假了，一放寒假咱就回家……这次得病是不是想我想的?”

柳絮说:“不是,是写学习总结累的。病了以后,我才想你……”

杨冰问:“写个学习总结还至于累病了?”

柳絮说:“这学期班级评我为‘三好生’,让我写各科的学习总结,在全年级大会上做个介绍。我的文字表达能力不行,你是知道的,我改了写,写了改,折腾了好几个晚上,每次都到半夜。可能是劳累过度,免疫力太差,有一次洗澡着了点凉,就感冒了。”

很快就到了晚上 12 点,新年的钟声敲过后,不久舞会散了,室友们断断续续地回来了。有一位女同学问柳絮:“你爱人住哪?”

杨冰说:“我马上去学校招待所,我订好了床铺。”

有个女同学对柳絮说:“今晚有一些同学回家了,要不我们几个到其他寝室去住,让你爱人住这里,好照顾你。”

杨冰和柳絮齐声道谢,忙说:“不用,不用。”

6

元月 2 日晚上,杨冰回到天津师大,已过了熄灯时间。他怕开灯影响同学的睡眠,便摸黑进了宿舍。他悄悄爬上二层床铺,对面上铺床射来一束手电光,舍友随之说:“杨冰,床铺上有你一封信。”

杨冰说:“我看到了,谢谢你。”杨冰借着手电筒的余光,看见信封上是柳笛写的娟秀字迹,他的心跳不由得加快了。他迅即放下被子，拿上信又下了双层床，悄悄出了门，来到洗漱间，迅速撕开信封，两张信纸写得密密麻麻的。他屏息静气地认真阅读：

冰 哥：

我早就想给你写信，但想起你的嘱咐，“书信往来不要太密，以免影响学习”，我就耐着性子，忍受着相思之苦。我坚持到新年元旦才写这封信，向你汇报这三个多月的情况。

我读过你写的几封信之后我就想，别人可以成为模范，成为先进工作者，我为什么不行？我同样受了三年师范教育，他们能做到的我为什么做不到？主要是我没有上进心，甘于落后。不只我被人看不起，连我教的学生也被人看不起来。于是我痛下决心，一定要把自己带的班集体变成一个先进集体，让全校教职工和学生们看看，我柳笛也不是永远落后的。

我把决心给全班同学讲了，同学们都一齐响应。班上分四个小组，互相学习，互相监督。我每个礼拜在班上评出先进小组和先进个人。一个月后，班上同学们的精神面貌起了变化。两个月后，我们班的课间操、卫生保洁、课堂纪律、月考平均成绩都是全校第一。年底，我教的班级被评为学校进步最快的“先进集体”。一直捺到今天，我才把这个好消息告诉你。

冰哥，你为我的进步，为我教的班级的进步高兴吗？

祝你新年快乐

一个有了进步的人

12 月 30 日

杨冰读过信，心里很高兴。他回到宿舍，轻快地爬到上层床铺，兴奋得不能入睡。他想明天一定抽时间给柳笛写封信，好好鼓励她一番。

天遂人愿，第二天三四节没有排课。杨冰利用这个时间，把昨夜想好要对柳笛说的心里话写出来：

小　笛：

读了你的信，万分高兴。我国现代教育家说过一句名言：“人无志不立。”这位教育家还说：“人无志气，一生一事无成。”前几年你之所以走了一段弯路，就在于胸无大志，所以才早早结婚，并生了孩子，陷在生活的泥沼里不能自拔。如今你有了志向，有了奋斗目标，并脚踏实地去奋斗，精神面貌就大为改观，工作就有了成绩。

我们只要做出成绩，领导就会肯定，大家自然就会改变对你的看法。这是一个良性循环的过程，领导和群众越肯定自己的成绩，自己越努力工作；自己越努力工作，成绩越突出，领导和群众对自己的表扬就越多。从而自己的工作积极性就越高，取得的成绩就越多。

小笛，我要集中精力投入期末考试复习，就不多写了。希望你不骄不躁，继续努力，争取在新的一年取得更大成绩。

一个大哥

元月3日

过了元旦，杨冰开始集中精力准备期末考试，母亲托杨益写了一封信，问他放寒假和柳絮回家过春节的确切日子。母亲在信里说：“你们住的里间屋已经打扫干净，买了蜡花纸，请了裱糊匠把屋子裱得跟雪洞似的。我已磨了 50 斤小麦，咱家那头猪杀了有 70 斤肉，一家子吃不清，就等你俩回家过春节了。”杨冰读了信，一半多的心思早回到家里去了。

7

腊月二十六，杨冰和柳絮双双回到了离别五个月的杨家屯。杨冰离开娘才五个月，但杨冰娘却感觉有二三年之久。杨冰长这么大，还没离开娘这么长的时间。杨冰和柳絮到了家，娘就围着他俩转，问这问那，什么“吃饱了吗”“睡的屋子冷不冷”等等。甚至杨冰刚到家，娘就问杨冰“过了节什么时间走?”娘怕杨冰走得太早，没有亲够，准备的好东西没有吃完就走了。

杨冰和柳絮看到裱得跟雪洞似的非常豁亮的房子，新鲜的芳香纸味是农村新婚洞房的特有味道。他们呼吸着这种特殊味道，心里非常高兴。

吃过午饭，杨冰和柳絮两个人就去看柳富老两口。他们拿着从北京买的稻香村糕点，还有一些稀罕水果，街上的乡亲看见了没有不称道的。这次柳絮回娘家，是结婚后和女婿第一次“回门”，晚饭柳絮娘准备得特别丰盛。吃晚饭时，柳富一定要陪着新考上大学的女婿喝几杯，杨冰也不好拒绝。翁婿二人一时高兴，推杯换盏不知不觉一瓶白酒竟喝完了。两个人都有点儿头重脚轻，说话舌头不太灵活。柳絮娘对柳絮说：“今晚不要回杨家屯了，这里铺的盖的都是新做的，夏天等着你们来住，你们没来就匆匆去上学了，这次回来得多住几天。”

柳絮也想与娘多亲热一两天，杨冰也晕乎乎的不想走，当晚二人便住在了柳林庄。

第二天清晨，天已经大亮了，杨冰说："咱起来吧，你娘已经做熟饭了。"

柳絮抱着杨冰还想多在被窝里躺会儿，她说："在学校里从没睡过懒觉，到了家还不让多睡会。"

于是两个人又迷迷糊糊睡着了，待阳光照射到北房里间屋的窗棂上，娘在外屋说："小絮，起来吧。如果实在困，吃了早饭还可再睡。"

这时，两个人才迅即穿衣起来。两个人吃着早饭，杨冰说："有件事儿我还没顾上跟你说。"

柳絮问："什么大事没顾上说?"

杨冰说："不是什么大事，所以就没放在心上。这学期柳笛给我写了几封信，我也给她复了信。"

柳絮问："信在哪儿？我看看。"

杨冰说："在我的书包里放着哩，等回了家再让你看。"

柳絮说："好，咱现在就回去。"

柳絮娘问："什么事儿这么重要？才住了一个晚上，说走就走。"

柳絮说："娘，你不知道，这事很重要，必须现在回去。"

两个人扒拉了两口饭，就匆匆回了杨家屯。杨冰娘看见儿子和儿媳回来了，立即迎上来问："咱晌午饭吃什么？娘去准备。"

柳絮说："刚吃过早饭，还不饿，一会儿再说做什么吃。"柳絮说完就拽着杨冰进了里间屋。

杨冰从书包里拿出一沓信给了柳絮说："你去看吧，看完后我再解释。"

柳絮俯在桌子上，按杨冰排的时间顺序，一封一封地读下去。柳絮读得很认真也很快。她迅速读完信说：“这么重要的信你怎么会忘记了呢？柳笛希望你‘不计前嫌，……重修旧好’，你是怎么想的？是不是打算一步步创造条件，与这个贱货‘重修旧好’啊？”

杨冰说：“柳絮，你先冷静下来，听我慢慢解释。我回信彻底拒绝了她，说‘我不具备重修旧好的基本条件，我已经结婚了。’后来柳笛的来信就再没提这件事儿，我主要是鼓励她振作起来，努力工作。后来柳笛教的班级终于成了先进集体。”

柳絮说：“这样的贱货根本就不应该理她，你还一而再给她写信，鼓励她。说明她在你的心目中还占着重要的位置。我们刚刚结婚，旧的恋人，不，是没人要的贱货找上门来，你就动摇了，感情他移。天长日久你还不抛弃了我！咱现在就分手，你去找那个贱货去吧！”

这时娘一撩门帘进来，对杨冰说：“你这小子真是不懂事！柳絮说的话我都听见了，她说的话句句在理。柳笛这样的人你还没看透，怎么还能理她啊？从此跟她断绝来往！”

柳絮说：“你现在就给柳笛写信，让她从此不要再给你写信了，断绝来往！就这么一句话，我立即去县城邮局寄出去！”

杨冰在母亲和柳絮的逼迫下，只写了一句话“从此断绝来往”，交给了柳絮。

8

柳絮骑车去了县城，她在邮局又把信纸抽出来，加了一大段，把柳笛骂了个狗血喷头。柳絮下午三四点钟才回来，她一进门，杨冰娘就问："晌午吃了点东西没有？你想吃点儿什么，娘给你做。"杨冰娘小心翼翼地哄着儿媳妇。柳絮怏怏不睬，爱理不理地说了句："吃什么？吃气就吃饱了。"

杨冰娘仍然面带笑容，柔声柔气地说："絮，咱不生气。你去了县城，我数落了他半天。他保证以后不理那个贱东西了，你看他以后的行动吧。小冰不是那种朝三暮四、见异思迁的人。他说到哪儿能落到哪儿，我的儿子我知道。"

柳絮说："但愿杨冰能像娘说的那样，以后不再理那个贱东西。"柳絮转过脸对杨冰说，"娘这么大年纪都为你说好话，我若再闹就对不住咱娘。马上过春节了，咱不能因为这个贱货，连节都过不好。今后你能痛改前非，这事就算过去了，如果还藕断丝连，勾勾搭搭，咱有算不清的账。"

杨冰苦笑了一下，说："君子一言，快马一鞭。你放心，我说到哪儿做到哪儿，今后你就看实际行动吧。"

杨冰娘说："小冰啊，你小时候让我操小心，你大了让我操大心。你都是结了婚的大汉子，让我发没影子的急。今天让你闹的我连午饭也没吃，现在咱连午饭、晚饭一块儿吃吧。你们想吃什么，咱就弄点儿什么吧。"

柳絮忙说："娘，您在一边坐着吧，您说做什么，我就去弄什么。"

杨冰也说："这是我惹的麻烦，你们谁也不要插手了。"

柳絮说："你拙着个爪子，会做什么，还是我来吧。"

一家三口又恢复了往日的平静，有说有笑，但每个人有每个人的心事儿。杨冰虽然说"一刀两断，不再理她"，但他心里仍然挂念着这件事。杨冰想，柳笛收到了一句话的信会怎么想？放假前还好好的，怎么一放假就变了卦，柳笛这个春节还能过好吗？杨冰心里总是嘀嘀咕咕放不下柳笛。但他还不知道柳絮在那封一句话的信上，加了长长的一段话，柳笛看了这段话她会直接想道：杨冰出卖了自己，骗了自己。柳絮会把自己的丑事讲给乡亲们，讲给所有的老同学。

柳絮回想起加的那段话，心里油然生起不可名状的快意。柳絮淋漓尽致地骂了个痛快，她出了憋在胸中的恶气。

杨冰娘晚上躺在炕上，心里仍然惴惴不安，她害怕小两口为这件事还叨叨，儿子还会偷偷给柳笛写信。翻来覆去睡不着，她又穿上衣服下了炕，走到外屋说："小冰，躺下了吗？如果还没睡就到我屋里来一下。"

杨冰说："娘，有什么事非得今天说啊？"

娘说："是个急事，不能过夜。"

杨冰只好从被窝里爬出来，又披上棉袄来到娘的里间屋。杨冰娘小声说："娘一辈子都胆小怕事儿，你一定要真心实意待柳絮。柳笛为人奸猾，当面一套背后一套，她把你当猴耍，涮得你还不苦啊。她说几句甜言蜜语你就信以为真，背着柳絮给她写信，你还能那么傻啊！听娘的话，不要再理柳笛。你要对得起柳絮，对得起自己的良心，对得起死去的爹。我说的话你记住了吗？"

杨冰不耐烦地说："记住了！记住了！把我叫起来就是为这么点儿事啊。"

杨冰娘说："这个事儿还小啊，这个事不重要啊？孩子，你没有爹了，只有我这个没文化的娘。我不只要把你养大，我还要教育你成人。古今许多大人物都栽倒在女人身上，你小小年纪，刚上大学，还没工作，可不能让女人绊倒了。我想到这些就心中不安，把你叫过来嘱咐几句。”

杨冰说：“娘，你放心睡吧，我记住了。”

9

杨冰没有想到，柳絮看了柳笛的信会这样闹。有人说爱情是最自私的。自己心爱的人不许别人爱，也不许他（或她）爱别人。这种“自私”的感情在道德上和法律上也是受到肯定的和保护的，这种肯定和保护是家庭和谐、社会祥和安定的基本条件。

爱情本身的自私性就要求爱情纯洁无瑕，不能有一点儿杂质。但人又不是生活在真空里，各种思想意识，各种生活现象，各个阶层的人和事，无不时时刻刻在影响着每个人的思想，包括每个人的爱情。思想修养好的、品质高尚的人，在爱情上能“自洁”“自律”的人，能保障自己的爱情“纯洁”，“出淤泥而不染，濯清涟而不妖”。所谓“自洁”就是自己清除爱情的杂质，扫除掉爱情上“不洁”的污物。“自律”就是严格要求自己，不让自己的感情和行为出格；自己管住自己，有人监督和无人监督一样；始终保证自己对所爱的人忠诚。

杨冰自信在这方面做的是好的，他与柳笛恋爱期间，对任何爱慕他的异性无动于衷。当柳笛弃他而去，杨冰才开始与柳絮谈恋爱。结婚后，他收到柳笛的来信柳絮也看过，复信也是经柳絮同意后才写，柳絮读过后才寄出去的。升入大学后收到的信没让柳絮知道，是因为两人分居两地，担心造成误会不易解释，才放在寒假里让她读。至于自己的回信，除了热情的安慰之外，没有一句出格的话。在回答“不计前嫌，重修旧好”时，自己也是坚决地拒绝说“没有重修旧好的基本条件”。自己为什么没有像柳絮那样，深恶痛绝地骂柳笛“贱货”“没人要的东西”呢？他认为柳笛也是一个受害者，应该同情她、鼓励她，让她树立起对生活的勇气和信心。

杨冰自我检讨了一番后，他认为自己高估了柳絮的胸怀。柳絮虽然是个知识分子，但她的“醋劲儿”并不比一般的家庭妇女小。杨冰事前想好的解释言辞，柳絮根本不能冷静地听下去。杨冰这时想起一位朋友说的话，“为了爱的谎言是美丽的”。比如，医生或者家属，为了减轻病人的痛苦和精神压力，不把真实的病情告诉患者；夫妻间为了避免不必要的误会和矛盾，有时说些善意的谎言，这些都是必要的，也是被允许的。杨冰想到这里非常后悔，如果不把这些信让柳絮看，寒假是平静的、幸福的，他们会爱得更深。可见夫妻间的诚实是有条件的，应该根据对方的胸襟和精神承受能力，而斟酌告诉对方情况的多少。

整个寒假，杨冰和柳絮再没提过柳笛信件的事，所以整个寒假其乐融融。杨冰决心日后在生活中慢慢影响柳絮，在潜移默化中使她的襟怀逐渐宽广起来，彻底改变“火爆筒”似的脾气，更加富有涵养。

W 市的柳笛，在春节前到学校领工资，她刚进校门传达室，工友就递给她一封信。柳笛一看信封上的字迹就知道是杨冰写的，她的心立即高兴地“嘣嘣”跳起来。柳笛赶紧撕开信封读信，那句特别显眼的话立即映入眼底。当柳笛飞速地读完柳絮加上的那一段话时，她的脸色立即由白变黄，她的身子摇晃了两下，伸手扶住了墙才没有跌倒。路过校门的一位老师，赶忙搀扶着柳笛进了传达室，让柳笛坐在椅子上。柳笛说：“没事儿，一时血糖低，大脑供血不足，过会就好了。”

一位老师给柳笛端了一杯糖水，说：“柳老师，喝了这杯蜐水吧。”

柳笛本来不是低血糖，但她为了掩人耳目，端起这杯水“吭哧吭哧”就喝完了，随即说：“谢谢您。”

柳笛领了工资没立即回家，她匆匆走进自己的办公室，趴扶在自己的办公桌上，头抵在双臂的肘弯里哭了。柳笛恨自己，怪自己没有头脑轻易相信了杨冰，把自己的心都掏给了他；柳笛恨杨冰，认为他是一个万恶不赦的大骗子，他骗了自己的纯真感情，骗了自己的悲惨故事，进而出卖了自己。柳笛更恨柳絮，认为她这个轻浮小人，一时得意就猖狂无比，把自己的欢乐建筑在别人的精神痛苦上。这时柳笛羞愧得无地自容，她真想一头碰死在办公桌前。柳笛觉得自己好像让杨冰夫妇扒光了衣服，丑恶地站在柳林庄的大街上被示众，她觉得自己再也无脸见人了……

10

短短的寒假很快就结束了，杨冰和柳絮刚好能在家过个元宵节，正月十六才出发上火车。正月十四晌午，柳絮娘把闺女、女婿请到柳林庄去吃好吃的。吃过午饭，杨冰对柳絮悄悄说：“我先回去了，还得帮着咱娘包明天吃的饺子。你在这里多跟你娘亲热会吧。”接着杨冰就与岳父岳母告辞回家。

杨冰回到家，娘已开始忙活，又是剁肉馅，又是和面。娘要在头天下午，就包好正月十五吃的饺子。杨冰娘调好了馅，先包了五个饺子，放在小端锅里在火炉上煮熟了，用笊篱捞出来盛在碗里，喊："杨冰，尝尝这饺子咸淡是否合适。"

杨冰说："娘吃着合适就合适，咸点儿淡点儿我俩都没问题。"

杨冰娘说："柳絮回娘家吃午饭，天这时候了还不回来？她若在家你俩都尝尝。"说着把煮熟的饺子递给了杨冰。

杨冰接过盛饺子的小碗，用筷子夹了一个放在嘴里吃了，说："我吃着挺合适，我估计也对柳絮的口味。"

杨冰娘说："你觉得合适，咱就开始包饺子了。"

娘俩边说家常边包饺子，忽然有人推开大门高声说："杨冰，在家吗？"

杨冰在屋里忙答应"在家"，就一边用毛巾擦着手上的面粉，一边从屋里走出来。杨冰撩起门帘抬头一看，是多年前初师的要好老同学张强。杨冰忙高兴地握住他的手说："多年不见了，你怎么这么稀罕！屋里坐。"

张强说："我是特来给你贺新春，不坐了，说几句话我就走。我的自行车还在大门外靠着，天黑前我得赶到家。"

杨冰问："你大老远跑到这里来，还办别的事吧？"

张强笑笑说："我是到李家庄串亲戚，回家路过这里，听说你结了婚又考上大学了，特来贺喜。"他说着从口袋里掏出一个信封塞到杨冰手里，同时递眼色用极小的声音说："绝密，自己看。"

杨冰马上会意，大声说："考大学和结婚都半年多了，不是新鲜事了，有什么好贺喜的！"

张强问："嫂夫人哩？见个面。"

杨冰说："不巧，她回娘家去了。"

张强说："那就请你代我问好。我得马上走，还有二十多里路要赶。"

杨冰说："连口水也没喝就走了，我送送你。"

张强走出大门，又小声说："希望你把这件事儿妥善处理好。不多说了，我得走了。"他说着，跷腿上了自行车。

杨冰送走张强，回屋里。娘问："这人是哪里的？你也没让他进屋喝口水。"

杨冰说："他是城南的，离家还有二十多里路，话说就天黑了，哪有时间喝水。"杨冰心里还惦着张强给他的信，是谁写给他的，什么事，为什么还保密，通通不知道。所以他想尽快看看，便一个人躲在自己的里间屋，掏出信一看，上面的一页是张强写的，下边的两页是柳笛写的。杨冰刚看清了落款，内容还没来得及看，柳絮就从娘家回来，进了大门，吓得杨冰赶紧把信收起来。

杨冰马上满脸堆笑地迎接刚进屋的柳絮，说："吃了午饭待这么半天才回来，和娘亲不够？"

柳絮说："你吃了饭把嘴一擦就回来了，我还得帮娘刷锅洗碗，料理家务，没那么快。"

杨冰娘说："你回来晚点儿对了，再早一步，就碰到杨冰城南的老同学来贺喜看新嫂子，又得麻烦半天。"

杨冰心想，娘真是多嘴，提这事儿干什么啊！但他又不能说。这时柳絮问："城南一个什么样的人来贺喜？"

杨冰说："初师的老同学，他到李家庄串亲戚路过这里，顺便转过来说贺喜好听罢了。"

娘仨说着就包完了饺子。

11

十四晚上，杨冰心里惦着口袋里的两封信，不敢看，也没有时间和地点允许他从从容容地看。杨冰只好把信揣在口袋里，一是小心谨慎地防止柳絮把信摸走，二是不要太大意让信从口袋里掉出来，让柳絮捡到。前者是多余的顾虑，因为柳絮根本不知道有此事。

十四夜里，杨冰躺在被窝里无法入睡，他有许多问题解不开。杨冰反复揣摩两封信写的什么内容，他本来给柳笛写信要“从此断绝来往”，你不要来信就是了，还写什么信？既然不想让别人知道你的往事，你还给张强写信让他送来，这不是又扩大了知情者的范围？杨冰百思不得其解，他整个夜晚都是在焦虑中度过的。

第二天吃过早饭，杨冰装作上厕所，他蹲在茅坑里偷偷看信。柳絮本来要去上厕所，在院里等了多会不见杨冰出来，她憋急了说：“杨冰，快点！憋死我了。”她说着就往厕所里走去，杨冰很机灵立即收起信纸，赶忙提起裤子站起来说：“来吧，来吧！”柳絮急着解手，没有看出杨冰的惊慌失措。

过了一会儿，杨冰又去上厕所，蹲在茅坑上偷偷看信，过了多会出不来，娘怀疑杨冰病了，她问柳絮：“杨冰今天这是怎么了？他昨天吃得不对付，还是冻着了？怎么一趟一趟直上厕所，一去就是半天。”

柳絮说：“他没有冻着，也没闹肚子啊。”

杨冰娘说：“你去厕所看看他，别是夜里没睡好，晕在厕所里。”

柳絮疑疑惑惑地说："夜里我们睡得老老实实的，他没说不舒服啊。我去看看。"

杨冰在厕所里听见娘和柳絮的对话，立即提上裤子，系好腰带出来，笑着说："没事儿，我昨天中午在你们家喝酒，是不是有的菜凉了些，或不干净啊？"

柳絮说："昨天中午吃的不干净，应该昨天下午或傍晚折腾，不会等到这会儿。"

杨冰说："闹病还有准时间？你来例假还不那么准时，有时提前，有时错后呢！"

柳絮说："去，去，正经事儿你也往歪处说。"娘仨说说笑笑就过去了。

杨冰经过多次上厕所，终于把两封信看完了，信是这样写的：

杨冰老同学：

恕我话直，男子汉大丈夫要言而有信，怎么能不守信用，说话不算数？你对柳笛信誓旦旦，为她保守秘密，但转脸就把全部情况告诉了柳絮。柳絮一气之下写信把柳笛骂了个狗血喷头，柳笛都不想活了。你认为这是对妻子忠诚，其实这是愚蠢的忠诚。这种诚实，不管对家庭还是对个人，都是不利的。

我多次写信劝说柳笛，她才放下死的念头，到天津与你算账。如果你能承认错误，妥善处理这件事，柳笛还可以返回W市工作。否则，她要与你拼个同归于尽。何去何从，你自己考虑吧。作为朋友，我已尽了最大努力。柳笛不在我的身边，我无法制止她的过激情绪和过激行动。杨冰，你在思想上应有所准备。

柳絮，我没见过，她很没涵养，怎么能把别人的痛苦作为自己泄私愤的材料呢？这样做也非常不人道。

我就说这么多吧，希望你能妥善解决此事，平安渡过这一关。

一个爱管闲事的人

×月×日

狼心狗肺的杨冰：

我真没想到你会出卖我，你曾信誓旦旦地说不会告诉任何人，但转身就把我写给你的信给你的丑恶妻子看了。而且以此作为开心取乐的材料，任意嘲笑讽刺，肆意谩骂我、污辱我。你要知道这样做是犯罪的，是不人道的，是罪恶的。

我春节前接到你和那位下贱女人的来信，我曾不想活在这个世界上，成为别人嘲笑的对象，后来被人救下来。我后来又想，我如果死了，别人还以为我羞愧而死。现在我决定，在你开学后的第一个礼拜天去天津找你。在你们学校的礼堂前，你当众回答我"为什么要出卖我"？向我承认错误，赔礼道歉，下跪求饶。如能得到我的饶恕，咱两来无事，否则我让你血溅天津师大广场！

这件事儿，你也不要告诉那个贱货，她若知道了，再参与其中，我连那个贱货一块儿杀！杀一个我也是死，杀两个我也是死。所以我不在乎多杀一个，还是少杀一个。你不要报警，如果我被警方控制，那天不得去天津，早晚有一天我会得到自由，到时间还是让你血溅广场。我告诉你，躲过初一躲不了十五。

一个嫉恶如仇的人

×月×日

杨冰读了这两封信，感到左右为难。告诉柳絮，柳絮再大闹。不告诉她，一旦出了事儿就更麻烦了。

12

元宵节吃午饭的时候，杨冰心事重重，一点儿胃口也没有，不动筷子，肯定不行，动筷子也只是做个样子。杨冰扭了一口馒头，夹了几嘴喜欢吃的菜，就放下筷子了。他心里憋闷得很，有许多事想与人倾诉，想讨个办法，但又不能与人说，烦恼、苦闷就出在这里。杨冰极力装作高兴，强作笑脸，但极不自然，不细心的人是看不出来的。但母亲对儿子非常熟悉，她问杨冰："肚子还不舒服，怎么就只吃这么一点？"

杨冰说："没事儿。我不饿，不想吃东西。"

杨冰娘说："娘做的都是你喜欢吃的，不饿也要多吃一点儿，你若再想吃到妈做的东西，得等半年以后了。"娘说着又在杨冰碗里添了一些菜。

柳絮也说："再吃点儿，娘费了那么大的劲儿，做了这些好吃的菜，不饿也能吃好多。"

杨冰的心思不在饭桌上，他是在想对付柳笛这件事的办法。如果告诉柳絮和娘，去报警，这肯定是万全之计，但今天元宵节就别过了。一家子就在心惊胆战中，在满腹愁肠中度过。如果不报警，所有的压力自己一个人承受，大家可以欢欢喜喜过元宵。杨冰又进一步想到，如果到了天津师大再报警，也不误事儿。这样除了元宵节不受影响，柳絮仍然可以高高兴兴回到北大上课。于是杨冰自我安慰说："沉住气，万万不可惊慌失措，心神不安。”杨冰又计算了一下，从元宵节到下周礼拜天还有七八天，自己在这段时间也许能想出更好的办法。杨冰这样一想，心里轻快多了，他脸上的愁云去了许多，说：“听你们的，我再吃点儿。不要再给我添菜了，把碗里的东西都吃了就不少了。”

后半晌，街上的孩子们早早就换上新鲜的衣裳，在街上三五成群地蹦过来，跳过去，等着吃了元宵在村头广场看灯会。人们早就传出消息说：“今年的灯会要比往年热闹，有许多新的花样，是外地艺人传过来的。”杨家屯和柳林庄两个村子不算太大，但每年春节的元宵灯会在新中国成立前就在全县闻名。这里的灯会从正月十二晚上开始，一直热闹到正月十五。不只是满街挂灯，还有舞狮子、跑旱船、二鬼摔跤、皮影、说大鼓的、唱小曲的，有时年景好，还有两台戏班子对台演唱，足足热闹四个晚上三个白天。

柳絮也像孩子一样，催着杨冰娘说：“快点做饭，快点吃，还要到广场上去看灯会。”

杨冰娘说：“你在北京上了半年学，什么新鲜玩意儿没见过，农村的舞灯、耍狮子有什么好看的！”

柳絮说：“农村的热闹和北京的不一样，好看！就拿锣鼓来说，师傅敲的锣鼓点儿花俏多样儿，一听就振奋人心，不要说孩子们，大人都坐不住。”

柳絮和杨冰匆匆吃了几个元宵，把嘴一擦，两个人像孩子一样，一前一后从家里走到村西口广场上，他俩站在人群里等着看舞灯。这些请来的艺人，很沉住气，他们慢慢吃喝，休息够了才在锣鼓声中登场表演。据老艺人说，从事这种艺术行当很苦，穿厚了热，穿少了夜风一吹又冷；吃多了，撑着不行，吃少了，肚皮饥饿也不成。人到老了，不是落下这病就是那病。

这里的灯的确很有特色。广场上两边立了几根木竿子，中间拉了粗铁丝，铁丝上拴着造型各异的戏曲人物花灯，有孙悟空、猪八戒、李逵、林冲、张飞、关云长等等。睡莲开花灯是一个含苞的莲花，艺人拉动细铁丝，使它移到中间，忽然“啪”的一声机关打开。这时莲花盛开，花心中一颗电灯泡立即就亮了，广场上的观众齐声叫好。总之，各种造型的灯都会变化，人物都能活动，所以才吸引了众多的观众不辞辛苦奔波十几里来这里看灯会。

柳絮看得兴致勃勃，劲头正浓，杨冰心里有事早已兴味索然，他对柳絮说：“我困了，咱回家睡觉去吧，明天还要去县城赶火车。”

柳絮恋恋不舍地说：“好吧，咱明年还看灯会。”

柳絮和杨冰两人回到家，娘早已睡下多会。娘把他俩睡的房间的炉火生得旺旺的，烤得小屋里暖烘烘的。杨冰和柳絮悄悄洗了脸和脚，立即钻到热被窝里去了。

五、挺身相救

1

火车到了北京站，杨冰把自己的行李寄存在车站。他要亲自送柳絮到北大。柳絮夺过杨冰手里的提包说：“这点东西我拿得了，你快签字去天津吧！”

杨冰说：“我舍不得和你分开，但又不得不分开，所以我一定要送你去北大，看着你进了宿舍我才放心。”

柳絮说：“你今天怎么了，又犯什么傻劲儿了？”

杨冰说：“没犯傻劲儿，我忽然觉得你是那么美，那么可爱。多待会儿是一会儿，多看一眼是一眼。”

柳絮说：“咱快拿上东西走吧，好几个人正看着我们哩。”

杨冰来劲儿了，说：“我们是光明正大的夫妻，还怕他们看吗？我真想捧着你的脸吻个够，让他们那些臭小子羡慕死！”

柳絮说：“越说你越来劲儿，走！”

杨冰把柳絮送到北大学生宿舍，他就要告辞出来。柳絮说：“等等，我送送你。”柳絮说着就走出宿舍。

杨冰说：“别送我了，我刚送你来，你再送我。这样送来送去，还有完吗？”杨冰硬把柳絮推回宿舍。两个人争执了一会，最后在宿舍门口，两个人挥手告别了。

杨冰为什么在北京站忽然对柳絮恋恋不舍呢？原来他忽然想起柳笛写给他的信上说的“我让你血溅天津师大广场”。自己若真的“血溅广场”，就再也看不到柳絮了。所以他才十分伤感地说“多待会儿是一会儿，多看一眼是一眼”。

杨冰回到天津师大的当天晚上就苦想对付柳笛的办法。杨冰想柳笛是个没多大力气的女人，即使手拿匕首想捅死自己，凭自己的体力即使夺不了她的匕首，也不会被她刺死，最多被刺伤。这时周围的同学们就把柳笛制服了，警察也会很快赶到，天津的警察反应会比农村的迅速多。杨冰把柳笛想得再恶毒一些，带两三个男帮凶，同时对自己下手。但柳笛在信上说“如能得到她的饶恕”则“两来无事”。可见不是突然袭击，预防就比较容易。自己和柳笛谈判时也可带几个同学，站在自己周围以防不测。如果为了安全，明天就报警，警方会说这两天注意防范，到时再打电话给他们。警察也不会为这点事儿日夜守护自己，反而为自己和学校惹许多麻烦，把这件不光彩的事儿嚷得谁都知道，岂不弄巧成拙。杨冰想到这里，决定沉住气，提高警惕，他把平时锻炼臂力的哑铃放在身边，以防万一。

杨冰想最近五六天不会有事儿，即使柳笛头天到了天津，也不会找到师大来。他想到这里，就放心大胆地合上眼，很快进入梦乡。他这两天精神太紧张，太焦虑，身体也太疲倦了。

第二天同学们就进入紧张的学习，只有杨冰身子坐在课堂上，思绪却在千里之外的 W 市。他脑海不断涌现出关于柳笛的各种画面，一会是含情脉脉的少女，一会是披头散发怒目圆睁手持匕首的恶魔。柳笛的形象变幻莫测，令人难以琢磨。杨冰在寝食不安的状况下，度过了六天。

星期天早晨，杨冰早早起了床，穿了母亲过年时给他买的新运动服，换上开学前柳絮特意到县城给他买的新球鞋。杨冰第一个来到食堂，正好早餐是他喜欢吃的炸油条和豆浆。今天早晨杨冰的胃口非常好，比平时多吃了一根油条。他也莫明其妙，也许是这几天心中有事没吃多少东西饿的，也许是精神非常紧张要应对突发事件，不自主地多吃些东西以供身体的不时之需。

杨冰从食堂走出来，平静地回到宿舍里，他从自己枕头底下摸出昨天晚上写好的两封遗书。杨冰又从头认真地看了一遍：

母亲大人及柳絮：

我没有听你们的劝告，没有彻底地与柳笛这个恶魔一刀两断。我收到她的信没有让你们知道，没有报警，自信能妥善了断此事，才有了今天这样的下场。我是穿着你们给我买的新衣和新鞋赴死的。母亲，您白养活了我这么大，没有孝敬您一天。柳絮，你白爱我一场，我不是一个忠诚的好丈夫。永别了！

杨　冰

×年×月×日

中文系一年级四班全体同学：

我辜负了你们对我的信任，我没有为大家做一点事儿。你们应该吸取我的教训，不该早早谈恋爱。早恋既影响学习又影响身心健康，年纪轻轻很难处理好感情问题。古今中外像我这样悲惨的例子不少，按理说“前车之覆，后车之鉴”，但许多人只看到爱情的幸福与甜美，却没有吸取沉痛的教训。希望你们更有出息，更有作为。

杨　冰

×年×月×日

杨冰把信看了一遍，又折叠好装在运动服的上衣口袋里。他右手握着哑铃，边走边举动右手，一会又换成左手，轮流举动。杨冰来到大礼堂前的广场上……

2

星期天的早晨，大礼堂前的广场上空无一人。过了多会，才来了一个领着孩子玩的妇女。杨冰在广场上走过来走过去，他警惕地注视着每个来广场的人。只要是两三个男同志陪着一个女同志走向他的，杨冰就格外注意。待到走近后，看清女的眉眼，肯定不是柳笛，他才放松下来。杨冰这样警惕地等到十一点时，没发生任何意外情况，他开始松懈下来。杨冰无聊地数广场上的水泥砖，竖有多少行，横有多排，一共有多少块。杨冰从没有这样白白让时间流去，今天他却浪费了半天，也不觉得心疼。

杨冰等不到柳笛，他开始想柳笛乘坐的火车可能晚点了，或者是柳笛病了。杨冰的头脑里忽然一闪，柳笛的信上并没写清在星期天上午来师大广场，中午来，下午来都是“星期天来”。杨冰继而想到，柳笛晚来半天是有意识先麻痹他，待他失去警惕后突然袭击，让他措手不及。杨冰正在胡思乱想时，忽然有三个壮汉大步朝他走过来。这时杨冰立即握紧手中的哑铃，手心里出了汗，头发根子都直竖起来。三个男子走到他面前站住了，其中为首的一个非常奘的人，粗声大气地问：“同学，你是中文系一年级的学生吗？”

杨冰一听有些紧张，他立即对这三个人上下打量了一番，听他们说话的口音又不像是南方人，也没有行凶杀人的气势。杨冰这时才松了一口气，便问道：“你们找谁啊？”

那个挺奘的人说：“我们找一个叫杨冰的，你认识吗？”

杨冰心想，这不找上门来了。立即心“嘣嘣”跳起来，右手又握紧了哑铃，脸色立即变得蜡黄，往后退了一步，拉大了与这三个人的距离，结结巴巴地问：“你们找他有什么事？”

这三个大汉一看这个架势，好像要打架的样子，觉得好笑，又觉得奇怪。最奘的大汉说：“你是杨冰吗？别紧张。我们刚从D县来，给杨冰捎着点儿东西。”

杨冰吞吞吐吐地说：“你们怎么知道我是杨冰？”

最奘的大汉说：“我们刚才去你的宿舍找你，你同学说你在礼堂前广场散步，穿着一身新运动服，他们要陪我们一起来找你，我们谢绝了。这广场上就你一个人穿着新运动服，一眼就认出来了。”

杨冰笑笑说：“你们给我捎来了什么东西？”

最奘的大汉说：“你岳母有一个侄女叫什么来？你看我这脑子净忘事儿……”

杨冰马上接茬说：“叫张艳卿，在县文化局工作。”

最奘的大汉说：“噢，对了。艳卿今年春节看见谁穿着什么……”

杨冰说：“是不是说今年春节，张艳卿看见我爱人穿着的棉毛衫裤好啊？”

最奘的大汉说："对，张艳卿说那种棉毛衫裤，既贴身又保暖，也想让你买一身寄回去。"

杨冰问："衣服的大小、肥瘦、颜色有要求吗？"

奘大汉说："这个倒没说，你岳母只是说买的长短、肥瘦等和你爱人穿的一样就行。"他说着才从口袋里掏出几张人民币递给杨冰说，"你岳母说这点儿钱，多了你就剩下花，钱少了你就添上，夏天放暑假再说。"

杨冰说："这点儿钱足够。快到开饭时间了，你们吃了饭再走吧！"

三个大汉齐声说："不用客气，我们还得赶下午一点的火车去东北。"

杨冰说："既然这样我就不留你们了。"于是和三个人告别后就往宿舍走去，他边走边想，今天上午看样子没事了，回去好好睡个午觉再说。

杨冰刚走到宿舍的楼道里，同学们看见他回来了便七嘴八舌地说："杨冰回来了！"

"杨冰有人找！"

杨冰听到同学们乱嚷嚷便站住了，他不再往前走，想仔细看清是怎么回事儿。这时有个同学又大声说："杨冰快过来，有人找！"

杨冰刚平静下来的心又怦怦直跳起来。

3

杨冰踟蹰不前，这时跑过来一个同学说："邮局来给你送电报，在宿舍等着你签字哩，你在这儿磨蹭什么?”

杨冰找了一个借口说：“新球鞋不合脚，把我的脚后跟磨了一个泡。”他嘴里说着鞋磨脚的事儿，心里却想着，哪来的电报凑热闹?

杨冰慢慢腾腾进了宿舍，邮差递给他一封电报，并请他在签收本子上签字。杨冰签完字，立即撕开电报稿，他打开一看，只有五个字：“我未去津笛”。杨冰立即明白了，柳笛没有来天津找他算账，所以上午才能平静地度过。他彻底长出了一口气，心里才真正平静下来。杨冰走到厕所，掏出口袋里的两封遗书，悄悄地撕得粉碎，扔在大便坑里。

中午，杨冰到食堂痛痛快快地吃了一顿午饭，他这十来天心里从来没有这么轻快过。他走出食堂，在回宿舍的路上，他又苦想另一个挠头的问题：柳笛为什么没有来天津?柳笛病了，还是她临时改变了主意?杨冰深知柳笛不是轻易改变主意的人，何况她早已下了决心，以破釜沉舟的精神与自己了断此事。那么柳笛是出现了什么意外，使她改变了主意呢?

晚自习时，杨冰想给柳笛写封信，问她为什么没来天津。杨冰把信纸都放在眼前，甚至有几次竟旋开了笔帽，他又把笔收起来，耳际响起母亲的声音：“多次告诉你不要理这个人，你就不长志气！古今许多大人物都栽倒在女人身上，你小小年纪，刚上大学，还没工作，可不能让女人绊倒了。柳笛为人奸猾，当面一套背后一套，她把你当猴耍，涮得你还不苦啊。她说几句甜言蜜语你就信以为真，背着柳絮给她写信，你还能那么傻啊!”杨冰又好似听见柳絮尖着嗓子对自己人嚷：“你又给那个没人要的贱货写信。你到现在还摇摆不定，感情他移。天长日久你还不抛弃了我！咱现在就分手，你去找那个贱货去！”杨冰想起这些，他的额头冒出了汗。

杨冰两手支着下巴想心思，自己责问自己：“你这不是没事儿找事儿吗？柳笛不理你了，你又犯贱去理她，莫非还想再写两封遗书，准备血溅广场？”他想到这里用拳头猛击了自己的头两下，长叹了一声：“原来你竟是一个没志气、没记性的人！”杨冰站起来，走到教室外边，仰头看了看天上的星星，满天的繁星好像都在眨眼嘲笑他。杨冰深深吸了一口新鲜空气，头脑好似清醒了一些。他决心说：“不能再这样下去，这是一种慢性自杀，它将毁了自己。”

杨冰重新回到教室，拿起《中国文学史》硬着头皮读下去，一段文字读过后是什么内容，过目就忘了。他就强迫自己反复读，直到记住内容之后再往下读。杨冰就这样顽强地读书学习，两天过后，心境渐渐平静下来，他能专心地听课了。

星期五上午的课间，一个同学取信回来，过去每当同学们取信回来，杨冰总是盼望着有自己的信。自从柳笛发誓要“血溅广场”之后，杨冰就不再渴望来信了。取信的同学走到杨冰面前，扔给他一封信。杨冰拿起信封一看，上面是柳笛的字迹，他迅即撕开信封，掏出里边的信笺就专心读起来：

杨　冰：

我首先向你道歉，不该在元宵节前给你写那么一封信，还无理地要求你开学后第一个星期天，在你校礼堂前的广场上，向我“赔礼道歉，下跪求饶”，否则“让你血溅天津师大广场”。这封信肯定给你在思想上造成许多痛苦，严重影响了你的学习和身体健康。我已认识到自己的无知和心胸非常狭窄，柳絮骂了我几句就忍受不了，我这辈子还能干成什么事！再者我给你写信时不知道你已经结婚，倾诉了自己的爱慕之情，愿意“重修旧好”。这虽然无可厚非，但这种做法是非常轻率的，没有考虑会给你带来什么后果，如果你已结婚结了婚会给你的家庭带来什么影响。

最近我教过的一个女学生发生了一件可悲的事儿，对我教育特别深刻。这位女学生长得很漂亮，又聪明，但婚姻很不遂心。她由父母做主嫁了一个不太漂亮的丈夫，想离婚又不成。于是她便找了一个漂亮的第三者，有一天夜里两个人正在偷情，被她丈夫发现了。她丈夫一怒之下把第三者捅死了，又一刀杀死了妻子，最后把刀子插进了自己的胸膛。为了一个“情”字，死了三个人，毁了两个家庭。

我在婚恋问题上处理得就很不好，第一不该早恋早婚；第二找对象不注重思想品德，只重视长相和经济收入；第三婚后家庭出现问题又不能正确处理，在和你通信中又流露出不健康的思想感情。这三个人的鲜血使我从噩梦中猛醒过来，我才没有去天津找你作出蠢事。我这几天日夜反思，我们在上学时都读过《钢铁是怎样炼成的》《把一切献给党》《在烈火中永生》这些书，都把书中的主人公当做自己学习的榜样。可是我现在正做什么，想什么。想到这里不免脸红，羞得我无地自容。我当即给你发了电报，现在又写这封承认错误的信。从此，我要重新做人，痛改前非，发奋图强，做个像样的人。

从今后我再不给你写信了，不打扰你的学习了。我祝愿你努力学习，将来成为一位杰出的教育家。

一个幡然自新的人

×年×月×日

杨冰读完信，他就更无心思听课了。

4

午饭后，杨冰回到宿舍。他躺在床上仍然想着柳笛来信谈的事，要不要给柳笛写封回信呢？如果写信，不是又和她有了联系吗？柳笛在信上也下了决心，不再写信打扰自己了，为什么自己这么没志气呢？杨冰自己口问心心问口，思想斗争了多会，无法入睡。最后杨冰决定给柳笛写一封回信，对她的转变鼓励一番，以后就不再理她了。杨冰想到这里，翻身下了床，到洗脸间擦了把脸，就去教室给柳笛写回信。

柳　笛：

收到你的来信深感意外，也为你思想的转变而高兴。年轻人由于涉世很浅，很难处理好婚姻和感情问题。我回想起我给你的回信中，也不是十全十美的，里边也掺和着一些不健康的东西。我们能清醒地认识到这些问题，并能摆脱这些错误的羁绊，这就很好。

谈到通信，我们如果能健康地、在思想上、学业上互相帮助，互相促进地通信，我想柳絮也不会生气。我希望你能全力以赴搞好教学，像上学期那样，把班级带成先进集体。

过去的就让它过去吧，我们不要总是提它，想起它。我们应该放下包袱，轻装前进。

祝你进步

杨　冰

×年×月×日

杨冰封好信，立即投到邮筒里去了。他的心情轻快多了，立即走到教室里去专心听课。从此，杨冰不再为柳笛的事分散精力。

柳絮对数学有浓厚的兴趣，开学后她就一头钻到数学的深奥殿堂里，春节期间的种种感情纠葛，她早就丢到脑后，一点儿也不去想了。柳絮之所以能这样，最主要的是由于她和杨冰之间的感情非常深厚，其次是她对杨冰的了解和信任。开学不久，杨冰给柳絮写了一封感情缠绵的信，柳絮则回信劝他应把主要精力用在专业学习上，不要在感情上再浪费青春年华，“因为我们已经结婚了”，“许多同学像我们这个年龄的，连朋友都没有，他们仍然专心致志地钻研专业”。杨冰读了信，认为柳絮说得很对，他给柳絮回了一封简单的信，就专心地投入了学习。

杨冰这样平静地学习了三年多，转眼就要大学毕业了。这年五月初，杨冰忽然收到柳笛的一封信：

冰　哥：

三年多，我几次想给你写信时，总想起自己曾经说过的话：“从今后我再不给你写信了，不打扰你的学习了”，便忍住了没给你写信。今天我实在忍不住，心里无法平静，不得不向你倾诉。在南方，虽然身边有父母，我胸中的苦闷却无法向他们诉说。我唯一的亲人——芽芽尚小，有些事儿不便让她知道，有些事儿告诉她，她也无法理解。你是我世界上唯一的可以倾诉苦闷的亲人。

今年“五一”前，吴友德刑满释放出来，这个无耻的流氓又和我住在一起。几年不见他了，我在思想上非常讨厌他，女儿芽芽也讨厌他，现在要和他住在一起，还要在一起吃饭。由于感情的隔阂，女儿芽芽根本就不听他的话，动不动女儿就和他顶嘴。

最初吴友德是骂女儿，骂得十分难听，现在发展到举手就打女儿。你说我能和这样的人生活在一起吗？最近，我提出和他离婚，他死不同意，说“我们两个人还有感情，感情是婚姻的基础，这婚没法离”。我找到法院，法院的同志也劝我不要离。许多人劝我，算了，这辈子就么瞎混吧！我就这么和吴友德混一辈子，岂不太窝囊了！

冰哥，你说我该怎么办呢？你指点指点我，我希望听听你的意见。

一个没有主见的人

×年×月×日

杨冰本来集中精力准备写毕业论文，他读了柳笛的来信，思绪又有些波澜，是管还是不管？杨冰心想，如果柳笛是自己的亲妹妹，自己会毫无保留地谈出自己的意见。但柳笛仅仅是自己的乡亲、同学，就不宜说什么了，一旦出现某种不测，自己也负不起责任。杨冰想到这里，也就打消了写信的念头。

5

过了半个月，杨冰又接到柳笛的一封信：

冰　哥：

我等了很长时间，也不见你的信来，真急死我了。你真的不再理我了？处在我这样的困境，如果路人看到，也会伸出援手，起码也要劝解几句，何况我们不是萍水相逢的路人啊！难道你能见死不救，没有一点儿同情心？

最初吴某人骂女儿打女儿，我制止他，他还听。最近我的话也不听了，他连我和女儿一块骂，一块儿打。最初我报警，警察还来，现在报警后警察让我找居委会调解。我成天给居委会打电话，居委会也烦，也不愿出面管。

现在生活把我逼到了绝路上，我实在没有办法，但凡有一点儿办法我也不写信给你。我殷切地盼着你的来信，哪怕是只言片语也可以。

一个无奈的人

×年×月×日

杨冰收到这封信之后，他真的动情了，常言说“心地无私无畏惧”。如果自己心里没有私心杂念，坦坦荡荡就不怕别人说长道短，也不怕事后担责。杨冰又想，我写这封信要不要告诉柳絮，杨冰考虑了一会，心想：多一事不如少一事。如果告诉柳絮，讨论来讨论去，最后再不同意，有多少事耽误多少事。于是决定按照自己的认识，怎么正确就怎么回答柳笛，一个男子汉应该敢于承担责任。杨冰想到这里，于是大胆地给柳笛写了这封信：

柳　笛：

根据你信上提供的情况看，吴某人在家里既不能承担一个丈夫和一个父亲的责任，动则还打骂虐待妻女，这样的婚姻没有一点正常的夫妻感情，完全有理由向法院提出离婚。在法院判决离婚前，为了保障你们母女的安全和有个正常的生活，应该首先分居生活。领导和单位，应该积极提供分居生活的条件。

杨　冰

×年×月×日

柳笛收到杨冰的信，心里有了主心骨。她开始积极地找单位领导，找街道办事处，找法院要求离婚，并提出了“离婚申请”。

老奸巨猾的吴友德，感到奇怪，原来自己不管怎么骂她、打她，柳笛只是哭闹。后来提出了离婚，自己说“感情没破裂离不了婚”，她也就不闹了。可最近柳笛提出离婚却与过去不一样了，她按照法律办事儿，一步一步逼得他老老实实，只得就范。吴友德觉得奇怪，有一次他从外边回来，看柳笛正聚精会神地读几张纸上的东西。老奸巨猾的吴友德心想，这莫非是有人写给柳笛出主意的信或者是有关材料，于是他在柳笛上班后在家里翻箱倒柜地找这“几张纸”。这天终于找到这“几张纸”了，果然是封信。他一看落款是“杨冰”，名字怎么这么熟呢？后来他忽然记起，这个“杨冰”正是柳笛过去的恋人。他再看信封，落款是“天津师范大学中文系”。吴友德读过信之后，一股怒火燃上心头。他咬牙切齿地说：“你杨冰破坏我的家庭，我毁了你的前程，你不要高兴得太早！”

当天吴友德到街上买了复写纸，把这封信复写了多份。吴友德除了寄到法院和柳笛学校的领导外，他还把一封信寄到了天津师大中文系党总支。他告发杨冰在这几年中与有夫之妇柳笛通奸，如今又挑拨他们两口子离婚，图谋不轨，等等。

吴友德把信寄出之后心里很得意，便到一家小酒馆要了一瓶白酒，外加一盘花生米和一盘松花蛋，一个人尽兴喝起来。他万没想到一瓶酒没有喝完，便一溜滑到桌子底下，再也没有起来。

6

信寄到了天津师大中文系党总支，中文系党总支书记张旺看过信之后把中文系毕业年级党支部书记李育才叫到办公室，对他说："这是外地寄来的一封信，反映你们年级的杨冰一些情况，你们最近还想发展他入党？你看看信。"

李育才接过信匆匆看了一遍，吃惊地说："这就怪了，据我们了解杨冰祖籍冀中D县，他是D县师范学校毕业生，留在本县工作了三年，年年被评为模范教师，后来考到咱们学校读书。从未到过南方的W市，会不会是同名同姓的人搞错了?"

张旺说："你把这封信拿回去，好好了解一下情况，尽快把结果告诉我。毕业分配方案很快就下来了。争取在分配前把问题弄清，不要把问题带到下边去。"

李育才说："不会拖很久，因为杨冰四年来都是班长，表现很好。我再通过他们班的党小组了解一下情况，这么大问题不可能隐瞒很久。"

李育才回到班上，找到四班党小组长王纯，先让王纯看了信，然后说："你谈谈对这件事的看法。"

王纯沉默了多会说："我觉得这封信非常可疑，不妨直接让杨冰看看，让他解释清楚。"

李育才说："可以。你去找杨冰尽快摸清这件事吧。"

王纯找到杨冰，直接问他："我向你打听一个叫柳笛的人，你认识吗?"

杨冰觉得奇怪，王纯平白无故突然打听柳笛干什么？他疑惑地问：“我不知道我认识的柳笛，和你要打听的柳笛是否是同一个人？”

王纯说：“你谈谈你认识的柳笛情况，我看看是不是同一个人。”

杨冰从来对人襟怀坦白，对党组织更是无事不谈，他平时向组织汇报思想，恨不得把自己的心掏出来让组织看看。他一听王纯的话，就竹筒倒豆子——毫无保留地把自己从小就和柳笛在一起上学，直到初级师范分开后再没见过面的情况，有用的没用的全讲了。王纯不厌其详地听着，最后问：“最近有没有联系啊？”

杨冰说：“有联系，互相通过信。你想看看吗？”

王纯问：“可以看吗？”

杨冰说：“我们之间没有见不得人的事儿，可以看。我给你拿去。”

杨冰说完就回宿舍取信去了，没多大工夫就把柳笛寄给他的几封信拿来。王纯看完柳笛的来信，说：“最近W市有人来信揭发你长期与柳笛通奸，最近又挑拨柳笛与其丈夫离婚，你看看这封检举信。”

王纯说着把那封复写的信件掏出来，递给杨冰。杨冰一看就生气地说：“这封信一定是柳笛的丈夫吴友德写的，这个人太卑鄙了。”于是杨冰把吴友德的无耻流氓行径说了一遍，并建议组织去W市了解一下吴友德的为人，和这封检举信的情况是否属实。

王纯说：“你今天谈了许多情况，我回去向党总支汇报一下，请组织研究考虑。你这几封信，我可以带给总支的领导看看吗？”

杨冰说：“我拿出这些信，就是请组织好好审查我。我每天记日记，这几年的日记有几大本，它们都真实地记录了我每天的思想活动，我也可以交给组织去审查。”

王纯说：“党组织相信你说的话，日记就不必拿出来了。那些日记都是你写的个人思想活动，是你的生活隐私，组织不便拿去审读。”

杨冰说：“我现在虽然还没入党，但我在思想上严格要求自己，做到像党员那样，对党组织忠诚坦白，无话不可对组织谈，无事不可让组织知道，把自己的一举一动都完全置于党组织的监督之下。”

王纯说：“你为人忠诚老实，同志们和党组织非常信任你。你不要有顾虑，这封检举信，不会影响你的入党。”

话是如此说，但在毕业前夕，系党总支的工作很多，对每个毕业生都要做“毕业鉴定”，要落实分配方案，工作非常艰巨复杂，根本就抽不出时间和人力去外调杨冰的问题，所以杨冰的入党进程就拖下来了。

7

杨冰被分配到天津实验中学任语文教师。杨冰在天津既无住房，又无亲无故，只好住在学校。学校没有几个住校老师，杨冰一个人住在一间单人宿舍里倒也清静，这就更方便了杨冰的写作。

杨冰刚毕业，学校只分配他教两个班的语文课，不担任班主任。杨冰由于住校，妻子又在北京上学，没有家务拖累，他只要备好了课，批改完作业，下了课后就没有任何杂事可操心，所以他的时间非常充裕。杨冰精力非常旺盛，千把字的散文、十来句的短诗，他一个晚上就可以完成。两三千字的短篇小说，平均两个礼拜写一篇。在京津两地的报刊上，经常能看到杨冰的作品。杨冰的作品见报越多，他创作的积极性就越高，报刊向他邀稿的信函不断。杨冰废寝忘食地写作，经常彻夜不眠，甚至第二天两眼红红的带着眵目糊就去上课了。

实验学校的食堂只做午饭，杨冰从上学就是在食堂吃饭，从来不会做饭，早饭和晚饭他只好到街上小饭铺吃。有时早晨起得晚，杨冰来不及到街上吃饭，他就饿着肚子去上课。后来为了应对这种情况，杨冰就买饼干或面包放在宿舍里，一旦来不及上街吃饭，他就吃点饼干喝点水对付过去。天长日久，杨冰由于营养跟不上，身体慢慢弱了下来。

时间过得很快，转眼就是一年，柳絮大学毕业了。因为她在数论方面的成绩非常突出，数学系就把她留下来做助教，主要是深造。柳絮办完留校工作的手续就高高兴兴地来天津过暑假。恰逢这时杨冰收到母亲的信，老娘殷切地盼着儿子和儿媳回家过伏天。于是两个人买了火车票，第二天就回到杨家屯。

杨冰娘看见儿子又黄又瘦，心疼得要命。老娘问儿子："过去上学时又白又胖，脸红润润的，怎么当了老师反而瘦了？"

杨冰如实讲了在学校吃不好，自己还熬夜写东西。杨冰娘听了儿子的话心疼地说："身子骨儿要紧，熬夜写那个东西有什么用？咱不要名，也不稀罕那点稿费，娘不缺钱花，今后把你挣的那点工资都买吃的，你吃得壮壮的娘才高兴。"

柳絮的爹娘看见女婿瘦成这样，他们比杨冰娘还心疼。柳絮娘说："我手里还有一些体己钱，回天津时都带上，想吃什么买什么。暑假在咱这边住，我给你顿顿做好吃的，一个夏天就养壮实了。”

杨冰娘怎么肯让儿子住在丈母娘家，她一定要守着，亲手做儿子最喜欢吃的好东西，调养儿子的身体。

暑假很快就完了，八月底杨冰和柳絮就要回到各自的学校工作。杨冰比刚回家时胖了一些，但身体并没有壮实多少。年轻的夫妇半年不在一在，暑假里朝夕相处，耳鬓厮磨，难免房事过多，更加重了身子的虚弱。

开学后不久，有一天杨冰正讲着课，忽然两眼一黑勿勿悠悠就要栽倒，他急忙扶住了讲桌。两个学生搀扶着他回到宿舍，校医急忙赶来，杨冰说：“没事儿，昨天夜里睡得太晚，缺觉造成的。”

后来杨冰走路都觉得两腿发软，有时又像绑着铅块一样沉得抬不起来，这时才引起杨冰的重视。后来他到医院去看病，大夫对杨冰做了全面的检查，告诉他：“你的身体状况很糟糕，需要马上住院。”

校医陪着杨冰到医院办住院手续，大夫把校医拉到一边说：“这是我写的病情介绍，你们直接住肿瘤医院吧，治这种病他们比我们专长。”

校医听了大夫的话，吃惊地瞪着两眼看大夫写的“病情介绍”，这时大夫悄悄说：“他得的是白血病。”

校医一听明白了，他转身对杨冰说：“按大夫的吩咐，咱转到大医院去吧，这小医院不行。”

杨冰一听，有些疑问，便说：“这是咱们学校的合同医院，离学校近，转到大医院干什么，离学校远，花钱又多。”

校医说：“大医院设备好，他们的大大技术水平高，对你治病有好处。”

8

杨冰在校医的协助下，在医院门口要了一辆出租车。因为杨冰头脑晕乎乎的，他也没听清校医对出租司机咕哝了一句什么，汽车就启动了。

在医院大楼里，他们找到住院部。住院部负责大夫看了杨冰的“病情介绍”，对护士嘱咐了几句，小护士就把杨冰安排在“ICU 病房”。杨冰知道“ICU”是“重症监护”的缩写，本来他就有点头晕，当他看到病房门板牌子上的“ICU”这三个字母时，立即感到天旋地转，几乎要跌倒，校医在旁边急忙扶住了他。

杨冰问校医：“我的病有那么严重吗?”

校医说：“我也不清楚，我们到了医院就要听医生的。医院安排住哪儿，咱就住哪儿呗。”校医和护士帮着杨冰换好病号服，又把床铺安置好，他又宽慰了杨冰几句话，就回学校去了。

病房里只剩下杨冰一个人之后，他就开始想心思：我得的是什么病呢？怎么一住院就住在这种病房？他正在胡思乱想时，护士送来了三种药，并告诉他什么时间服药，隔多长时间服一次。护士给杨冰测完体温，把结果记在病历上之后问他：“你患病多长时间了?”

杨冰说：“我前两天刚有点儿不舒服，到医院去看病，大夫就让我住院。”

护士边问边记：“你有什么不舒服才去医院看病?”

杨冰说：“我平时爱熬夜看书，可能太缺觉了，前两天上课差点晕倒，这两天走路腿发沉，浑身无力。”

正在这时，进来一个护士登记病号饭，打断了他们的问答。

登记病号饭的护士走了之后，小护士又问：“你一般熬夜到几点才休息？”

杨冰说：“没准，一般情况都是凌晨两三点休息，少数情况熬通宵。”

护士吃惊地问：“学校的工作那么忙吗？”

杨冰说：“不是学校的工作忙，我是搞业余创作的，灵感一来就收不住笔。”

护士停下手中的笔，好奇地问：“你创作的东西发表过吗？”

杨冰说：“发表过，昨天日报上刊登的那篇小说《春的旋律》就是我写的。”

小护士一听兴奋地说：“那篇小说写得很感人，我们几个人抢着看。不过，那篇小说的作者是‘阿兵’，不是你啊？”

杨冰说：“‘阿兵’是我的笔名。”

小护士一听高兴地说：“太好了，你能住在我们病房真是缘分！”小护士说了这句话觉得不妥，又后悔了，马上说，“我能认识您太高兴了！您还是不住院好。不过，我们的大夫在全国有名，他一定能看好您的病，让您早早出院！杨老师您好好休息吧，别忘记吃药。”小护士说完，“啪”的一声把病历本子合上，她又补充说：“我姓李，以后您就叫我小李好了。我和另一个姓张的护士负责您这个病房。”说完就轻快地走出病房。

下午，科主任和主治大夫们查过病房后，有几个小护士在小李护士的带领下，像小鸟一样“叽叽喳喳”来到“ICU”病房。她们争先恐后地说：“杨老师，您的病好治。”

“杨老师，您要安心养病。”

"杨老师，您想吃什么告诉我，准给您带来。"

然后她们就谈论《春的旋律》中主人公的命运：

一个说："杨老师，您应该让张曼与芸芸结婚，这样结尾，总觉得有些缺憾。"

另一个说："你懂什么，生活中的人和事儿，没有十全十美的，这样结尾才余味无穷。杨老师，您说对吗？"

这些小护士正争论得不可开交，护士长进来了。小护士们立即鸦雀无声。护士长说："谁让你们随便乱串病房？这间病房只有小李和小张可以进来。今后我若发现谁随便串病房，第一次扣当月奖金，第二次除了扣奖金之外，还要调到其他科室工作。听清了没有？"

小护士们乖乖地说了声"听清了"，就迅速出去了。

9

护士长还没离开病房，有人轻轻敲了几下病房的门，护士长还没允许进来，门就被轻轻推开，走进来的是实验中学的校长和教导主任、语文教研组长等人。校长手里拿着一大束鲜花，教导主任手里提着水果等营养品。护士长扯过几个小方凳，请他们坐在病床旁边。

校长礼貌地谢过护士长，便坐下拉着杨冰的手问长问短，最后安慰说："得了病要放宽心，不要考虑太多。咱们国家的医疗技术很先进了，许多疑难症候都能医治，只要能治好你的病，花多少钱咱们学校也在所不惜。"

教导主任、语文教研组长也都知冷知热地说了许多宽慰话，杨冰听了，心里热乎乎的。

那时医院对重病患者，尤其是得了像癌症这样的绝症的，能不让患者本人知道尽量不告知，免得患者精神承受不了，反而加重病情。但杨冰有知识，他从服食的药物和治疗的方法、措施，以及从护士的言谈话语中，他很快就知道了自己得的是白血病，他的精神支柱立即垮塌下来。本来食欲就不好，身体乏力，再加上化疗，就更没有胃口。杨冰心想，自己一旦去世，老母亲和年轻的妻子怎么办？他浮想联翩，夜不能寐，没有服药物就无法安眠。当晚杨冰给柳絮写了一个电报稿："我得了白血病，请速来津冰"，他交给值班护士小李，请她下班后交到邮电局代发。

当天上午柳絮就收到了电报，她读过电报，立即瘫坐在椅子上，两手捂着脸"呜呜"地哭了。同办公室的几个同志非常吃惊，刚才还有说有笑，怎么接到一个电报情绪就突然变了呢？一个大姐走过来，抚摸着柳絮抽动的双肩小声问："小柳，怎么回事？告诉大姐。"

柳絮什么话也没说，也没抬头，她把手中的电报递给了这位大姐。这位大姐看过电报也面孔板滞，把电报递给围上来的几个人看。大姐转过身轻柔地对柳絮说："小柳，不要难过，现在医疗技术进步很快，过去不能治的病，现在也有办法治好了。"

教研室主任准了柳絮的长期事假，她当即买了快车票，下午就赶到了天津肿瘤医院。当柳絮走进"ICU"病房时，她看到杨冰身上插着的各种管子，眼泪立即充满了眼眶，她强忍着泪珠没让它流下来。当小护士轻轻叫醒杨冰，杨冰睁开眼看见柳絮时，他的眼泪立即滚落下来。这时柳絮再也忍不住了，她在小护士面前也不怕失态，眼泪像断线的珠子一样"噗噜噗噜"滚下来。

到了吃晚饭的时间，护士送来了病号饭。杨冰对柳絮说：“我吃不了这么多，你吃一半，我吃一半。”

柳絮说：“人是铁饭是钢，吃不下也要强吃。只有吃得多了，身子才能慢慢恢复元气。”

小护士把病床摇起来，让杨冰斜靠着床头被子准备吃饭。

柳絮端起饭盒说：“我来喂你吃。”她说着用小勺舀了一点米饭送到杨冰的嘴里。这时杨冰想起小时候妈妈喂他饭的情形，他五六岁时因为贪玩，每顿饭只扒拉两三嘴就不吃了，搁下碗就往外跑。母亲端起饭碗追上他，又用小勺一口一口把他喂饱。杨冰想到这里又掉下了眼泪，柳絮掏出手绢把他的眼泪擦了，轻声说：“吃饭就专心吃饭，不想别的事儿。”

杨冰自住院以来，第一次把病号饭吃完。小护士高兴地对柳絮说：“今天看见了你，他心里一高兴，就把饭菜都吃光了。”

杨冰更正说：“不是高兴，是她把米饭用小勺塞到我的嘴里，我不吃也得吃。”

小护士朝柳絮挤了一下眼说：“杨老师不愧是写小说的，多会说话啊！”说着收拾了饭盒就出去了。

柳絮说：“我在报纸上看到一篇文章说，癌症并不可怕，癌症患者四分之三是被吓死的。我们在战略上要不怕它，该吃吃，该喝喝。但在战术上要高度重视它，配合医生积极治疗，就一定能战胜癌症。今天你一高兴，饭就吃得多。可见有了好的心情和积极的精神状态。重病、大病会变成轻病、小病，小病会变好，你变成健康的人。在任何情况下，你一定要时时保持良好的心情。”柳絮说完，偎在杨冰身旁，又亲昵地说：“冰哥，一定听话，咱俩同心协力，共同战胜病魔。”

杨冰说："好，我听你的。"

10

晚上10点半，柳絮回到实验中学，她住在杨冰的单人宿舍里。柳絮躺在杨冰的床上思前想后无法入睡，白天杨冰的主治大夫王宏志告诉她说："杨冰的病发展很快，仅仅靠药物和放化疗遏制不住病情的发展。最好的治疗措施是'骨髓移植'，但京津两地的骨髓捐献者很少，在很少的骨髓捐献者中比对了一遍，没有一个人的骨髓和杨冰的骨髓能够匹配。现在正在其他省市的骨髓捐献者中搜索，还没有收到反馈信息。"柳絮当即问主治大夫："万一找不到可用骨髓怎么办?"主治大夫毫不犹豫地说："那能怎么办，只能慢慢拖到最后……"不言而喻，慢慢把病人拖死。

柳絮想到这里，猛地坐起来，她自言自语地说："要千方百计想办法救杨冰，不能束手等死!"她决定明天到了医院，首先自己做"骨髓穿刺"，如果不能与杨冰的骨髓匹配，就找实验中学的校长发动群众，让学校的广大师生捐献骨髓。

柳絮说干就干，她拔笔铺纸，迅即给实验中学师生写了一封长长的、充满感情的求救信。柳絮想，明天一上班她就把信交给实验中学的校长。她继而又想到，仅一所中学的师生人数有限，应该多发动一些学校。柳絮想到了自己的母校北京大学、保定中学，还有杨冰的母校天津师大，河北D县师范。每个学校一封信，一封一封抄写太慢了，应该复写或油印。但不管油印还是复写，必须等到大亮才行。

柳絮好不容易盼到了天亮，她揣上求救信草稿，匆匆走出实验中学，她在校门口买了一个油饼，边吃边朝公交车站走去。汽车来了，柳絮被四周的人拥挤着，她双脚都离了地面，被周围的人裹挟着架空被塞到公交车里，这时她连转动身子的力气也没有了。过了多会，公交车停下来，柳絮耳际只听见“肿瘤医院到了！”她又被人群夹持着，双脚不沾地下了车。柳絮过去只是听说京津两市的公交车拥挤，但没有经历过。这一次挤公交车让她开了眼界，长了见识。

柳絮快步找到王宏志大夫，急切地要求做骨髓穿刺，她说：“我们不能被动地等待急救中心的信息，请检查一下我的骨髓，如果能与杨冰的骨髓匹配，就省了舍近求远了。”

王宏志大夫高兴地说：“我们也有这种想法，你随我到化验室来吧。”

柳絮焦急地等在化验室外面，她盼着奇迹出现，好不容结果出来了，穿白大褂的护士说：“很遗憾，不匹配。”柳絮听了这句话，她立即像泄气的皮球，瘪下来瘫软地坐在化验室外边的长椅上。

过了多会，柳絮又振作起来，她下了决心：“不能放弃努力，只有努力寻找才有获救的希望。”她移动着疲惫的身体，走到街上找到一家文具店，买了圆珠笔和复写纸、信纸、信封。她回到医院，俯在候诊室一个窗台上开始复写求救信。她记不清复写了多少份，装在信封里写上地址，抱着一沓封好的信，像抱着看不见的救命圣灵一样，走进了邮局。她的心里又开始生出了希望，有了盼头。

在这些信中有一封信是写给杨冰娘的，还有一封是写给自己父母的。杨冰病成这样了，她不能不告诉三位老人，尤其是杨冰娘，她就这么一个独生儿子，万一有个好歹怎么办！不告诉谁也得告诉她老人家。

柳絮从邮局出来就乘公交车直奔实验中学，她找到校长递上写的信，还没说话眼泪就掉下来了。校长安慰她说：“不要难过，不管有多大困难，咱都要尽力想办法解决。你这信写的是什么事?”

柳絮说：“我想求助咱们学校发动全体师生，报名检查一下骨髓，看有没有与杨冰的骨髓匹配的，救他一命吧。”

校长说：“没问题，我们学校会全力支持，下午我们就召开全校大会进行动员。”

11

几天后，杨冰娘和柳絮娘互相搀扶着，在柳絮爹柳富的陪同下来到天津肿瘤医院。医务人员把他们先安置在会客室，没让他们进病房。杨冰娘哭哭啼啼，口口声声要见儿子，护士们怎么劝说都不行。正在这时，柳絮推门进来，她说：“杨冰好好的，他两天一夜没睡觉了，刚吃完药睡着了，您就不要叫醒他了。”

杨冰娘还是疼儿子，便说：“那就让小冰好好睡会，他一醒就叫我去看他。”

柳絮忙说：“一定，一定。”

柳絮娘问：“暑假里还挺好的，怎么一开学就病成这样了?”

柳絮说：“在暑假里就已经病了，只是潜伏着没有爆发，这种病一爆发就发展很快。”然后她向二位老人介绍了治疗情况后说，“现在就等着合适的骨髓移植，在北京、天津的血库里就没有找到一个人的骨髓可用。”

杨冰娘说：“那么难找吗?”

柳絮说：“很难找，要不是这么难，杨冰的病早就治好了。”

杨冰娘听了柳絮的话，她皱了皱眉头长叹了一口气说：“老天爷呀，我就一个儿啊!”

这时王宏志大夫进来，他把柳絮叫出去了。过了片刻，柳絮愁容满面地进来。杨冰娘看出儿媳脸色不好，忙问：“大夫说什么来?”

柳絮说：“急救中心来电话说，全国各地的血库里没有找到可以匹配的骨髓。”

柳絮娘听了柳絮的话两眼立即呆滞了，她张了张嘴什么话也没说。

好不容易等到探视病人的时间，经大夫允许只让两位母亲进入重症监护室。在进去之前，王大夫千叮咛万嘱咐说：“您看到儿子可别哭，影响病人的心情，妨碍治疗。”杨冰娘答应得很好：“不哭，不哭。”但她一进病房，看到病床上的儿子，两眼的泪珠就“啪哒啪哒”掉下来。王大夫看到这种情况赶忙小声提醒：“大娘，不要哭。”

杨冰娘立即捂住了自己的嘴巴，她颤颤巍巍地走到病床前。杨冰看见娘来了，哽咽地只叫了一声“娘”，就说不出话来了。这时娘只说了一句话：“儿子你要挺住，娘豁出命去也要治好你的病……”杨冰娘就说了这么一句话，她就两手捂着脸，转过身子面对着窗户哭泣起来。

第二天上午，王大夫对柳絮说：“这里只留下你婆婆就行了，你父母在这里也帮不上忙，不如回家动员一些乡亲来检测一下骨髓，如果能匹配上比什么都强。”柳絮父母采纳了王大夫的意见，当天下午就回去了。

下午，实验中学的老师和学生下了课，就按班级排着队来医院化验骨髓。

柳絮的信还是很管用，过了两三天，杨冰天津师大中文系的一些老同学来医院先探视了杨冰，然后到化验室做骨髓穿刺。北大数学系柳絮的一些同学也来医院探视杨冰并化验骨髓。河北D县杨冰的一些老同学、老同事，甚至当年教的学生如今工作了的，也来天津探视杨冰并化验骨髓。虽然来了不少老同学、老同事，但没有一个人的骨髓可用。杨冰娘知道这个情况，急得像疯子一样，在医院里看见年轻人就抓住人家的胳膊，求人家为儿子捐献骨髓，把对方搞得莫明其妙，只好躲开她。

柳絮发现婆婆急得有点精神失常，她就叮嘱婆婆守在重症病房门口，不得在医院乱跑。

这一天医院住院处来了一位穿着很时髦、长发披肩的女同志，她登记要探视住在重症监护室的杨冰。病房负责管理的护士告诉还她不到探视病人时间，即使到了时间没有主治大夫的允许也不准进入重症监护病房。这位长发披肩的女同志解释说，她是特意从南方赶来为杨冰捐献骨髓的。病房管理护士说：“要捐献骨髓也需要先化验，即使化验合格也不一定能见到患者。”

长发披肩的女同志正在与病房管理者交涉，恰好王宏志大夫经过这里，他听到“捐献骨髓”四个字，立即引起注意，本来已经走过去了又返转回来问：“你要捐献骨髓?”

长发披肩的女同志说：“对啊，我是从南方特意赶来的。”

王大夫说：“好啊，我给你写个条子，你到交费处交一下费，然后到化验室去做骨髓穿刺。”

这位女同志接过条子就去交费。

12

杨冰忽然昏迷过去，吓得柳絮六神无主，她到处找王大夫去病房诊治。柳絮一直找到管理处，正好听到王大夫和这位南方女同志的对话。最初柳絮以为是一位患者家属没太在意，当她听到“特意从南方赶来要捐献骨髓”这句话时，引起了她的注意。因为柳絮与柳笛多年不见面了，乍一看又不像记忆中那个农村的小姑娘，加上她现在正为杨冰的病愁得心慌意乱，就没有心思多想别的事儿了。柳絮拉住王大夫就匆匆回了病房。

王大夫给杨冰注射了一针药，病情很快缓解下来，这时柳絮才想起刚才看到的情景。柳絮心里也装不下事，她对杨冰娘说：“我刚才看到一个从南方来的女的，有点像柳笛，也不知道是不是。”

杨冰娘没好气地说：“管她是不是哩，和咱又没有关系！”

柳絮说：“听说是来捐献骨髓的。”

杨冰娘说：“捐献骨髓？我们用谁的骨髓也不能用柳笛这个贱女人的骨髓！”

柳絮说：“来了那么多的人化验都匹配不上，她来了就能配上？”过了一会柳絮又说，“娘，只要能救杨冰的命，不管是谁的骨髓，能用就用。”

杨冰娘思摸了一下说：“我也想通了，不计前嫌，救儿子的命要紧。”

第二天杨冰的病更加恶化，他皱着眉头有气无力地说：“娘，我恶心，想吐，快请王大夫来吧，我今天心里特别难受……”

柳絮看见杨冰难受的样子，立即走出病房去找王大夫。

等了多会儿，王大夫还不见来，杨冰不住地呕吐，急得杨冰娘直拍大腿，嘴里不停地嘟囔：“老天爷啊，找大夫的不回来，大夫该来也不来，急死人了！”

小李护士吩咐小张护士：“你去找找王大夫！”

病房里正乱成一锅粥，这时病房的门打开了，王大夫走在前面，他面带笑容对杨冰娘说：“老大娘别发急了，您的儿子有救了。”

杨冰娘不知底细，糊里糊涂地问：“儿子有救了，好啊，谁来救？怎么救？”

王大夫回头把身后那位要捐献骨髓的长发女同志拉过来说：“她来救！”

杨冰妈还没明白过来，这位披长发的女同志就拉住了杨冰娘的手说：“大娘，你不认识我了？我是柳林庄的柳笛啊。”

杨冰娘这时脑子才转过弯来，她瞪着眼仔细端详了一下说：“啊，是柳笛，大娘老了眼拙，认不出你来。闺女，你怎么来了？你有本事救杨冰？那就快救吧！”

柳笛说：“是D县的老同学写信告诉我的，我来了就做骨髓穿刺……”

王大夫在一旁说：“这位女同志不是大夫，是用她的骨髓救杨冰，明白了吧。”

杨冰娘用手一拍脑门，说：“哎呀，刚才把我急糊涂了。”

这时柳絮一推门进来了，杨冰娘忙拉住柳絮的手说：“杨冰的命有救了！”然后她把躲到自己身后的柳笛拉过来说：“絮，这就是杨冰的救命恩人柳笛!”

柳絮愣怔了一下，她一把拉住柳笛说：“果然是你，好多年不见面了，昨天我看着像你，不敢认。你的骨髓匹配合适了?”

柳笛点点头说：“非常合适。”

王大夫说：“这真应了那句古话，‘吉人自有天相’。我们正在发愁，天上忽然掉下个救命天使。”

当天下午杨冰就做了骨髓移植手术，手术非常成功。

王大夫把这个好消息告诉杨冰娘时，她两眼含着泪花说：“谢谢你，谢谢你啊。”

杨冰娘扭头又对柳絮说：“压在我心口的大石头搬走了，心里立即轻快了。絮，立即写信告诉你娘，让你娘他们也松了心吧!”

13

杨冰做完手术三天后，开始有了食欲，晚上不服用药物也可以安睡通宵。做完手术一周后，杨冰的脸上开始有了血色，说话有气力了。杨冰也由重症监护病房搬到了普通单人病房。

这天吃过早饭，柳笛提着小手包要向杨冰娘告别回南方去。杨冰娘拉住柳笛的手真挚地说：“闺女，你不能走，我们娘仨还没很好地亲热几天，怎么能走?”

柳笛说：“大娘，学校还有几十个学生等着我回去上课。再说杨冰的病已经稳定住了，我就没有必要在这里住着了。以后我想大娘和柳絮时，利用寒暑假回到 D 县老家看你们去。”

柳絮说：“笛姐，过去由于我涵养不好，写信伤害了你，始终没有机会向你承认错误，赔礼道歉，我借此机会向你赔罪了，希望你能原谅我。”

柳笛说：“过去的事儿咱就不再提它了，我们要向前看。你文化知识比我高，又在高等学校工作，经多见广，今后在学业上还需要你多多帮助我。”

杨冰娘说：“前天我对柳絮说，你捐出自己的骨髓，救了杨冰一命，这个恩情我们一辈子忘不了。本来我想给你一些钱酬谢你，柳絮说‘黄金有价，柳笛的情义无价，她的骨髓无论多少钱也买不来，也无处去买’。我说那该怎么办呢？我们娘俩想了好半天，我只有一个儿子，没有女儿，今后你就做我的亲闺女吧。你比杨冰小一岁，今后你俩就以兄妹相称；你比柳絮大一岁，你俩就以姐妹相待。你们三个人的命运就捆绑在一起了，要生生死死不再分离。柳笛，你看行吗？”

柳笛说：“我同意您的意见，世界上最宝贵的东西不是金银珠宝，最宝贵的是亲情。亲情无价，这亲情包括父母与子女之间的情，还有兄弟姐妹间的手足情、夫妻之间的恩爱情。这些都是花钱买不来的无价宝。”

杨冰娘和柳絮、柳笛正在病房门外的长椅上倾诉着肺腑之情，护士小李从病房出来对她们仨说：“杨老师在病房隐隐约约听到你们说话，他想叫你们进去说，他也想听听。”

杨冰娘说：“既然这样，咱们就进去说。”

她们三人进了病房，杨冰娘首先对杨冰说：“常言说‘滴水之恩以涌泉相报’。柳笛这次来天津救了你一命，这救命之恩一辈子报答不完，孩子你可要记住。柳笛已经失去父母，又死了丈夫，她的命很苦，我把她收成亲闺女，今后你俩就是亲兄妹，再加上柳絮，你们三个人要相依为命，不要再有别的想法。小冰，你听明白了没有?”

杨冰说：“娘，我听明白了，记住了。”

杨冰娘又问柳笛：“娘的话你可明白?”

柳笛点点头说：“女儿听明白了，也记住了。”

杨冰娘又问柳絮：“你明白我的意思吗?”

柳絮说：“明白。”

杨冰娘说：“你们都明白我就放心了，死了也能合上眼。你们要有志气，有毅力，长出息。能力大就做大事，能力小就做小事。为人在世，一定要做点事儿，不要混日子，不要成为社会的渣子。”

杨冰说：“娘的话我都记住了。我这第二次生命既是柳笛给的，也是医院医术高超的大夫们给的。实验中学师生们和来捐献骨髓的朋友们，尽管他们的骨髓匹配没有成功，他们的精神同样值得我好好学习，他们的行动同样使我为之感动，我也要记住他们。”

杨冰等人正在难舍难分地诉说着亲情，不知不觉到了中午开饭时间。这时王宏志大夫手里提着五六个快餐盒进来说：“小李告诉我说‘救命天使’要回南方，我就买了这几盒饭聊表心意，咱们在这病房里简单地给‘天使’饯行吧!”

柳絮和柳笛齐声说：“谢谢王大夫，您想的可真周到。”

杨冰说：“小李也不要走，大家一块儿吃吧。”

午后，柳絮把柳笛送到火车站，两个人在站台上亲亲热热地说了半天，直到开车的铃声响了，柳笛才依依不舍地登上列车。

六、单身难过

1

杨冰康复出院后，学校领导没有给他排课，让他好好休息一个学期。杨冰不再熬夜创作了，但他是个闲不住的人，他不忍心把大好光阴白白浪费掉，就找出鲁迅的杂文读。鲁迅在一篇文章中说，在某一方面只要肯钻研，用上十年工夫就会成为某一方面的专家。杨冰想，自己是学文学的，读书时对《红楼梦》就感兴趣，毛主席又号召干部可以读读《红楼梦》，了解一下旧社会的阶级剥削和阶级压迫。于是杨冰只要有了时间，就抱着一本《红楼梦》读起来。

俗话说“吃一堑，长一智”，杨冰彻底恢复健康后，他的生活就有规律了，不再熬夜读书。后来学校安排他教两个班的语文课，还担任一个班的班主任。他除了积极搞好教学工作外，就专门钻研《红楼梦》。杨冰把学校图书馆有关《红楼梦》论述的书都借来读，星期天逛新华书店，只要看到有关《红楼梦》评论的新书，他就买回来钻研。

不久，杨冰写了一篇《论林黛玉的艺术形象》发表在一家学术刊物上，引起了一些学者的注意，不少报刊纷纷转载。因为那些年不少文化艺术刊物停刊，报刊上很少刊登文艺评论方面的文章，即使有一两篇文艺评论，也充斥着干巴巴的政治口号。所以在荒芜的文学艺术园地里，偶尔有了一篇谈论文学艺术形象的文章，立即引起广大读者的兴趣。

这天上午下了课，杨冰到收发室取报纸，传达室的刘师傅递给他一封信。杨冰一看信封落款是W市柳笛，他的心就“咚咚”跳起来。杨冰边往回走，边撕开信封抽出信来看：

冰 哥：

恭贺你的论文《论林黛玉的艺术形象》好评如潮，真没想到你进步如此之快，你病愈后没有多久，就能拿出这样高水平的论文，实在令人佩服。

我对《红楼梦》也很感兴趣，这些年我也抽空读了许多遍，产生了许多想法，但就是笔头不行，脑子里的东西不能形诸笔墨。冰哥，不知可否在余暇之时，写信指点一二，不胜感激。

我这学期没有担任班主任，只教两个班的语文课，课余时间比较多，我也想写点东西，不知从哪儿下手，希望你先谈点粗浅的东西，太深奥的我也不懂。

祝你工作顺利，写作丰收！

愿做小学生的柳笛

×月×日

杨冰读完信，心里非常高兴，高兴的是柳笛摆脱了过去不求上进的思想状态，开始振作起来。杨冰回到办公室，立即给柳笛写了封短信：

柳　笛：

读了你的信，我非常高兴。你有研究《红楼梦》的想法很好。首先要搞好本职工作，要教好课。因为你终究不是专业的研究人员，只有在搞好本职工作的基础上，在业余时间再搞研究，自己心里才踏实，这样才能得到领导的支持、同志们的帮助。否则，只顾搞研究，又要教课，人的精力是有限的，这样会顾此失彼，研究也没搞好，课也没教好。领导和学生有意见，自己心里也不痛快，研究也不会有成绩，两边失误，损失就大了。

其次，初搞研究不要贪大，不要选大题目。先从小问题入手，这样费时不多，也容易深入钻研下去，写出点儿新意，可以避免一般的泛泛而谈、人云亦云。

再次，做研究也好，做其他事也好，不可能一蹴而就。第一步要从小处做起，先积累材料，材料储备得多了，慢慢就有了自己的看法。俗话说“冰冻三尺非一日之寒”，万丈高楼也是从一砖一瓦垒起的。

我说的不一定对，仅供你参考。

祝你教学、研究双丰收！

杨　冰

×月×日

杨冰把信寄出去，就一头扎到教学和业余研究里去了。杨冰爱人柳絮仍然在北京工作，他住在学校，没有家务事的拖累，他终日在学校里除教课和做学生工作外就专心研究《红楼梦》，没有任何杂事分心，所以他的学术论文写得很快，一时间在大小报刊上发表了不少。

2

柳笛非常聪明，她按照杨冰信上说的办法，把学术研究和教学工作紧密结合起来。当时语文课本上有一篇课文《葫芦僧乱判葫芦案》，是从《红楼梦》第四回中节选出的。柳笛从这篇课文分析入手，剖析了《红楼梦》中的贾雨村和门子两个人物，通过这两个人物揭示了旧社会丑恶黑暗的一角，暴露了“官官相护，鱼肉人民”的阶级矛盾和阶级斗争。在这样的社会里，苦难的人民哪有出头之日。柳笛把这篇文章寄给了《中学语文教学》，很快被刊登出来。不久，《语文教学参考资料》也选用了此文。

柳笛所在中学让柳笛在学校讲授这篇课文并做观摩教学，以后又做了几次，听课者络绎不绝。柳笛初步尝到了文艺理论研究紧密结合语文教学的甜头，她努力钻研理论，认真备课的劲头更足了。

柳笛把自己写的文章寄给了杨冰，不久她又把自己做观摩教学的情况写信告诉了杨冰。杨冰立即写信鼓励她，希望她不骄不躁继续努力。

有一天杨冰收到一个学术团体的请柬，请柬上写着：“兹定于×年×月×日在上海市朝阳宾馆召开《红楼梦》学术研讨会，敬请出席为盼”。

杨冰写信把这件事告诉了柳笛，柳笛也很高兴，她立即复信说：“希你在参加会议前后，乘车路经 W 市时，能下车到我家看看，你没见过的外甥女芽芽十分想见你一面。”杨冰回信说：“我也十分想见到你们，但因为这段时间我的事特别多，我不可能抽出时间在 W 市下车。为参加这次会议，我请了十天假，耽误不少课，回到学校还要补上。另外市文化馆、图书馆还安排了两次座谈，我还得认真准备一下。以后再有机会去上海开会，我一定去 W 市看望你们娘俩。”

又过了几天，杨冰收到柳笛的来信。她说：“你告诉我去上海开会时，乘坐哪一天多少班次火车，当火车在 W 市停靠时，我和女儿到车站与你见一面可以吧？冰哥，你一定答应我，满足芽芽的愿望。”

杨冰立即去天津车站，提前买了去上海市的车票。他在车站上就给柳笛写了封短信，告知她自己去上海的日子并乘坐的车次和车厢。

杨冰去上海开会这天，在天津上车时艳阳高照，当列车到达 W 市时却细雨蒙蒙。列车刚进站，杨冰就站在车厢门前。他看见站台上有许多旅客和送行的人，排着队在等着上车。列车慢慢地停稳了，车门一打开，杨冰随着列车员跳下了车。这时杨冰看见一个中年妇女和一个年轻姑娘，急促地朝他乘坐的车厢门前走过来。杨冰一眼就看出走在前边的是柳笛，他忙迎过去，同时大喊了一声“柳笛”！这时柳笛也看见了杨冰。

杨冰和柳笛两个人的眼睛里都闪着激动的光，四只手亲热地握在一起，寒暄了两句，柳笛就把身边的姑娘拉过来说：“叫舅舅，这就是你日夜盼望见到的杨冰舅舅。”

芽芽热情地叫了一声“舅舅”就站在一边，看着妈妈。柳笛恳切地对杨冰说：“我这个女儿从小就生活在单亲家庭，没有得到过父爱。她从小就羡慕其他小朋友有爸爸又有妈妈……”柳笛说到这里有些哽咽，眼里滚出晶莹的泪花。

杨冰看到柳笛特别伤感便安慰她说："最艰难的日子过去了，孩子大了，好日子还在后边等着你哩。"

柳笛说："今天让孩子见见你，不求别的，只希望你把芽芽当作亲外甥女看待，在学业上给以无私的帮助和教育。"

芽芽恳求说："舅舅，我拜您为师，想向您学习写作，您愿意收下我这个徒弟吗？"

杨冰刚要回答，车站的工作人员拉响了电铃，同时高声说："快上车，马上开车了。"

杨冰只得转过身子，边挥手边说："芽芽，没问题。我收下你这个徒弟了！"

芽芽高声说："谢谢舅舅！"

柳笛和女儿在站台上频频向杨冰挥手，依依不舍。杨冰隔着车窗玻璃也频频挥手致意。

3

杨冰回到天津，立即投入了紧张的工作。有一天杨冰正在办公室聚精会神地备课，突然有位学生的妈妈来访。杨冰搬过一把椅子请这位家长坐在办公桌旁，又倒了一杯水放在她的面前。这位家长自我介绍说："我是程雪麟的母亲。"她刚说了儿子的名字，办公室的老师们不由自主地都抬起头来向这边看。因为程雪麟在学校调皮捣乱，不守纪律，吸烟打架，旷课逃学出了名，老师们都想看看这位学生的妈妈是个什么样的人物。没想到这位年轻的母亲穿着朴素，举止朴实，谈吐很有教养。她说："杨老师，我应该事先约一下再来，但我又没有条件这样做。我突然来学校，打搅您的工作了，实在出于无奈，非常抱歉。”

杨冰说：“没事的，有时候我们还把家长请到学校来。您主动来学校与我们沟通，我们还应该感谢您哩。”

这位家长苦笑了一下说：“我这孩子淘气出了名，给学校，给老师添了不少麻烦。这孩子小时候可乖了，在幼儿园，老师们都喜欢他。读小学低年级，每次考试都是双百分。自从他爸爸出了车祸，这孩子就一天天变坏了。”

程雪麟的父亲原来是一个小纺织厂的厂长，曾是“五一”奖章的获得者。前几年程雪麟的爸爸乘车去外地进货，司机为了赶路晚上行车，由于疲劳驾驶，一不小心汽车跑偏了，立即翻到深沟里，司机没有伤着，坐在副驾驶座位上的程雪麟的父亲被甩出汽车，当场死了。

这时程雪麟正读小学五年级，自此以后他开始变了。程雪麟最初是沉默寡言，他终日无所事事，也不愿接触人。后来他就经常逃学，跑到街上和一些流里流气的孩子混在一起，学会了抽烟、打群架、偷东西。那时他母亲终日在工厂上班，忙得不可开交，还经常加班，她既没时间也没精力管教自己的独生子。程雪麟随着年龄的增长由小学升入中学，但他的思想和文化知识并没有达到中学生的程度。相反，由于年龄的增长坏本事学得越来越多，到了这时候家长管不了，老师也教育不了。学校领导几次研究，想把程雪麟送去“劳教学校”，但教育局始终没批准，领导的意见是：能挽救尽量挽救，能拉过来不要推过去。

程雪麟在学校顽劣出了名，哪个班都不想要，学校领导研究决定放在杨冰这个班，理由是杨冰年轻，精力旺盛，教过几个差班，有一定经验。再者杨冰住校，一个人在天津没有家务事拖累，晚上白天都可以和学生们泡在一起。

杨冰从读大学到工作，只要是领导交给的任务，他从不讲价钱，都是无条件地接受下来，然后是千方百计努力地去完成。这次学校领导把程雪麟安插在他的班里也不例外，他只是说：“我也没把握教育好，我努力去做，试试吧。”

程雪麟的母亲讲起儿子的不争气，自己一个人过日子孤苦无助时，痛哭流涕地说：“任何人都有一个奔头，唯独我看不见一丝希望。人家别人过的是儿子、女儿的日子，儿女大了就有好日子过了。我的命怎么就这么苦，我没有兄弟姐妹相助，死了的老头子也没有一个亲人。我的儿子指不上，他不给我惹祸我就烧高香了。哪怕我有一个女儿也有过头。我愁得一夜一夜地睡不着觉，愁得我在家里走里转外的，满肚子的委屈对谁诉说？有时我真想从楼上跳下去死了，去找我那早死的丈夫。”

程雪麟的母亲叫梅艳丽，没有多少文化，略微识几个字。新中国成立初期随丈夫进了城，在丈夫的厂子里做了一名勤杂工。后来怀孕、生孩子，就辞职在家抚养孩子、料理家务，一家的生活开支全靠丈夫不高的工资。丈夫去世后，梅艳丽失去了唯一的生活来源。梅艳丽就到处做临时工挣个钱，她到机关食堂帮过厨，到旅店打扫过卫生，到洗染店洗过衣物，给人家带过小孩，总之，有什么工作做什么工作，不挑不拣。

杨冰听了赶忙劝慰说：“我们千万不能这样想，我们不能把人看死了。人是可以变的，儿子能变坏也能变好。俗话说‘浪子回头金不换’，将来程雪麟变好了，可能是一个了不起的人才，您就等着过好日子吧！”

程雪麟的母亲听了杨冰的一席话，破涕为笑，擦了擦眼泪说："我就等着那一天吧。谢谢杨老师的宽心话，但愿我那不争气的儿子在杨老师的教育下能变好了。"

杨冰说："光靠学校也不成，您也得和学校配合，两方面齐心协力帮助程雪麟，他一定会转变的。您从现在起就要改变过去不恰当的教育方法，变责骂为劝慰，要让孩子感到家庭的温暖、母亲的慈爱。孩子慢慢会摆脱坏人的影响，逐渐好起来。实际上程雪麟比过去好多了，他开始向好的方面转变，我们不能急于求成。"

程雪麟的母亲来时心情沉重，走时去了一块心病。杨冰送梅艳丽到校门口时，梅艳丽忽然说："杨老师，我也不怕您笑话，我到处找零活做。您若听说谁家生了小孩，要雇保姆伺候月子、看孩子，可以给我介绍一下，钱多钱少好说。"

杨冰忙说："我记着这件事儿，只要有机会，我一定帮忙。"

杨冰送走了程雪麟的母亲，他的心情很沉重。

4

杨冰这几天心头始终萦绕着一个问题，单亲家庭的子女教育是个很麻烦的事儿。原来程雪麟的家庭是很幸福的，父亲是企业的领导干部，母亲是勤劳的家庭妇女，只有一个聪明伶俐的独生子。一次车祸，丈夫突然暴亡，孩子由好孩子变成了"问题少年"。杨冰意识到这是一个严重的社会问题，学校教育的担子重啊！

由程雪麟的家庭杨冰想到了柳笛母女，她们两个人的日子怎么样呢？柳笛从来没谈过，估计精神上也有难言的苦楚。没过几天杨冰收到柳笛的一封信，她在信上说了那天在车站与杨冰匆匆见面的前前后后：

冰　哥：

你知道我为什么一定要在车站上带着芽芽去见你一面吗？还说“你一定答应我，满足芽芽的愿望”吗？肯定猜不到。这事说来话长了，有一天芽芽回到家里对我发牢骚说：“妈，您真穷！”我说：“妈妈是不富，你姥姥、姥爷去世没有给妈留下什么遗产。”芽芽说：“我说的‘穷’不是指的钱财，是指亲戚朋友。我的同学们，有的有叔叔、伯伯；有的有姑姑、姨妈；还有的有舅舅、表哥、表弟。可我什么也没有，成天价连个亲戚来往也没有。我们家怎么就这么孤单，这么清苦啊！”

我对芽芽说：“我有一个表哥叫杨冰，他在天津教中学。他在大学读的是文学系，可棒了。他研究《红楼梦》很有成绩，写了不少文章发表在报刊上，最近还要出版论文集。”芽芽听了说：“妈，你哄我吧?！怎么你平时没对我说过啊?”

我说：“我哄你做什么，他最近要去上海开会，到时候他会来W市，到咱家看看。即使不能下车来W市，我也要设法领着你在车站见他一面，说几句话。”

那天在车站见了你，芽芽回到家可高兴了。她说：“舅舅不愧是个学者，他虽然没说几句话，但他风度翩翩，给我留下了深刻印象。他既是舅舅，又是老师，在他的指导下，我的写作一定进步很快。”

我一个单身女人教育好孩子是很困难的，孩子越来越大，我不只在知识方面不能满足她的要求，就是在交朋友、步入社会等诸多方面也不能给予帮助。孩子要是有一个爸爸就大不一样了。

人们常说“男子汉既当爸又当妈，日子不好过”。女人既当妈又当爸，日子更难过。谁没经过这样的日子，谁就不知道其中的苦楚。一个家庭就应该有男有女，俗话说“男子无妻家无主，女子无夫身无主”。“家无主”无非家中的衣物、细软无人收拾料理，还可以过下去；这女子“身无主”就很麻烦，“无主”的女人男人都想占便宜，任何一个男人都想占有她。有时我就想再找一个丈夫，但随便找一个男人，没有感情怎么能生活在一起呢。衣服可以凑合穿，家具可以凑合用，但丈夫不能凑合过。

冰哥，我希望你能在你的朋友圈里，在你的同学间，帮我物色一个有对我脾气的人。我不要求人长得多么漂亮，本事有多么大，收入有多么高，只希望找一个本本分分的人，能和我过到一起就行。冰哥，你一定要把这件事放在心上。

一个孤单的人

×月×日

杨冰读完信后想起一句名言：幸福的家庭都是相似的，不幸的家庭各有各的不幸。柳笛要求的条件尽管不高，但她结过婚，还有一个高中毕业后待业的女儿。你不挑男方，男方还挑你，本身就受到了局限。

5

“插起招军旗就有吃粮人。”有次与朋友们小聚，杨冰了解到一位朋友前年妻子有了外遇，一脚把这位朋友踹了。杨冰给这位朋友要了一张照片寄给了柳笛。柳笛看了信和照片后给杨冰写信说：“从相片看，心里觉得相貌不太舒服。人家从床上踹下去不要的，自己怎么能捡起来当宝贝。”随信她把相片退回来了。

杨冰并不灰心，他又介绍了一个未婚男子，比柳笛大五岁。柳笛写信问：“是这位男同志要求条件过高，一般的女的他看不上呢？还是女的看不上这位男同志啊？”杨冰回信说“两种原因都有”。柳笛写信要看看照片，杨冰回信说“有人上相，人长得丑但相片漂亮；有人不上相，人长得很俊，但相片难看。你们还是见一下面为好”。柳笛表示同意。

“五一”节放假，这位男同志到 W 市旅游，两个人同游了有名的鼋头渚公园。柳笛热情地向他介绍鼋头渚的风景，这位男同志却对眼前的湖光山色毫无兴趣，两眼却直勾勾地盯着柳笛，把柳笛看得身上起鸡皮疙瘩。两个人还没有互相了解，没有建立感情，这位男同志就三句话不离结婚后如何安家过日子，“柴米油盐”地谈起来。柳笛一听烦了，两个人匆匆转了一下，就走出公园“各奔前程”了。

柳笛写信埋怨杨冰不认真给她办事儿，随便抓一个“壮丁”敷衍她。杨冰则写信说柳笛“真难伺候”，“一个再婚的年届不惑的女人带着一个孩子，还如此挑剔，解决问题很困难”。柳笛生了气，使性子回信说：“你不想管就别管了，我自己找!”

大约过了半年，杨冰给柳笛写信问她：“是否找到了合适的朋友？已经组建了新的家庭吗？”柳笛反问他：“找朋友再婚，哪那么容易？”

这年秋天，《红楼梦》研究会年会及学术研讨会在 W 市召开，杨冰出席了研讨会。他为了给柳笛一个惊喜，事前没有写信告诉她。研讨会结束的那天下午，杨冰给柳笛学校打电话。传达室的老大爷把柳笛从办公室叫出来说："请接电话。"

柳笛问："哪儿来的？"

老大爷说："听口音是个北方人。"

柳笛心想，自己唯一的朋友就是杨冰，他是个北方人，可从来没有打过电话，也没说要来W市啊。柳笛心里嘀嘀咕咕地小跑着来到传达室，气喘吁吁地抓起听筒就问："喂，您是哪位？"听筒里传来一个很熟悉的声音："我是杨冰，来W市开会，想现在去看看你……"

柳笛立即兴奋地说："我立即回家。"并告诉杨冰详细的家庭地址。柳笛骑自行车刚到家，一壶水还没烧开，杨冰就乘坐研讨会接待组的汽车来了。

两个人除了前年在车站匆匆说了几句话，几十年来第一次单独见面，情不自禁地抱在一起，两个人的脸紧紧地贴着。柳笛更激动，她扭动着脸想让自己的双唇滑到杨冰的嘴边。杨冰这时轻轻拍了拍她的背，说了句"好了"，便松开双臂。柳笛仍然紧紧地搂抱着杨冰，含情脉脉地看着他。杨冰说："坐下，好好说会儿话。"

柳笛只好松开手臂说："灶上的水开了，我给你沏茶。"

杨冰说："不用。我来时在宾馆喝了好多茶水。"

柳笛用眼瞟着杨冰说："你来W市前也不告诉我一声，搞突然袭击！"

杨冰说："你突然看到我，会特别高兴，所以才没告诉你。芽芽哪去了？我给她买了一件衣服，不知她喜欢不喜欢。"他说着从手提箱子里拿出一件蓝底素花的羊毛衫，递给了柳笛，然后补充说："来时匆忙，没有给你带任何东西。"

柳笛说："给我带不带吧，没事儿，给芽芽买了就行。"她说着接过羊毛衫一看，高兴地说，"太好了，芽芽就是喜欢这种天蓝色的羊毛衫。孩子早就闹着让我给她买，我手头紧，还没给她买。你倒给芽芽买了，而且特别对她的心思，真不愧是舅舅。今天晚饭我给你做点什么好吃的，你想吃什么？"

杨冰说："我什么也不想吃，待会芽芽回来咱到街上吃顿便饭吧。"

柳笛脸上的笑容立即消失了，她说："芽芽经常不回家吃晚饭，晚上回来很晚。我说她又不听，管也管不了。"柳笛说到这里眼里掉下泪来。

6

杨冰问："芽芽参加工作了？"

柳笛说："没有。我成天为孩子找工作发愁，芽芽埋怨我没有门子、路子，我一个普通教师哪里有什么门子？有人劝我求求学生家长，家长中有能人，有掌权的。我试探着与几个家长谈了，普通市民的家长，家家都有一本难念的经，都劝我慢慢想办法，不要着急。有权有势的家长借口工作忙，根本不与我见面。有一个是主管人事的副厂长，这位家长倒是挺客气，说：'现在厂子里没有招工指标，一旦有了指标我首先录用咱的孩子。'我说先安排个临时工作可以吗？他说：'临时工作没有好工作，不是打扫厕所，就是扫院子。让咱的女孩子干这个工作多不合适。要就业就找个正式的好工作，这是一辈子的事儿。'我听了特别高兴，但你再找他要么不见面，要么说'没指标'，要么说'我记着哩，你就别找我了’。直到他的孩子毕业，他们厂子招了几次工，芽芽的工作也没解决。这些事儿想起来真令人寒心啊。”

杨冰问：“芽芽没工作，每天跑到外边干什么啊?”

柳笛说：“她能干什么？无非和她的同学们在一块儿鬼混。今天下午出门前给我留了个纸条，你看!”

柳笛说着递给杨冰一个小纸片，只见上面潦草地“鬼画符”一样地写着：“今晚我给同学过生日，晚点儿回来。”

杨冰说：“既然芽芽不回来了，咱俩到街上随便吃点儿吧。”

柳笛说：“我也没心情去吃饭。”

杨冰说：“有心情没心情到外边吃点儿吧，在家弄饭你就有好心情?”

杨冰与柳笛在附近大街上找了一家饭馆，随便要了点儿东西吃了。两个人出了饭馆，柳笛说：“咱沿着梁溪河边的柳荫便道走走，那边没有车辆，没有刺耳的喇叭声。”

杨冰说：“好吧!”

两个人并肩走在宁静的风景如画的便道上，一对对情侣有的挽着手臂，有的拉着手亲昵地说着悄悄话，迎面而来，擦肩而过。杨冰看着河水中的街市倒影，不经意说了句：“真美啊，怪不得有情人都在这里散步。”

柳笛没有任何反应，杨冰扭头一看，柳笛的眼眶里充盈了泪水。杨冰安慰说：“凡事想开些，高兴、开心也是一天，忧愁、痛苦也是一天，我们就不如欢欢乐乐地过。”这时柳笛再也忍不住了，她的眼泪泉涌般地滚落下来。

柳笛多少年来没有一个体贴自己的男性，挨得这么近走在这样的便道上。今天杨冰来了，他与自己并肩走在一起，在旁人看来好像一对亲密的夫妻，甚至有人还向他们投来羡慕的目光，柳笛产生了一种多少年来未曾有过的幸福感。但她马上又意识到身边的人不是自己的丈夫，明天就要分开。她想到这里自然百感交集，无比痛心。

杨冰又悄悄安慰柳笛："小笛，不要难过了，来来往往的人都在看我们。"

柳笛掏出小手帕擦了一下眼泪，顺势用两手抱住了杨冰的胳膊，仰着脸撒娇地说："冰哥，这会儿我也很开心。"

那个年代的房子格局都不大合理，卧室大，客厅很小，仅能放张饭桌吃饭。一般人家都在大卧室会客，所以柳笛一回到家就把杨冰让到大卧室。柳笛家的大卧室也很简单，有张双人床、一张三屉桌、一个两开门的大立柜，另外有一个小茶几、两个单人沙发椅。杨冰坐在茶几旁的沙发椅上，柳笛沏了一壶茶，两个人边喝茶边聊天。

杨冰问柳笛："这么长时间，你怎么没有找到对象？"

柳笛沉默了一会儿说："再婚比初婚还挑剔，因为有了第一次失败婚姻的经历，有了经验教训，不像小姑娘那么单纯，别人说什么都相信。男人们结婚要挑穿着合适的鞋子；女人结婚也要挑穿着合身的衣服，就是花色图案不对心思，穿在身上也别扭啊……"

杨冰说："我记得你在信上说'衣服可以凑合穿，家具可以凑合用'啊，怎么现在变了？"

柳笛说："我还有一句话，'丈夫不能凑合过'，就是说丈夫不能将就。你设想一下，和一个不投脾气的人，话都说不到一块儿，一天二十四小时在一起该多别扭。与其那样活受罪，还不如自己单独过日子舒坦。话又说回来，单身过日子也不容易。”

杨冰不说话了。

7

两个人沉默了一会儿，杨冰忽然说：“人是有感情的，俗话说‘强扭的瓜不甜’‘捆绑不能成夫妻’。慢慢找吧，说不定哪一天，你在生活中会碰到一位如意郎君。”

柳笛两颊潮红，泪光盈盈，她猛地站起来扑倒在杨冰的怀里哽咽着说：“冰哥，我这一辈子再也碰不到如意郎君了……”柳笛把头抵在杨冰的怀里像个孩子，边哭泣边说：“我这辈子错过了你是最大的错误，其损失是永远不可挽回的，创伤是不可修复的，而且永远得不到你的原谅。”

杨冰说：“我早已原谅了你，我怎么做你才能满意呢?”

柳笛仰起脸来，柔情地恳求：“冰哥，亲亲我，像我们十几岁那年正月十二晚上，在我们家亲我那样……”

杨冰低下了头，用手轻轻抚摸着柳笛的头发，然后像蜻蜓点水那样把双唇在她的面颊上贴了一下，温存地说：“小笛，你说得我心里非常难过，我现在心里有一种负罪感，觉得对不住柳絮。假如我那样吻你，你很幸福，柳絮知道了她会很痛苦，事情就怕换位思考，小笛，假如你是柳絮，你会怎样想?”

柳笛轻轻推开了杨冰，她站起来理了理头发，轻轻走出卧室，进了卫生间，用毛巾擦了一把脸。柳笛从卫生间出来，回到了卧室就又坐在她原来坐过的沙发椅上，她两眼凝视着杨冰说：“人，非常怪。当他拥有某种东西时，并不珍惜，一旦失去了却觉得异常宝贵，要想再次得到比登天还难。你让我再找一个如意郎君，我何曾不想呢？但我心目中已经有了你这个参照系，选来一比较就觉得差远了。我不能要求新找的对象比你好，但起码不能比你差吧？W市的朋友们介绍的人，不是修养人品、相貌不如你，就是文化素养、学识不如你……。”

杨冰说：“你不要太苛求，何况我也不是十全十美的人。俗话说‘情人眼里出西施’，你把我太理想化了。这样将误你终身大事，害你一辈子。”

柳笛说：“俗话说‘宁咬鲜桃一口，不吃烂杏一筐’，我能把你这鲜桃一口吃了，死了也甘心。我这辈子找不到真正满意的郎君，我就不再嫁人了！”

杨冰说：“你在这个问题上太钻牛角尖了，古书上说‘十室之邑，必有俊士’。W市这个渔米之乡，江南有名的商业城市，俊俏男子多得是。你只要改变了观念，如意郎君立即就出现在你的面前。”

柳笛长叹一声说：“你说我年届不惑，还有一个待业女儿，这不是我降格以求的理由。在找对象方面，我心气高着呢，绝对不能‘捡到篮里就是菜’。如果那样，我二十个也能找到。”接着她讲了一件事。

有一个和柳笛很要好的同事，出于关心和同情，给她介绍了一个大学教授。那位同事说：“这位先生学问很好，著作等身，岁数不大，才五十多岁。只有一个女儿，已经出嫁另过。这位教授要求条件不高，只要有中学文化水平就行。”于是两约好了在一个公园见面。到了那天，柳笛等了许久，那位同事搀着一位脱了顶的，微微驼背，走路缓慢，戴着一副瓶子底似的近视眼镜的老先生来了。柳笛心想这个老头子做我的爸爸还差不多，她的心全凉了。同事介绍说：“这位是太湖大学的文学系董教授，他著的《中国文学史》在全国书店销售，许多高校都作为课本用。”

老先生客气地说：“过奖，过奖。”他说着就伸出手来要与柳笛握手，柳笛一看那只手干瘦得暴起青筋像鸡爪子一样，她很不情愿地握了一下。

老先生说：“这公园里有个茶室，备有各种点心，咱们去那儿，边品茶边聊天好吧！”

柳笛说：“很抱歉，我昨晚着了凉。今早出来就不舒服，我勉强挣扎着来了。”

老先生说：“喝杯热茶，出点儿汗也许就过去了。既然来了，咱们去坐会吧！”

柳笛婉言谢绝：“今天实难奉陪，改天再约好吗？”

热情的同事心里已明白九分，机智地说：“柳老师既然不舒服，咱改天再约吧！”

老先生点头说：“好，好。”

柳笛回到家里，难过得哭了，她心想我就长得这么难看，老得没人要了？这么不值钱，只配嫁这么一个行将就木的老家伙！

8

柳笛感慨地讲完这件事儿，杨冰听了什么话也没说。柳笛沉默了一会又说：“要讲的故事多得是，我曾给你写信说‘女子无夫身无主’。在这个以男子为主的社会里，‘无主的女子’处处受到歧视，遇到纠缠，男人们总想占你的‘便宜’。”接着柳笛又气愤地讲了生活中发生的另一件事。

柳笛身材苗条，她学生时代在学校是个活跃分子，课余参加过学校的舞蹈队和歌咏队。柳笛舞姿优美，歌喉嘹亮，在学校“五一”“十一”“迎新年”等文娱晚会上经常登台表演，在舞会上更是许多男生争夺的舞伴。

工作后，结了婚，吴某人处处控制柳笛，她就失去了展示自己才华的机会。吴某人死了，柳笛又有了接触社会各个方面的机会，每天晚饭后她都到小区广场上跳健美舞。她看到有十几个女同志穿着统一的服装，手持大红扇子跳扇子舞，每逢打开扇子时“唰”的一声响，特别引人注目。柳笛也买了服装和扇子，加入了“舞扇队”，后来她又加入了“红绸舞队”。不管柳笛在公园里跳什么舞，她那优美的舞姿都会吸引散步的人停下脚步来看。

有一天柳笛跳完扇子舞，收起扇子，掏出手绢擦了一下额头上的汗珠，刚要回家。这时有一个陌生的男子声音以赞美的口气说：“我观察了多日，整个公园跳舞的几个队，数你舞姿最优美。你受过专业训练吧？在哪个艺术团体工作？”

柳笛借着灯光抬头一看，是一位高挑儿身材，五十来岁的男子汉。柳笛不冷不热地说：“没受过专业训练，只是业余跳跳。”

那位男子又说：“不会吧！业余跳跳可没这个水平。你浑身都是艺术细胞，举手投足都不一般。”

柳笛笑笑说：“我跳得一般般吧，谢谢你的夸奖。”她说着就要走。

这位男子突然站在柳笛面前，挡住她的去路，讪皮讪脸地说：“天还早，在公园散散步好吗？”

柳笛不高兴地说：“不行，我家里还有孩子等着我回去。”

这位男子说："我送你回家，在路上还可说几句话，交个朋友可以吧!"

柳笛有些生气地说："我的孩子都高中毕业了，交什么朋友?!"

这位男子嬉皮笑脸地说："你把交朋友理解得太狭隘了，朋友有各式各样的，交个一般的异性朋友可以吧?"

柳笛绕过他想夺路回家，没想到这位男子竟厚着脸皮，靠近了柳笛，还伸手想揽着她的腰走，柳笛用力把他的胳膊拨拉开，就大步流星走出公园门口。

第二天，柳笛吃过晚饭去了公园，没想到那个男子汉早就坐在跳舞广场边上的长椅上等着，他看见柳笛来了，非常高兴地走过来说："柳老师，您是十三中学的语文老师，课教得很棒，没错吧?!"

柳笛脸一红，把脸扭过去与其他舞伴打招呼去了，这位男子汉又蹭过去赖皮赖脸地说："我叫胡觉昌，是个画家。我早就打听好了，你的丈夫前几年死了。单身的女人再找个丈夫，既合情理又合法，没什么不好意思的。"

柳笛生气地说："一边去！别给我说这些，我不听。"

胡觉昌死乞白赖地说："你容我把话说完，愿意不愿意没关系。我去年死了妻子，今年五十整，无儿无女，副高级，每月开支一千多元。我们可以相处一段时间，合得来就登记，合不来就作罢!"

柳笛说："说完了就走你的!"

胡觉昌说："没说完。欢迎你到我家去玩，你可以尽情欣赏我的杰作。饿了，我家附近有一家百年老饭庄得月楼。不愿下馆子咱就自己做，我会做各种饭菜。你是想吃四川菜还是广东潮汕菜，想吃鲁菜、京菜系列也可，我非常拿手。”逗得旁边几个舞伴大笑不止，一直笑得胡觉昌自己都觉得无趣就走了。

9

柳笛讲了这件事儿便沉默不语，只是“啪嚓啪嚓”地掉眼泪。杨冰说：“他知趣地走开不再纠缠你也就算了，难过什么?!”

柳笛说：“这种人哪肯善罢甘休。”

杨冰说：“他不善罢甘休还能怎样?”

柳笛说：“你真是个书呆子啊！还能怎样……”过了会柳笛抽抽搭搭又往下讲了。

第二天下午，柳笛下班回来。她刚打开房门，胡觉昌不知在哪藏着来，随后就挤进房门。柳笛一看是这家伙便生气地说：“你来干什么？快走!”

胡觉昌说：“我来与你交个朋友。”

柳笛说：“快走！不走我就喊了!”她边说边用力往外推胡觉昌，柳笛那点劲儿哪能推得动一个大男人。

柳笛张嘴大喊：“抓坏——”后边的字还没喊出来，胡觉昌顺手拿起饭桌上的一块抹布，往柳笛的嘴里狠狠一塞，然后又用力往嗓子眼里拧了一下。柳笛急了，拼命用拳头捶打胡觉昌的头，用手抓他的脸。胡觉昌说：“我让你抓!”他两只钳子般的大手，把柳笛的两手一攥，往背后一拧，从裤兜里拿出早已准备好的绳子，迅速地把柳笛反手剪着捆起来，柳笛便用两只脚使劲踢胡觉昌。胡觉昌抄起一个小方凳，朝柳笛的两条腿上狠砸了两下，疼得柳笛两眼流泪，她再也不挣扎了。这时胡觉昌抱起柳笛，进了大卧室抛在床上。

柳笛躺在床上蜷着腿，打滚，折腾，胡觉昌威胁说：“再不老实我就掐死你！你若想活命就老老实实的……”柳笛想到了女儿没人管，想到自己还年轻，不能这样不明不白地死了……

胡觉昌满足之后说：“你若几天前顺顺当当和我睡一觉，就不至于受这个罪。”他说着穿好衣服，到卫生间又洗了洗手和脸，一照镜子，脸被柳笛抓了两条血痕。胡觉昌生了气，又回到卧室狠毒地对柳笛说：“你这小娘们太可恶了！”他手指着自己的脸说：“瞧你抓的！我只干一次太便宜你了！”胡觉昌说着又第二次侮辱了柳笛。

胡觉昌临走放下一句话：“你若敢报案，等不到我被抓起来，你和女儿就见阎王去了！想死想活两条路由你选择！”说完打开房门扬长而去。

柳笛在床上挣扎着坐起来，下了地，她在床头上慢慢磨蹭捆着手的绳子，磨了多会，绳子终于松动了。柳笛忍着痛抽出手，掏出嘴里的抹布，到卫生间漱了口，又洗了下身。回到卧室找了一身干净衣服换上，自己就坐在沙发椅上呆坐着，直到芽芽从外边回来。

柳笛讲到这里不再说话了，杨冰听完气得胸部胀气，两肋疼痛。杨冰长出了一口气问：“你没敢报警？”

柳笛说：“我不只没报警，也没对女儿说。我认为这是奇耻大辱，没对任何人提过一字。我从那天起再没到公园跳过舞，我觉得无脸见人。今天若不是你问起我的婚事，咱俩若不是情同手足的关系，我也不会对你讲这件事儿。”

杨冰问：“那些能做证据的脏东西，你还留着吗？”

柳笛说：“最初我留了几天，后来不打算报案，我就处理了。像裤衩什么的小东西，我就扔了；大的东西，如床单、褥子，我就洗了。床单我洗了以后再没铺了，我看见了就伤心。”

杨冰气愤地说：“这样的坏人绝对不能放过去，他们就是抓住了部分女同志胆小、怕丢人的心理，才肆无忌惮地做坏事儿。”

柳笛说：“算了，我也不想丢人现眼地去法院告状，这么寒碜的事儿怎么在大庭广众面前说啊！”

杨冰说：“我们是法治国家，应该拿起法律的武器，捍卫自己的尊严和权利，打击坏人。我们可以请律师，你不愿出庭，可以请代理人。”

柳笛听了沉默不语。正在这时，屋门“咚”的一声被打开了。

10

柳笛听到门响，赶紧走出卧室来看，只见芽芽头发乱蓬蓬地东摇西摆地走进来。柳笛忙迎上去，芽芽嘴里喷着酒气，脸颊潮红。柳笛小心地问：“芽芽，你喝醉了？”

芽芽含糊地说：“没喝醉，只是喝得多一点儿。”

这时杨冰也站在卧室门口迎着她娘俩，柳笛说：“芽芽，你看谁来了？”

芽芽惊喜地说；“舅舅来了！”

杨冰说：“芽芽长成大闺女了。”

柳笛说：“现在正是蹿个儿的时候。”三个人进了大卧室，柳笛拿起床上的那个纸袋子说："哎，芽芽，你看舅舅给你买的什么？"

芽芽赶紧接过来，打开一看是件天蓝色的羊毛衫，她高兴地说："太漂亮了，真对我的心。心想事成，我想有一件天蓝色的羊毛衫，舅舅就给我买了一件！"芽芽在酒精的作用下特别兴奋，她转过身来走向杨冰，亲热地拉着他的手说："舅舅，你真是我的好舅舅，亲舅舅！"她说着就抱住了杨冰，几乎把脸贴在杨冰的脸上。杨冰赶紧把芽芽推开，柳笛忙说："芽芽，那是舅舅，大孩子了，要庄重些。"

芽芽被杨冰推开后，她刚要坐在床上，忽然反胃，吃下去的东西突然涌上来，她一低头"哇"的一声，吐了一地。屋里立即充满了酒肉的腐臭气味。柳笛忙扶着芽芽说："芽芽，快去卫生间！"芽芽刚迈出卧室的门，又"哇"的一声吐了一大口。待芽芽进了卫生间，她冲着坐便器大吐不止，一直把胃里的东西都吐光了，直到什么东西都吐不出来，还不住劲儿地干呕。

柳笛端着杯子让芽芽漱口，又把毛巾沾湿了给她擦脸。杨冰立即用拖布擦地，打扫地上的秽物。芽芽还抱着肚子不住地嚷："妈，胃疼，肚子疼。疼死我了！"

柳笛说："芽芽挺住，我送你去医院。"

杨冰和柳笛立即搀扶着芽芽走出家门，一步步艰难地下了楼。柳笛推过自行车来，让芽芽骑坐在后架子上，柳笛扶着她。杨冰推着自行车去了医院。

到了医院挂了急诊，大夫初步检查后，说："吃得不干净了。"还没服药，芽芽就急着要去厕所。柳笛搀着芽芽进了厕所，芽芽刚蹲下就开始泻肚。开始拉的还有东西，后来都是稀汤。待把肚子里的东西都泻完了，开始拉一些脓一样的东西。

芽芽泻完肚子，连站起来的劲都没有了。柳笛使尽浑身的力气把芽芽抱起来，一步挪不了三寸，慢慢挪出了厕所。芽芽还不住地嚷“肚子疼！”

芽芽进了急诊观察室，躺在病床上，护士立即让她服药，并挂瓶输液。芽芽安定下来，医生开了各种化验单，开始做各种检查。结果出来后大夫说：“是急性肠胃炎，没有什么大碍。”此时此刻柳笛才放了心，她刚要把结果告诉杨冰，医生又拉住了柳笛，小声问：“这姑娘结婚多长时间了？”

柳笛吃惊地问：“孩子的化验有什么异常？”

大夫同样惊诧地小声说：“她已经怀孕一个月了。”柳笛听了这句话，刚放下的心又提到了嗓子眼上来。

柳笛拿着化验单，迈着沉重的步子走近杨冰。杨冰从柳笛的神色看出问题严重，便问她：“化验结果怎么样？”

柳笛欲哭无泪地说：“我的命真苦啊，世界上所有不幸的事都让我摊上了。”她说完竟抽抽搭搭地哭起来。

杨冰把柳笛拉到急诊室外边的过道里劝她：“冷静点儿，芽芽的病到底怎样了？”

柳笛说：“她的病没什么事，只是检查出她已怀孕一个月了。”她说着又哭了。

杨冰安慰她说：“不要哭，这些事谁都有可能遇到，要坚强些，我们要先照顾芽芽要紧。”

柳笛说：“芽芽的病不要紧。我给你钥匙，你先回家休息会……”一句话还没说完柳笛就要晕倒，多亏杨冰抱住了她。

12

杨冰抱着柳笛问：“小笛，小笛，哪里不舒服?”

柳笛慢慢睁开眼又合上了，有气无力地说：“眼黑，心慌，站不住……”

杨冰喊来两个护士，把柳笛架到急诊室的病床上，让她躺下。大夫过来问清了情况，测了血压，检查了心脏，说：“低血糖，劳累过度，没休息好。”然后开了药，交给杨冰让他交费取药。

杨冰取了药回来，交给护士，这才开始输液。过了二十来分钟，柳笛有了一点精神，她抬起左手腕看了一下手表说：“已经六点了，天亮了。冰哥，你一夜没睡。今上午十点还要上火车走，我给你家里的钥匙，你到街上吃点儿东西，回家休息一下，别误了上火车。”

杨冰说：“不碍事儿，我不困也不饿。我是卧铺，上了火车还可以睡觉。我走了，你和芽芽谁陪护？一会到药房取药，一会送化验物，一会交费，这里没人陪着不行。”

柳笛说：“我俩多少年不见了，本来我想好好款待你一番，没想到却让你帮我带孩子看病，忙了一夜，最后又护理我输液。我心里非常过意不去，让我怎么感谢你哩。”

杨冰说：“我们情同兄妹，你这样说就见外了。”

柳笛说：“客气话就不说了。冰哥，你到观察室看看芽芽，也不知道她怎么样了?”

杨冰站起来走到观察室，只见芽芽输着液睡着了。杨冰回来告诉柳笛："芽芽没事儿，睡着了。"

柳笛听了长叹了一声说："当妈的瞎操心，我为她的事儿急得要死要活的，她却没事人一样，居然无忧无虑睡着了。"

杨冰说："人，一辈一辈是这么走着哩，做父母的没有不为儿女操心的。"杨冰说到这里停顿了，他思摸了一下说："芽芽的事儿不用愁，问清是谁的孩子，做了'人流'就结了。我发愁的是你今后几十年的日子怎么过?"

柳笛说："你别为我发愁，俗话说'车到山前必有路，船到桥头自然直'。到哪儿说哪，天无绝人之路，过一天少两个'半天'，得过且过吧。"

杨冰说："小笛，过去你很有理想，很有志气，可不是这样自暴自弃的人啊!"

柳笛叹了一口气说："你看看周围这些人，年轻时谁没有一个美好的理想，待到白发苍苍，有几个人实现了年轻时的理想，百分之九十九的人都沦为芸芸众生，成为平凡的人。"

杨冰说："要实现美好的理想，需要奋斗努力，要吃苦。咱念书时读的《劝学篇》中说'锲而舍之，朽木不折；锲而不舍，金石可镂'。不能碰到困难挫折就灰心丧气，就放弃奋斗的目标。"

柳笛说："话是如此说，我也努力了，奋斗了。但一切都是白努力，到处碰壁，用物理学的话说就是做了'无用功'。"

杨冰说："人的能力有大有小，才分有高有低，生存的环境也不一样，努力的程度也有不同，所以最后取得的成绩也不尽相同。天下人不可能个个成为科学家、文学家、政治家。经过努力，只要比原来的能力有所提高，生活有所改善就行。所以，我们不能自暴自弃，得过且过。"

柳笛苦笑了一下说："你说的有道理，我也不想与你争论这些问题。我这里的药液输的得不多了，你去看看芽芽的药液还剩多少，问问大夫可否回家。"

杨冰走进观察室，护士正给芽芽拔针头，摘输液瓶子。芽芽看见杨冰进来高兴地说："舅舅，我好了。大夫说我可以回家了。"

杨冰说："好，你去隔壁等一下你妈。我去交费处结下账。"

芽芽问："我妈在隔壁做什么呢？"

杨冰说："她累得病倒了。"

芽芽吃惊地"啊"了一声就去了隔壁。

12

早上七点钟柳笛推着自行车和杨冰陪着芽芽走出医院，在回家的路上经过一个早点铺。柳笛说："咱们到饭馆吃点儿东西吧，省了到家再弄吃的。"

三个人走进小饭馆，分别要了馄饨、包子和米粉。芽芽随便扒拉了两口就不吃了，说："没有食欲，不想吃东西。妈，我骑着你的自行车先回家吧。"

柳笛把自行车钥匙给了芽芽，又嘱咐了一句："早晨上班的人多、车多，路上小心点儿。"

芽芽"嗯"了一声，走出饭馆，抬腿蹬上自行车回家了。

柳笛和杨冰结了账，走出早点铺。杨冰说："你要耐心地与芽芽谈谈心，了解一下是什么人的孩子，如果能与这个男孩子结婚也好，要妥善处理这件事儿，照顾芽芽的自尊心，不要闹得满城风雨。"

柳笛说："闺女这么大了，怀孕都一个月了。两个人不知道好了多长时间，再说什么也晚了。"

杨冰说："我们做大人的在这种情况下只能顺水推舟，就坡下驴，引导他们把坏事变成好事儿。"

柳笛心事重重，沉默着什么话也不说。杨冰说："再过一个多月就放寒假了，放了假我争取再来一趟 W 市，帮助你告发那个姓胡的坏家伙。"

柳笛说："算了吧，时间过了这么久，'伤疤'已经好了，又要揭开，一提这件事儿我就犯心病。"

杨冰说："我们不能让这个坏蛋逍遥法外，非得把他绳之以法不可。"

两个人说着话不知不觉到了家，芽芽已经在她自己的床上睡着了。柳笛说："冰哥，现在才八点多点，你可以在我的大床上睡一个小时。"

杨冰说："我脑子里装着许多事儿，躺下也睡不着。你要抓紧时间处理芽芽的问题，不能拖。芽芽说不说孩子是谁的，都要先把孩子做掉，越晚对芽芽的身体伤害越大。另外，我考虑即使知道孩子是谁的了，也不要找到男孩子家去大闹了。应该大事化小，小事化了。否则越闹越丢人，芽芽还小，还有几十年的人生路要走。"

柳笛说："我明白，你放心吧。"

杨冰说："你以后有什么困难就给我写信，只要我能办到的，我尽力帮忙。"

柳笛说："只要你不嫌麻烦就行。"

杨冰猛然想起一件事，说："哎，差一点儿忘了。现在打官司是‘谁起诉，谁举证’。你现在就回忆那件事儿，看看家里还有什么东西可以作为证据，都收集起来。你不要怕伤心难过就不搜集证据，那是妇道人家的小见识。”

一提这事儿，柳笛的心就像刀绞一样难受。她沉默了片刻，说：“你都这样认真积极，我自己的事儿，再不想做我也要努力做好。冰哥，你放心吧。”

时间飞一样过去，杨冰偶然一抬头看见墙上的挂钟，时针已经走到九点十分。他马上站起来说：“我得立即走，否则就误了车。”好在他来时提着的箱子没有动，他提起来就要走。

柳笛说：“我送送你。”

杨冰这时已走到屋门口，他回过头来说：“别送我了，一个多月后，我还来哩。”他说着拉开了屋门，“噔噔噔”地走下楼梯。杨冰还算顺利，他正在公交车站等车，这时过来一辆出租车，他一抬手，车就停下了。

柳笛随后下了楼，她骑上自行车就往车站赶，紧蹬慢蹬，九点四十五分赶到了火车站，这时离开车还有十五分钟。柳笛匆匆买了一张站台票，走到检票口检票人员不让她进站，说：“没有被送的客人，仅有站台票不行。”

柳笛好说歹说，苦苦恳求：“我有一件要紧的事儿忘记告诉客人，现在离开车还有十分钟，让我进去吧。”

最后这位检票人员被说动了，拿过柳笛的站台票剪了一个豁子，把手一抬：“进去吧！”

柳笛进了站，急急忙忙在一辆售货车上买了一包点心和一瓶饮料，她怀里抱着点心，一只手拿着饮料瓶在站台上大声呼喊：“冰哥！”“冰哥！”

这时，只见杨冰从很远的一队旅客中走过来。

七、无私帮助

1

柳笛送走了杨冰，她从车站回到家中，只见芽芽还躺在床上呼呼大睡。柳笛把酣睡的芽芽叫醒，芽芽伸了一下懒腰说：“妈，我睡得正香，你叫醒我干什么啊？”

柳笛说：“孩子，你成天在外边乱跑，净接触什么人啊？”

芽芽说：“无非是我的同学们，怎么了？”

柳笛长叹了一口气说：“芽芽，你一点儿事也不懂。这次住院急诊，大夫化验出你已经怀孕一个月了，你自己都不知道。这孩子是谁的，告诉妈妈。”

芽芽一听，傻了眼，她呆了一下，猛地扑在妈妈怀里哭了：“妈，我错了，怎么办啊？”

柳笛说：“你如实地告诉妈，这孩子是谁的？妈妈不责怪你，咱设法打掉，要接受教训，以后不能再干这样的傻事儿。”

芽芽羞涩而怯懦地说：“就是那个叫毛毛的男孩子，我们就在一起玩了一次……”

柳笛说：“傻闺女，还能多少次！你俩感情很好吗？”

芽芽说：“我挺喜欢他，他和我挺好的。”

柳笛生气地说：“喜欢他就喜欢他，关系不错也可以，怎么能随随便便就失身于他呢？”

芽芽哭泣着说：“那天下午，毛毛到咱家来，我俩谈了些看过的小说，很好奇，他非要试试，缠得我没办法，我就答应了……”

柳笛说：“我那傻孩子，那种事儿能随便答应吗？平时妈妈说什么你都不听，但凡听妈妈一句话也不至于这样。明天我陪你去医院，挂个妇产科的号，把孩子做掉！”

芽芽沉痛地说：“妈，我后悔死了，以后我听妈妈的话，再不干……”

第二天吃过早饭，柳笛陪着芽芽去医院做了人流。芽芽被妈妈锁在家里，老老实实躺了三天。在这三天里，柳笛耐心地劝芽芽要好好在家复习功课，等第二年夏季参加高考。

毛毛几天不见芽芽出门，向同学们打听，同学们只是“哧哧”地笑，谁也不告诉他芽芽出了什么事。这天下午，毛毛在芽芽家楼门口窥伺多会，看见柳笛提着包出来，毛毛便窜上楼，轻轻敲芽芽家的门，敲了好半天屋里始终没有人应。原来芽芽在家正睡觉，忽然听到有人敲门，便下床轻轻走到门板后边，从门镜里往外看。她一看是毛毛，立即心跳加快了，做起了思想斗争：开门还是不开门，理他还是不理他……

毛毛站在门前敲门多时，心里发了毛。他做了各种揣测：芽芽病了；芽芽怀孕住院了；芽芽在事情暴露后被妈妈送到外地流产去了。毛毛越想越害怕，他刚要转身下楼，这时房门“哗啦”响了一下，开了一道缝儿。芽芽探头出来说：“你来干什么？你害得我好苦啊，我妈陪我到医院做了……”

毛毛还想问个明白，门“嘭”的一声关上了，又“哗啦”一声上了门闩。毛毛心里忐忑不安地下了楼，他无奈地朝自己家走去，一边走一边想：芽芽说到医院做了，是做了体检还是做了人流？如果怀孕了，这事儿就麻烦了，嚷出去怎么办？芽芽妈找到家里来怎么办？他真的犯了愁。

毛毛回到家里，不声不响悄悄回到自己的卧室，关上房门半天不再出来。这天下午，毛毛妈倒休，正好在家里。毛毛妈叫王敏智、爸爸叫黄明达，都是市人民医院的大夫。王敏智看到毛毛的表现觉得奇怪，毛毛从来没有回来这么早，从来没有这样老实过。往日他回来不是打开电视机看歌舞，就是打开录放机听流行歌曲。毛毛虽然五音不全，歌喉不好听，还要跟着唱几句。今天回到家钻到自己的小屋里不出来，却是从来没有的事儿。毛毛病了？还是在外边打了架，惹了事？王敏智实在放心不下，便推开小卧室的门，只见毛毛蒙头大睡。

王敏智走到床边，撩开被子问：“毛毛，你病了？”

毛毛无精打采地说：“没病。”

王敏智说：“没病？大白天睡什么觉？”

毛毛说：“没病，躺会不行啊？!”

王敏智故意说：“没病就起来，到街上买点瘦肉馅和白菜回来，妈给你包饺子吃。”

毛毛懒洋洋地说：“我不想吃饺子。”

王敏智说：“你不想吃，爸爸和妈妈想吃了。快去买!”

2

毛毛买回肉馅和白菜往厨房一放，就想回卧室睡觉，王敏智喊住他说：“毛毛，把白菜洗洗，帮妈剁白菜馅。”

毛毛磨磨蹭蹭地去洗白菜，王敏智说：“毛毛，你今天有什么心事啊？我看你有点愁眉不展。”

毛毛立即振作起来说：“我这不挺有精神吗？”

王敏智说：“装有精神不行，一眼就看出来了，有什么心事对妈说说。”

毛毛说：“我有什么心事？什么心事也没有。”

王敏智说：“你有什么心事，妈妈一看就知道了。你现在正搞恋爱吧，看上哪个女同学了？你看上人家，人家看不上你，发愁了，对吧！”

毛毛说：“不对。我若看上哪个女同学，哪个女同学准看上我。”

王敏智说：“既然这样，你怎么还愁眉紧锁？”

娘俩说话间，妈妈拌好馅子，和好了面，便叫毛毛：“和妈一块儿包饺子来。”

毛毛磨磨蹭蹭坐在妈旁边，开始包饺子。这时有人敲门，毛毛开门一看是同班同学。那个同学在门外贴着毛毛的耳朵低声说：“听说芽芽到医院做了人流。她妈妈要找你家来算账，要赔偿名誉损失……你早做准备。”那个同学说完扭头就走了。

其实，芽芽妈对谁都没提这件事儿，她本着“胳膊折了袖子里装”，想不声不响吃了哑巴亏算了。说芽芽妈要找毛毛家“算账”“赔偿名誉损失”的话，是姓林的和一些好事儿的老娘们猜测的，或有意拱事儿。

毛毛回到家里脸色很难看，王敏智问：“那个同学找你有什么事？”

毛毛沉默了多会，憋得脸红红的羞涩地说：“他说——我喜欢的——那个女同学——到医院做人流了，她妈——要找我算账，赔偿名誉损失。”

王敏智说：“我早就嘱咐你，和女同学在一起别胡闹，你把妈的话当成了耳旁风。”

毛毛说：“哎呀，妈别说了，我以后听你的话不就行了。咱快想办法吧，人家找来了，咱怎么办？”

王敏智说：“妈有什么办法，等你爸回来想办法吧！”

毛毛爸黄明达下班回来，钥匙刚插进锁眼，毛毛就跑到自己小卧室里去了。黄明达一进家门就板着脸，满脸怒色。毛毛妈看得清清楚楚，忙接过他手中的提包，问道：“今天在外边有什么不顺心的事儿？”

黄明达说：“还能有什么事儿使我生气，你那宝贝儿子就气死我了。”

王敏智说：“毛毛的事儿，你也听说了？”

黄明达说：“嚷得满城风雨，整个医院的大夫、护士都在议论这件事。大家都知道咱的儿子和这件事有关，不好意思告诉咱俩就是了。”

王敏智说：“这正应了那句老话，‘好事儿不出门，丑事儿传千里’啊！”

那天柳笛带着芽芽去医院做流产，有个芽芽同班叫时非的女同学，由她妈妈陪着也看妇科病。芽芽害羞只是低着头，不敢看别处。时非却大大方方盯着芽芽，清清楚楚看见芽芽走进了“人流手术室”。时非便对妈妈说：“刚才进了人流手术室的女同学叫芽芽，是我们班的。”时非她妈姓林，在社区是有了名的长舌妇，成天东家长西家短地传闲话。今天姓林的听女儿说同班女同学去做“人流”，她认为这是极具轰动效应的新闻。姓林的母女一回到家，就把芽芽做“人流”的事儿告诉了街坊。这种“新闻”一传十十传百，迅速着哩。

王敏智说：“听说那位女孩子的母亲要找到咱家来闹，怎么办?”

黄明达说：“别让人家找上门来闹啊，咱应该买点儿营养品主动地去看看那个女孩子，诚恳地向人家赔礼道歉，看人家提什么条件。总之，要争取大事化小，小事化了。”

王敏智说：“今下午毛毛说，他很喜欢这个女孩子，如果女孩子的母亲没意见，干脆让他俩结婚算了。”

黄明达说：“两个孩子还小，先不要说得那么远，咱先把这件事儿平息下来，再说后事。”

第二天正好是星期天，黄明达和王敏智买了许多营养品，大包小包地提着来到芽芽家。他们上了楼刚要敲门，忽然门打开了。

柳笛提着个篮子想上街去买菜，她打开屋门突然看到两位陌生人。这两位陌生人提着许多东西意欲进来，马上又站住了。柳笛看着他俩迟疑的样子，立即愣了神。

3

黄明达很机智，礼貌地问："请问这是芽芽家吗?"

柳笛把这两位陌生人上下打量了一番，不冷不热地回答说："是。"紧接着反问，"你们是哪里的?"

王敏智说："大姐，咱们不认识，进屋说话方便些。"

黄明达忙说："我们有些失礼，来迟了，也有点儿唐突。"

柳笛见二人彬彬有礼，说话非常客气，便把二人让到小客厅里坐下。

王敏智自我介绍说："我俩是毛毛的父母，应该早几天来向您赔礼道歉，来看看芽芽。我们知道得晚了，希望您多多包涵。芽芽身体还好吗?"

柳笛说："芽芽身体恢复得还可以。嗨，发生了这样的事儿，让我说什么好呢?"

王敏智赔礼说："我们感到非常惭愧，没有教育好孩子，管教不严，才发生这样的事儿。"

黄明达也欠欠身子说："我叫黄明达，是市人民医院心内科主任，毛毛妈是人民医院脑血管主治大夫。我们两个工作忙，管教孩子不严，给你和芽芽造成这样的伤害，我们非常惭愧。你现在生活上遇到什么困难，请尽量提出来，只要我们能办到的，我们会尽力帮助，想办法解决，不要客气。"

毛毛妈王敏智说："我有个想法，不知道合适不合适，我没有女儿，让芽芽做我的干女儿行吗？我会把她当亲女儿待承。"

柳笛听了他们夫妇俩的话心里暖烘烘的，觉得他们夫妇俩都是讲理的实诚人。对芽芽做他们干女儿的事儿，柳笛也拿不准，她既不好拒绝也不好立即答应，思忖了一下说："谢谢你们的诚意，日后有什么困难，少不了麻烦你们。至于芽芽做干女儿的事儿，这还要征得孩子本人的同意，做家长的不能包办代替。"

黄明达一听柳笛的话，没有"闹着赔名誉损失"的意思，悬着的心才放下来，热情地说："您说的对，应该征得孩子的同意。听毛毛说，您祖上是河北D县。我和敏智的祖籍是河北S县，两个县是邻县，相距不远，还是老乡哩。"

王敏智说："我俩从小就跟着父母到美国去了，父母是学医的，我和明达也就读了医科大学。毕业后，正赶上祖国'向科学进军'，经济、文化教育高速发展，我们就回来了，定居在这渔米之乡。俗话说，'在外地老乡见老乡，不是亲戚也近三分'。我们能够认识，这也是缘分啊！"

三个人越说越亲热，尤其是女人，拉起家常来没完没了。黄明达看了一下手腕上的表，站起来说："时间不早了，要不今天咱就聊到这里，改天我们再来。今天我们就不占用您更多的时间了。"

王敏智和柳笛也随着站起来，王敏智拉着柳笛的手感激地说："谢谢大姐的宽宏大量，我俩认识了，以后我们姐妹俩要多来往。"

柳笛笑吟吟地说："说起来都不是外人，你们来看看芽芽就行了，还拿这些东西来干什么。"

王敏智说："让芽芽补补身子，这是应该的。"

柳笛说："我替芽芽谢谢你们了。你们一定要走，我也就不留你们了，改天再来，就在我家吃饭。"

王敏智说："以后常来常往，少不了打扰你。"

柳笛送走黄明达夫妇，回到卧室。芽芽早穿好了衣服坐在桌旁，有一搭没一搭翻看过去的高中课本。柳笛说："芽芽，刚才毛毛的父母来时说的话你都听到了，他妈想让你做她的干女儿，你愿意吗？"

芽芽平淡地说："无所谓。"

柳笛说："怎么能无所谓呢？你若成了她的干女儿，咱们两家子就成了干亲。干亲是要经常来往的，俗话说，'干娘续闺女，来往的是东西'。黄家是有意与咱交往。芽芽，你可要考虑好，我也要考虑考虑再说。"

4

芽芽终究是孩子，想得很简单。柳笛想得比较深远，她再三考虑，还是认为不做干亲比较自由。过了几天，王敏智又拿着许多东西来看芽芽。柳笛在热情款待时，王敏智又提起要芽芽做干女儿的事，柳笛婉转地说："咱两家关系好，多亲热地来往就是了，不一定非得做干女儿。成了干亲无非也是这样来往，芽芽叫你'娘'和叫你'阿姨'是一样的。您说呢？"

王敏智很聪明，立即转弯说："那天我脑子一热提了这么个建议，我们回到家，毛毛爸也说'两家关系好尽管好，结干亲是旧社会哪一套'。大姐，就像你说的那样，称'阿姨''叔叔'多么随便，多么自由啊！我挺喜欢芽芽，星期天我在家休息，芽芽可以到我家去玩。"

柳笛说："我想让芽芽明年参加高考，过两天让她参加高考补习班，按部就班温习功课。这么大的孩子不工作又不上学，成天在社会上跑，不是事儿。”

王敏智说：“你这个想法好。毛毛他爸也让毛毛明年参加高考，已经给毛毛在益智学校补习班报了名，后天就开课复习。要不要让毛毛替芽芽也报个名，两个人在一个补习班学习，便于互相帮助，互相监督。”

柳笛想了想说：“让毛毛替她报个名也好，省得芽芽亲自去报名。”

三天后，毛毛和芽芽又同在益智学校的高考补习班学习了。

黄明达夫妇都是留美的，两个人的外语水平很不错。王敏智发现芽芽的英语口语发音很正确，外语单词记得也多，就鼓励她学好外语：“现在我们搞改革开放，和外国交往很多。将来不管做什么工作，不懂外语在事业发展上就受到种种限制。芽芽，你要长志气，和毛毛一起努力学好功课，学好外语，考上大学。”

芽芽对王敏智夫妇很尊重，对他们的工作也很羡慕。她听了王敏智的话很受启发，便说：“阿姨，明年报考大学我想报医学专业，大学毕业后也到外国留学深造。专业学好后，回国到医院工作，解除人们的病痛，成为一个有名的、受人欢迎的大夫。”

王敏智听了芽芽的话高兴地说：“你有这种志向好啊！我们毛毛也想学医，你知道吗？”

芽芽说：“我知道，我想学医还是受毛毛影响的结果。”

王敏智说：“你们两个有共同的兴趣，志同道合，那就更好了。你们趁着年轻，要把精力用到学习上，不能贪玩。这也是你妈妈的希望，你要记住阿姨的话。”

芽芽说：“阿姨，我知道。我妈就告诫我说，傻事儿只能做一次，要吃一堑长一智。”

王敏智说：“你有志气就是个好闺女，有光明前途的孩子。”

有一个星期天，补习班不上课，芽芽在王敏智阿姨家和毛毛一块复习英语。王敏智拿出一本外文童话，找出一篇标题是《哥哥和妹妹》的短文，内容是讨论学习的故事。王敏智领着毛毛和芽芽读了几遍，扫除了文字障碍。然后由毛毛读哥哥说的话，芽芽读妹妹说的话，像演戏一样，他们二人非常感兴趣。

有时黄明达在家休息，就和王敏智、毛毛、芽芽四个人一起读英语短诗或小故事，短诗还要求毛毛、芽芽背下来。后来王敏智又要求生活中尽量用英语会话，在她们家里形成了一个小小的说外语的社会环境。芽芽在这样的环境里，不只是外语，各科成绩都提高得很快。

W市的中学放了寒假，忙了半年的柳笛想好好休息几天，因为半年来各种烦心的事搅得柳笛心力交瘁。这天午后，柳笛吃了午饭简单地收拾了一下厨房，便回到卧室脱了外套，放下被子，想蒙头大睡半天，把半年来缺的觉彻底补上。柳笛刚躺下不久，迷迷糊糊地进入梦乡就听见有人敲门。她实在不愿动，仍然合着眼躺在暖烘烘的被窝里。她又听到几声“咚咚”的声音，由开始“啪啪”的敲门声变成了砸门声。这时柳笛才懒洋洋地勉强挣扎着撩开被子，头发乱蓬蓬地下了床。她非常犹豫，穿外套吧，如果来人是个街坊，只说一句话，问一件事儿就走，就没必要穿好外套。不穿外套吧，万一来个陌生人，既尴尬又不礼貌。最后柳笛还是穿上了外套，不过没有系扣子。

这时外边又砸了两下门，柳笛匆匆走进卫生间，照了一下镜子，拿起梳子捯了两下头发。这时外边又“咚咚”地砸了几下门。柳笛没好气地说：“等等，着什么急！”她一边说着一边走到门前，猛地把门打开，原来是杨冰和柳絮提着大包小包地站在门前。

柳笛看见柳絮，两个好长时间没见面的“姐妹”立即激动地抱在一起。

5

柳笛把杨冰和柳絮让到屋里说：“刚放寒假，期末阅卷、总结等杂事儿快把我累死了。吃了午饭我就睡了，一点儿也没听到你们敲门。”她说着就把被子叠起来，然后就拿出两只带盖的茶杯，打开茶叶盒要沏茶。

柳絮忙制止说：“我们在火车上喝了不少茶，不渴。”

柳笛说：“我想你们得过了春节才能来，没想到你们来得这么快。”

柳絮说：“公事、私事，杨冰都是雷厉风行，从不拖拉。他这两个多月，成天忙得团团转，你看累得他都塌了眼窝。”

柳笛问：“什么事这么累?”

杨冰说：“有件喜事我还没顾上告诉你。我回到天津后，立即接到北京艺术研究院的调令。天津实验中学最初不肯放我走，我又找市教育局的朋友从中斡旋，最后答应我走，但要我做好学期末的收尾工作。我一一答应下来，这才办理工作调动、户口迁移的手续。我一边加班加点办手续，一边做学期的收尾工作，判卷子，给学生写鉴定、工作总结，忙死了。”

柳絮说：“杨冰的脾气你还不知道吗，干什么事都十分认真，一丝不苟。他把天津的事忙完了，回到北京又安置新家，粉刷房子，置买家具和锅盆瓢碗。我们的孩子又小，我除了工作之外还得照顾孩子。这些杂事我一点也帮不上，我都担心把他累垮了，好在他的身体还壮实，挺过来了。”

柳笛说：“这是喜事、好事，虽然累点儿但心里高兴，累不垮的。”柳笛说完以后，她看着柳絮眉毛一扬，拍着她的肩膀笑着说：“絮妹，你可得好好酬谢杨冰，奖励杨冰啊！”

三个人正在屋里说说笑笑的时候，芽芽从补习班学习回来。她一进家门看到杨冰就热情地喊：“舅舅来了！”

杨冰笑呵呵地说：“我非常想你，早就想来。芽芽，你净埋怨我不带舅妈来，这次舅妈也陪我来了。”

柳絮忙招呼：“芽芽长得真漂亮，我还给你买了一件衣服，也不知道你喜欢不喜欢，你来试试合身不合身。”柳絮说着从拉杆箱里拿出一件碎花呢子短大衣。芽芽立即穿在身上，不长不短，不肥不瘦，好像比着她的身材定做的一般。

柳笛说：“柳絮啊，你真是绝顶聪明，没见过芽芽竟然挑得这么合适！”

芽芽在一边忙说：“谢谢舅妈！”

说话间到了吃晚饭的时间，柳笛说：“今天你们夫妇远道来我这里，咱们到外边随便吃顿便饭吧。”

柳絮说：“我第一次来 W 市，今天又见到了多年不见面的柳笛姐，心里特别高兴。既然到街上吃饭，咱就去一家上档次的饭庄。”

杨冰说：“好啊，柳笛，你说去哪一家？”

芽芽说：“舅舅，咱去梁溪饭店吧！我只知道有名，还没去过。”

柳笛说："在附近随便找一家饭馆吃就行了，跑那么远，花好多钱，又不实惠，吃不了什么东西，没必要。"

柳絮说："既然孩子提出来了，今天咱就去梁溪饭店吃定了。笛姐，你不要怕花钱，杨冰最近出版了一本书，我们来时，他刚拿到稿费。今天这顿饭，让他做东。"

柳笛说："好啊，今晚咱就'吃大户'了。"

杨冰一行四人，出门正好有辆出租车经过。他们拦下来上了车，很快到了梁溪饭店。他们在散座大厅找了一张僻静处的小桌，正好四个人对坐着用餐。杨冰他们点完菜，等着服务员上菜时，柳笛忽然对杨冰"哎"了一声，指着一个人悄悄说："那就是坏蛋胡觉昌。"

杨冰顺着柳笛的手指往那边一瞧，只见一个大高个，留着背头刚焗过油的五十来岁的男子汉，手挽着一个二十多岁的女人，右手指间夹着一支香烟，摇摇晃晃地走到饭店门口。杨冰轻捷地快步跟过去，只见胡觉昌猛吸了一口烟，把烟蒂扔在饭店门外的地上，又吐了一口黏痰。杨冰随后拣起那个烟蒂用卫生纸包上，然后又用一根牙签把黏痰挑了一块，也用纸包起来，把这两样东西装在一个小塑料袋里收好了。

杨冰回到餐桌，柳絮问他："刚才你干什么去来？"

杨冰笑笑说："我到街上随便看了看。"

6

从梁溪饭店吃饭回来，芽芽特别高兴。她对杨冰和柳絮说："我今天很开心，舅妈给我买的大衣又漂亮又合身；舅舅让我吃了早就想吃、从没吃过的名厨炒的菜。”

杨冰说：“芽芽高兴就好，有多少钱能买个开心呀！”

女儿高兴，柳笛就更加高兴，她要把大卧室腾出来让杨冰夫妇住。杨冰说：“我们是来帮你办事的，不是来找舒服的，在哪儿睡都一样。”柳絮也坚决不肯在大卧室睡，柳笛只好让芽芽和自己一起睡。把小卧室的单人床拼了一块板，让杨冰夫妇睡。

杨冰推说太累想早点休息，柳笛便陪他们夫妇进了小卧室，丢下芽芽一个人在大卧室看电视。杨冰关上房门问柳笛：“证据准备得怎么样？”

柳笛浮着笑容的脸立即沉下来，难过地说：“时间很久了，许多东西我当即就当垃圾扔了。我找来找去，只有那一个床单洗了没有再铺，还放在大衣柜里。”

柳絮问：“其他的东西一点也没有？比如内衣、擦身子的毛巾什么的。”

柳笛想了想说：“那天穿的短裤，当时就被他撕破了，我用它擦了身了，立即就扔到垃圾桶里了。就连我那天穿的背心、衬衫、裙子我都剪成碎片扔了。”

柳絮说：“当时你没有想到要报案吗？”

柳笛说：“当时非常生气，想报案，把那些脏东西装在一个塑料袋里。过了两天一想，把这件事拿到公安局、法院让人家看，还要详细说给人家听，挺丢人的，就决心不再报案了，把所有的东西都彻底销毁了。”

杨冰说：“证据只有一条洗过的床单，拿到法院不会立案。”

柳絮说：“明天你先到法院咨询一下，证据不足应该怎么办？我们不能让坏人逍遥法外啊！”

第二天杨冰去了市人民法院，接待他的同志耐心地解释说：“这个案子应该先检举到公安局，请他们刑侦科搜集证据，然后立案送检察院，再由检察院起诉到法院来。法院根据事实证据，再依法判案……”

杨冰回来对柳絮和柳笛说了法院的意见，柳笛立即灰心地说：“别去公安局检举了，事情过了这么长时间，又没证据，谁管这种事儿？算了吧，别瞎折腾了。”

柳絮说：“这不是瞎折腾，法院给我们指出了一条办成此事的正确途径，我们一定要努力去做，争取把坏人抓起来。”

吃过午饭，杨冰和柳絮就去了市公安局。杨冰他们找到刑侦科，刑侦科郑科长听了他们二人的陈诉，说：“这个案子拖的时间太久了，绝大部分证据已经销毁，很难取证。”

旁听的赵副科长说：“我有这么个想法，现在正好有几个公安大学刑侦专业的学生在这儿实习，目前又没有案子可以侦办。我想带这几个学生去搜集一下证据，在实践中锻炼一下。你看怎么样？”

郑科长说：“我也想让这几个大学生去锻炼一下，但考虑没有老侦查人员带队，恐怕无功而返。你若亲自带队去，最好不过了。”

事情定下来后，刑侦科长对杨冰说：“你们留下地址、联系电话，先回去。我们把案情报告局领导，批准后，我们再找您。”

杨冰和柳絮听了郑科长的话，高高兴兴地回来。柳絮原原本本地告诉了柳笛。柳笛心情沉重地说：“对几个男子汉说这个，多丢人。我实在说不出口，你替我说吧。”

柳絮说：“我又没亲眼看见当时的情景，我怎么替你说？”

审批，抓捕了胡觉昌。

公安局抓捕胡觉昌时，他正在家中借教绘画强暴一位女青年。这位女青年拼命挣扎、喊叫，都无济于事。胡觉昌正在得手之时，公安人员破门而入将其抓了个现行，解救了这位女青年。公安人员在搜查胡觉昌的住所时，发现他有几册影集都是他与女人鬼混或侮辱女性的裸照，不堪入目。其中有几张照片公安人员发现是被害人柳笛的，他们拿着相片找到杨冰和柳笛，问这是怎么回事。柳笛一看见照片，两手把脸一捂，“哇”的一声哭了。她泣不成声地说：“我没脸活在世界上了!”

杨冰问柳笛：“怎么当时你不揭发这些罪恶行径呢?”

柳笛说：“我认为说出那些事就足够了，再说这些事儿多丢人啊!”

原来胡觉昌强暴了柳笛之后，拿出相机要给柳笛拍裸体照，并威胁她说：“老实点儿，我让你怎么着就怎么着，否则有你的罪好受。”柳笛只好屈服地听其摆布，他让柳笛摆出各种姿势，由他任意拍照。最后胡觉昌还把相机放在架子上，爬在柳笛身上用相机自拍了两张照片。胡觉昌的性心理有些怪癖，他每强暴或侮辱，或诱奸一位女性之后都要拍照留念，自己关起门来欣赏，或和相好的女人一起欣赏。除此之外，胡觉昌还把这些罪恶活动在日记上详细地记载下来。这些相册和日记，今天就成了胡觉昌犯罪的铁证，永远把他钉在历史的耻辱柱上，受到了法律应有的制裁。

8

胡觉昌被捕那天是腊月二十三日，当天晚上按旧风俗要祭灶，柳笛买了许多果品和应时的好吃东西，还烧了几个可口的菜。在饭桌上，柳笛只是说："今天咱要好好庆贺一下，一是过小年，二是酬谢你们二位。"酬谢什么，柳笛只笼统地说："感谢你们的无私帮助。"因为柳笛自尊心极强，她始终没有把自己受辱的事告诉芽芽。这些天杨冰等人东奔西走，也没告诉芽芽忙什么。芽芽只是专心复习功课，从来也不过问大人的事。

不大的饭桌上摆满了杯盘碗碟，柳笛拿出早就准备好的两瓶啤酒、一瓶红葡萄酒，在每个人面前放了一只高脚杯。柳笛决心今晚痛饮几杯，以驱走胸中郁积多年的闷气、怒气、怨气、冤气。柳笛给每人斟了一杯啤酒，她端起酒杯，首先向杨冰夫妇祝酒说："我衷心感谢冰哥、絮妹的无私援助，我今天的高兴是你们夫妇俩带给我的，我要感谢你们一辈子。我衷心祝你们工作顺利，硕果累累，一生幸福！"然后又把杯子举向芽芽，她说，"芽芽你是妈唯一的女儿，唯一的亲人。你就是妈的命根子、眼珠子，我这一辈子就指望你了。妈祝你考上大学，出国留学！"最后柳笛说："咱们都把这杯酒干了！"她说完就一仰脖把酒杯喝了个底朝天，随后其他三人也都喝干了杯中酒。

柳笛拿起酒瓶，又把四个人的酒杯斟满了。杨冰和柳絮同时举杯祝贺柳笛生活幸福，万事顺心；祝贺芽芽考上大学，将来成为杰出人才，孝敬母亲。

最后芽芽端起酒杯说："感谢妈妈和舅舅、舅妈的祝愿！我一定努力学习，绝不辜负长辈对我的期望，将来我学业有成后，要好好孝敬母亲！”

四个人轮番祝酒，都挺高兴，柳笛尤其高兴。他们很快喝完了两瓶啤酒，柳笛又打开了葡萄酒，给杨冰、柳絮和自己都斟了满满一杯，给芽芽斟了少半杯，并且嘱咐说：“你没酒量，少喝点，明天还去上学。”

柳絮说：“我可喝不了这么多！”

柳笛说：“你不能多喝少喝点儿，我和杨冰都干了这杯！”柳笛说完就“吭哧吭哧”把酒喝干了。这时柳笛的两颊绯红，双眼充血了，但她又把自己的杯子斟满了酒。

柳絮忙劝她说：“笛姐，你不要喝了，再喝就醉了。”

杨冰也说：“柳笛，听话，不要再喝了。”

柳笛却说：“没事儿，喝这点儿酒醉不了。”

杨冰说：“醉不了也不要喝了，对身体不好。”

柳笛说：“今天我特别高兴，心里觉得无比痛快，醉了也无所谓，人生难得几回醉。”

杨冰说：“好吧，我俩都喝了眼前的酒，咱就吃饭了。”

柳笛说：“好。”她一仰脖一杯红酒又下肚了。本来说好不再喝酒了，但柳笛仍然给自己斟满了一杯酒，然后又要给杨冰斟酒。杨冰用手捂住杯子说：“我不能喝了，你也不要喝了。”

柳笛说：“瓶子里就剩这么点酒了，咱俩喝完了再吃饭。柳絮和芽芽饿了，你们先吃。冰哥，把手拿开，让我斟上酒。”柳笛硬从杨冰手里把杯子夺过来斟上酒，说：“我刚才说了，今天特别高兴，再说，酒逢知己千杯少，今天离千杯差远了，怎好浅尝辄止呢！”

杨冰在酒精的作用下也特别兴奋，说：“好，难得与你在一起喝杯酒，把酒瓶里的酒喝完!”

柳絮怕两个人喝得酩酊大醉，马上用手捺住两个人的酒杯说：“你们不能再喝了，喝到这个程度就恰到好处。你们高兴，可以吃了饭说一夜话，一夜说不完，明天继续说。心中高兴，可以有多种表达方式，不一定非得喝酒啊!”

柳笛说：“柳絮妹啊，你还不了解我，更不理解我。高兴不一定非要喝酒，但今天我的高兴非同一般，再加上今天是祭灶，全家团圆的日子。你们二人难得在我家里过腊月二十三，这是千载难逢的好时机，错过去就难找了。此时此刻不喝个痛快，更待何时?!”

杨冰也说：“你把手拿开，人生不要留下遗憾，让我和柳笛喝个痛快!”

9

柳絮两眼盯着杨冰的眼，低声问“你真的要喝，不怕醉?”

杨冰坚定地说：“喝这点酒醉不了，你把手拿开吧!”

柳絮不情愿地把手挪开，柳笛立即高兴地端起酒杯说：“柳絮妹，谢谢你。今天若不尽兴喝个痛快，真是一辈子的遗憾。”然后她把酒杯举到杨冰的面前，说“杨冰哥，端起你的酒杯，咱俩一块儿干了!”

两个人同时把自己的杯中酒全喝了。酒瓶里没有多少酒了，柳笛给杨冰斟满，把剩下的酒全倒在自己杯子里了。柳笛说：“酒买少了，买两瓶葡萄酒就好了。”

杨冰说："明年咱们多买点儿酒，今天喝这些酒就恰到好处了。"

杨冰和柳笛刚端起酒杯要喝，这时门外有人"啪啪"地敲门。柳笛说："杨冰，我们快把酒喝了，来客人了。"

说话间来人又"啪啪"敲了两下。芽芽站起来说："妈，我去开门吧？"

柳笛喝完了酒，擦了一下嘴，说："开门吧！"

芽芽打开门一看，原来是黄毛毛提着一个保温饭盒来送吃的，他把饭盒放在饭桌上，打开盒盖，里边是热气腾腾的饺子。毛毛说："我妈说，按照咱老家的传统，今晚应该吃饺子，特意包了饺子让我送来了。"

柳笛说："谢谢你妈妈。这样吧，我把饺子留下。你再把我炒的菜拿些回去，让你妈也尝尝我的手艺。"柳笛说着把饺子倒在盘里，然后把桌上的菜，往毛毛的饭盒里，一样拨了一点儿。

芽芽说："妈，我吃饱了，和毛毛一起把菜送过去，在他家再玩儿会，行吗？"

柳笛说："可以，不过要早点儿回来。"

芽芽高兴地说："知道了。"她便和毛毛一起出了门。

芽芽走后，柳笛对杨冰和柳絮说："这儿大也没顾上说芽芽的事儿，后来芽芽说，孩子是这个叫毛毛的。毛毛的父母都是W市人民医院留美回国的医生。他们的祖籍是咱河北省S县，相距不远。我看毛毛的父母都是忠厚本分的人，他们说过几年让两个孩子结婚成家。我觉得已经这样了，就答应了。"

杨冰说："我看毛毛这孩子挺聪明的，白白的脸，大眼睛，人也不难看。他们能够结婚，最理想不过了。"

柳絮说：“男孩子家庭条件也不错，找这样的家庭也不易。”

柳笛说：“现在两个孩子正参加高考复习班，准备明年高考，两个人都想学医。”

杨冰说：“学医好啊，工作稳定，收入也高。”

柳笛说：“挣钱多少吧，够吃够穿就行。我不指望他们发大财，平平稳稳过日子，将来有个一男半女的，能维持住生活就不错了。”

柳絮说：“看你说的，当医生的没有穷的。你就等着将来享福吧。”

柳笛说：“这才到哪了，几十年后还不知怎么样呢？”

柳絮说：“毛毛的父母都是知识分子，知情达理，你放心吧，他们教育的孩子也错不了。”

他们三个人说着话吃了一顿饭，又把杯盘碗碟刷洗了。这时芽芽也高兴地从毛毛家回来。她一进门就说：“妈，毛毛妈给了我一个收录两用机，她让我好好学外语。”

柳笛说：“这么贵的东西，毛毛有吗？王阿姨给你，你就要！”

芽芽说：“毛毛他爷爷从美国寄来了两台，毛毛也有一台。我坚决不要，王阿姨说，毛毛有一台就行了。如果不要她放在家里也没用，反而浪费了。”

柳絮说：“他爷爷既然从美国寄来，是诚心诚意给咱芽芽的，如果坚持不要，反而伤害老人家的面子。你可以打听一下，看他爷爷喜欢什么，就买点儿什么给他寄去。”

芽芽说：“毛毛爷爷说什么也不喜欢，就喜欢看到我和毛毛的优秀成绩。”

杨冰说：“那还不好说嘛，你努力学习，把每次考试的卷子都给老人家寄去。”

10

芽芽回大卧室睡觉去了。杨冰对柳笛说：“我们明天必须回北京，吃过早饭就去火车站，赶上哪趟车坐哪趟车。”

柳笛说：“你们再多住一两天，好不容易见了面，我们三个人还没轻松地在W市风景点儿转转，玩半天。”

柳絮说：“明天是腊月二十四了，马上就过春节了。我们得赶回北京，给老人买些东西，再带上两个孩子，年三十前返回老家，够紧的了。”

柳笛说：“你们原先计划不回家过春节，怎么现在又要回家了？”

杨冰说：“我们没想到事情办得这么顺利，节前就把胡觉昌逮捕了。这件事告一段落，我们得回家和母亲一块过节，她老人家还等着我们哩。”

柳笛对杨冰说：“逮捕才是第一步，将来起诉、法院审判、出庭，事还多着呢，这些出头露面的事离了你办不成。”

杨冰说：“到时候，你给我写封信，需要我来我就来。”

柳笛说：“当然需要你，我能不露面就不露面，这不是什么光彩的事。”

柳絮说：“笛姐，你必须改变陈旧的观念，胡觉昌强暴你，你是被害者、受害人，我们在法庭上揭发这件事，是与坏人做斗争，维护我们的尊严和人身权利，是非常正义的行为，是光明正大的，应该得到人民群众的理解与支持，不存在耻辱，应该得到赞扬。被人民群众唾弃的、丑恶的罪人是胡觉昌，他干这种事才见不得人。

柳笛说：“话是如此说，但这种事儿发生在谁身上，都永远是洗刷不掉的污点，怎么漂也白不了。”

柳絮说：“笛姐，你受封建思想的毒害太深了，自己的身体不能让人‘碰’一下、‘挨’一下，这种‘碰’和‘挨’也不管是自愿的还是强迫的，只要‘碰’了‘挨’了就是‘耻辱’，就是‘不道德’、不干净了。在这种思想的毒害下，只能用死来证明自己的清白和无辜；在这种封建思想的毒害下，旧社会有多少善良的妇女或投河，或上吊，或服毒，或者被毒打致死。笛姐，你的思想是纯洁的，你的身体是洁白无瑕的。我们这样认为，别人也这样认为，这样看待。”

杨冰说：“柳絮的意见是对的，你只有挣脱封建思想的束缚，你的思想才能自由，你就不认为这件事见不得人，说起这件事和旁人一样理直气壮、义愤填膺。”

柳笛说：“你俩这样苦口婆心地劝我，都是为了我好。让我好好想想，时间久了，我的伤痕会慢慢平复，认识也许会发生变化。夜很深了，咱们休息吧。”

第二天吃过早饭，柳笛送杨冰夫妇去火车站上了车。柳笛匆匆走在回家的路上，突然有一个女同志喊住她：“柳老师，您这是到哪儿去？我正想到家里去找您，因为这几天事儿多没有顾上。”

柳笛停住脚步，扭头一看原来是多年前的老同事，后来调到其他学校就不常见面了。柳笛赶忙应答说：“魏老师，多年不见了，您还是这么精神！”

魏老师边走边用两手搓着脸说：“老了，我都办退休手续一年多了。现在和一些老师办了一个高考补习班，成天忙得四蹄子朝天。我们补习班正缺语文老师，尤其缺少擅长写作的老师。您在作文教学上很有一套办法，许多老师都推荐您，今天正好在这里碰到您了。”

柳笛说：“寒假开学后，我的课还是很重的，恐怕没有多少时间和精力给补习班上课。讲课虽然用不了多少时间，但是备课和批改作文会耗费我大量的时间和精力。”

魏老师说：“柳老师，你教写作课是轻车熟路，备课费不了多少时间，批改作文倒可能费点儿精力。每次作文不必全批全改，重点批改几篇就可以了。每次讲评抓住几个典型问题，以点带面分析透了，学生就满意。柳老师，讲课也得找点窍门，不能总用陈旧的老办法，你再动动脑子，总会妥善解决这些问题的。”

柳笛说：“让我回去好好考虑一下，过了春节，破了五我再给您回话吧。”

魏老师最后低声神秘地说：“补习班的讲课费很丰厚，虽然一周只有两节作文课，但它的报酬比你一个月的工资少不了多少。”

时间匆匆，很快就到了正月初五。这天早上，刚吃过饺子，魏老师就来敲门。她看见柳笛第一句话就是：“柳老师，想好了吧！”

柳笛说：“没有完全想好，我想先试一个月，如果还行，就教下去。”

魏老师高兴地说：“有了第一个月，就有第二个月，就可以长久地教下去。”

八、呕心沥血

1

柳笛靠一个中学教师的工资，带着一个孩子过日子，刚刚够两个人的生活费用。如果再给孩子交补习班的学费，生活就紧巴巴的。教补习班，尽管苦点累点儿，能挣百多元的讲课费，补贴生活，日子就活泛多了。柳笛考虑到这些，过了元宵节，她就高高兴兴到补习班上课去了。

柳笛本人就喜欢写作，她对教写作课自然有浓厚的兴趣。最初，柳笛对这些学生不冷不热，一个礼拜过去，对这个班的学生们便有了浓厚的感情，她很自然地把师生之爱和“母爱”揉在了一起。

班上有十几个学生特别聪明，文章写得漂亮，嘴巴也甜，课下他们总爱围着柳笛转，问这儿问哪儿，“柳老师”不离嘴。柳笛就格外喜欢这些学生。本来规定作文只讲评不写评语，但柳笛不只给这些学生的作文写评语，她还经常把这些学生的作文当作范文在班上讲评，学生们很受鼓舞，作文水平提高很快。柳笛教的作文课，学生们满意，家长也高兴。柳笛备课就更卖力气，教学效果随之就更好了。

柳笛辅导学生作文在市里小有名气，好多补习班想请她兼课。柳笛哪里忙得过来，在一个好朋友的推荐下，她只答应了一所学校的补习班，在晚上讲两节课。这样一来，柳笛白天晚上都忙于备课、讲课、批改作文。

柳笛由于劳累过度，免疫力下降，她在倒春寒的日子里，稍微着点凉就感冒了，发烧、咳嗽。她到医院去看病，大夫一测体温，39℃。大夫开了药，注射了一针退烧药，又开了三天病假条，反复嘱咐她："一定要卧床好好休息，多喝水，待体温正常后再去上班。"

柳笛一一答应，但回到家她又挣扎着批改作文，学生的作文成了她生命的一部分。

第二天上午三四节，正好是作文课。柳笛提着一兜子作文本，硬坚持着忽忽悠悠地来到学校上课。同事们看她病成这样了，都劝她回去休息。补习班的负责人魏老师忙走过来，用手摸了一下柳笛的前额说："哎呀！柳老师，你的头这么烫，绝对不能上课。"

柳笛说："这两节课是讲评。学生的作文我都批改完了，讲评提纲也写好了。我只要走到讲台上说说就行了，费不了多大劲，下了课我就回家休息。"

魏老师说："那也不行，你出个作文题，这两节课就让学生自己写作文，一点儿也不误事儿。"

柳笛说："不行，我都安排好了，必须讲评后再出题目，有计划地训练写作，随便出个作文题怎么行？"

另一位教语文的老师说："柳老师，你把讲评提纲给我，我按你的意思去讲评，布置作文题，可以吧！"

柳笛不紧不慢地说："不行。"

老师们不管怎么苦口婆心地劝说，柳笛一句话也不说，坐在自己的办公桌前纹丝不动。老师们实在没办法，魏老师说："柳老师非要坚持上课，就让她上吧。"然后亲切地对柳笛说，"你讲评完作文，我马上送你回家，不要再回答同学们的问题，好吧！"

柳笛点了点头，她接过一位老师递过来的茶杯，吃了退烧药，便伏在桌子边上休息。

第二节一下课，补习班的几个学生就跑到办公室围住了柳笛。这个问："柳老师，今天发作文吗："哪个问："老师，我这次作文有什么问题啊？"

柳笛有气无力地说："今天发作文，你们写得都挺好的。"

魏老师忙走过来轰学生们说："柳老师病了，让老师好好休息会儿。"

学生们立即七嘴八舌地说："老师病了，就不要上课了。""老师，我们送你回家吧！"

魏老师说："你们快出去，让柳老师安静会儿。"

第三节课的上课铃响过后，魏老搀扶着柳笛刚走到教室门口，学生们齐刷刷地站起来，齐声说："老师好！"

柳笛还礼后，学生们齐刷刷地坐好。魏老师说："今天柳老师不舒服，她带病给同学们讲评作文。柳老师讲评完，布置了作文题就回家休息了，同学们自己写作文，好吧。"

同学们齐声说："好！"

柳笛开始评讲作文，魏老师仍然不放心，便站在旁边看着。柳笛没说两句话，一阵头晕，身子一侧歪就要倒下去。多亏魏老师站在旁边，她手疾眼快，立即扶住了柳笛。这时坐在前边的几个女同学，赶忙上来帮着魏老师搀扶着柳老师，往教室外走。魏老师立即吩咐几个男同学：“快去找辆三轮平板车，把柳老师送医院！”

2

柳笛躺在急诊观察室的病床上，手背上插着输液的针头，除了魏老师还有两个女同学守在床边。柳笛睁开眼看见魏老师，眼里滚下了两颗泪珠，她说：“魏老师，我不碍事。我病了还拖累您，真不好意思。”

魏老师说：“我们是多年的老同事了，柳老师这样说就远了。”

柳笛用另一只手抹去眼角的泪花，又说：“魏老师，您回学校把作文发给同学们，让他们按我写的要求去写作文吧！让这两位同学也回学校，别耽误她们的学习。”

魏老师和两位同学在柳笛坚决要求下，只好回了学校。魏老师和学生刚走不一会儿，芽芽风风火火地来到急诊观察室，她一看到妈妈躺在病床上正在输液，立即扑过去，抓住妈的另一只手，哭着说：“妈，您怎么突然病成这样了!?”

柳笛睁开眼，轻轻安慰芽芽说：“妈没事儿，只是感冒发烧，输完液，退了烧就好了。”

芽芽仍然紧紧抓着妈的手，哭泣着说：“妈，我不上补习班了。您病好了辞掉这些补习班的课吧，不能为了我考大学累死啊!”

柳笛用力握了一下芽芽的手说：“傻孩子，不要说傻话，妈累不死。我就你这么一个女儿，只要能把你培养成才，妈累点儿，吃点苦心里也高兴。”

芽芽发自内心地说：“妈，我以后要好好孝敬您，让您吃好，住好，享一辈子福。”

柳笛说：“妈不是为了将来享福，是为了把你培养成受人欢迎的医生，能为广大群众治病，得到社会的尊重，妈就知足了。”

柳笛和女儿正悄悄说着知心话，黄毛毛也跑来了。他一到病床边就问：“阿姨，你这病不碍事吧!?我把你得病的事告诉了我妈和我爸，他们一会就过来了。”

柳笛忙说：“我不是得的重病，不过感冒发烧，还惊动你父母干什么。”

柳笛的话音刚落，黄毛毛的父母身穿白大褂，口袋里装着听诊器就走进了观察室。柳笛慌忙要坐起来，黄明正夫妇忙示意不要动。他们询问了值班大夫和护士用的什么药，王敏智又拿出听诊器检查了一下心肺，然后说：“没事，只是外感风寒，发烧。输完这瓶药就可回家了，一定要好好休息，按时服药，多喝水。”

柳笛说：“我只是头疼脑热的小病，还惊动您二位，真过意不去。”

黄明达说：“您不要客气，我俩都在医院里，让毛毛或芽芽告诉我们一下就行。”

王敏智又问了一些日常起居情况，然后嘱咐柳笛不要熬夜，不可太累了。最后说：“我俩都在上班，还有许多患者等着，我们得回去了。”

柳笛再次欠身表示谢谢，王敏智夫妇又嘱咐芽芽和毛毛，照顾好柳笛便告辞出来。

下午，柳笛在芽芽和毛毛的陪护下，从医院回到家里。柳笛在芽芽服侍下刚躺在床上，外边就有人敲门，芽芽一开门，立即涌进来好多补习班的学生，他们手中提着各种时令水果来探视老师。柳笛实在太累了，她与这些学生说着话，不住劲地打哈欠，甚至上下眼皮常常粘在一起。聪明的学生看出老师的疲惫，便主动告辞出来。

芽芽刚送走这些学生，魏老师便提着一大袋子水果进来。柳笛说："魏老师，您看我家成了水果店。您怎么拿来的，还怎么拿回去，帮着我吃点儿。"

魏老师说："这些水果是老师们买的，我代表他们拿来的，绝对不能还拿回去。水果多不发愁，慢慢吃。我知道你的客人多，吃不完，可招待客人。"

柳笛说："谢谢老师们的关心。今天我已经退了烧，明后天就可以上班，下周的课，绝不会误。"

魏老师说："不着急上课，你一定休息好，把身体养好再上班。我要赶快走，只有我走了你才能好好休息。"魏老师说着就站起来，两只脚已经往屋门移动了。

晚饭，芽芽按照毛毛妈的叮嘱，熬了小米粥，炒了一点儿清淡的青菜叶，让妈妈吃。

3

这年夏天高考的最后一天，下午是英语口试。柳笛早就站在考试点的学校门口，等着女儿芽芽考试完走出考场。柳笛冒着酷暑炎热，手中拿着一把芭蕉扇举在额前遮蔽着灼人的阳光，目不转睛地注视着教学楼的门口，盼望着芽芽早点儿出现。

芽芽口试完英语，长出了一口气，轻松地走出考场。几科考试下来，芽芽感到外语考得最满意，她迈着轻盈的脚步飞快地迈下教学楼门口的台阶，朝学校的大门走去。芽芽还没看到妈妈，妈妈早就看见女儿的身影，离着好远柳笛就高声喊："芽芽，妈在这里！"芽芽猛地抬头，看到柳笛的笑脸，她就像只燕子朝妈妈扑过来。柳笛把早就准备好的巧克力冰激凌递到芽芽手里，然后亲切地问："考题难吗？"

芽芽吃着凉丝丝的冰激凌说："我感觉很容易。"

妈妈说："那就好。"

芽芽对自己的考试成绩很没把握，她在等着成绩单公布的日子里，心里总是忐忑不安。柳笛却对女儿的成绩抱着很大的希望，她认为芽芽多半年来，晚睡早起，人都瘦了一圈，成绩不会错的。有一天晚上，柳笛做了一个美梦。她梦见女儿考上了上海医科大学，几年后芽芽就大学毕业了。芽芽在一家大医院里当了医生，芽芽身穿着白大褂，忙忙碌碌地为患者看病；芽芽成了名医，患者为了挂上她的号，头天下午就在挂号处排队；有一个从农村来的患者，竟然找到柳笛苦苦求她向芽芽说情加一个号，柳笛跟芽芽一说，芽芽痛快地答应了。从此左邻右舍求柳笛帮忙的人络绎不绝，她高兴得一一应承下来，正在此时突然醒了。

尽管是做梦，柳笛醒后心里仍然甜丝丝的，她再没睡意，继续回味着梦中的情景，憧憬着美好的未来。

这年高考过后多日，杨冰和柳絮始终没有收到柳笛的来信，他们非常关心芽芽的考试成绩。高考分数线公布后，他们夫妇又日夜猜想芽芽考上了什么好学校。柳絮抱怨说："柳笛真自私，芽芽考上好学校了，娘俩只顾自己高兴，也舍不得让我们分享一部分喜悦，把好消息告诉我们。”

杨冰说：“柳笛就是懒，没时间写长信，写封短信，哪怕只写一句话‘芽芽考上医科大学了’也成啊。”

柳絮说：“早些时候我就叫你主动写信问问，你说‘我们刚把信发走，柳笛的信就可能来了，再等等吧’，等到今天仍然不见信。”

杨冰说：“要不这会儿我给柳笛写封信！”

柳絮说：“正月十五贴门神，晚了半个月，别写了。”

这天下午杨冰下班回到家，他又急切地问柳絮：“今天你收到柳笛的信了吗？”

柳絮说：“我没收到。你收到了？”

杨冰说：“我也没收到。我去打开咱家的信报箱看看，说不定柳笛把信寄到咱家里来了。”

柳絮说：“你快去看看。”

杨冰拿上信报箱的钥匙，二脚两步下了楼，他迅即打开信报箱，里边果然有一封信。杨冰拿出来一看，信封上的字体非常熟悉，一看就知道是柳笛写的，他的心立即兴奋得“咚咚”跳起来。杨冰心里还责备自己，怎么前几天就想不到打开信报箱看看啊。他迅速撕开信封，里边只有一张皱巴巴的信纸，他展开信纸一看，兴奋的心情立即沉重起来：

杨　冰、柳　絮：

我的心碎了，我无脸给你俩写这封信，但我不得不写。我现在简直没有勇气活下去了，真不知道今后的日子该怎么过。我焦头烂额，度日如年。盼望指点迷津，伸出援手。

走投无路的柳笛

×月×日

杨冰读完信，飞快地跑上楼，回到家里对柳絮说："柳笛来了一封这样的信，也不知道柳笛和女儿两个人到底出了什么事儿，也不写清楚。"

4

柳絮接过信用眼扫了一遍说："信上只是恳求我们帮助，不知道出了什么事儿，我们怎么帮助啊?!"

杨冰说："是啊，把我们都打入闷葫芦里去了，我们如何'指点迷津'? 柳笛怎么就这么糊涂?!"

柳絮心细，她思摸了一下说："信只写了这么几句话，她一定有许多话想说，写出来了又觉不妥，撕了又写。最后只精简到这样几句话，她还不满意，揉搓了，扔掉。后来经过思想斗争，又把这一张捡起来，展平寄来了。我想柳笛一定遇到难言的苦处，难解决的问题。万一有什么不测怎么办? 你吃过晚饭就去车站买一张去 W 市的车票，赶上哪趟车是哪趟车，越快越好。看看柳笛到底出了什么事?"

杨冰想了一下说："好。"他匆匆扒拉了两口饭，就去了火车站。

柳笛和女儿到底出了什么事呢? 话还得从头说起。

高考结束后，柳笛和芽芽日夜盼望着成绩单下来，好不容易拿到成绩单，娘俩大失所望，除了外语的分数高之外，各科成绩都很低。娘俩又盼望着公布分数线，抱着侥幸心理希望能考上一个三类学校。没想到分数线下来，芽芽的成绩连专科学校都没达到。

芽芽的许多同学都忙着填写志愿，成绩优秀的同学已经拿到了入学通知书。这些同学东奔西走，互相报喜祝贺。此时芽芽却在家里哭成了泪人。

柳笛也没想到芽芽高考会落榜，她也十分伤心，孩子已经哭得死去活来。柳笛做了一辈子教师，她懂得作为家长应该冷静地对待这件事，化解女儿的苦恼，不能再火上浇油。柳笛忍受着难言的苦楚，走进小卧室，她只见芽芽身上裹着毛巾被，蒙着头趴在床上抽抽搭搭地哭泣。柳笛柔声柔气地说："芽芽，不要难过了，全国、全 W 市又不是咱一个人没考上，落榜的多了。我就知道，咱们小街上张家的小儿子、李家的二丫头都没考上。他们照样不哭不闹，每天还是乐哈哈地哼着流行歌曲出来进去。看见我了还是亲热地'大婶长''大婶短'地叫。咱今年没考上，明年再考，只要努力明年准能考上。"

芽芽把蒙着的毛巾被一撩坐起来，一把鼻涕一把泪地说："我跟他们不一样！"

妈妈说："咱与他们有什么不一样？他们有胳膊有腿，咱也有胳膊有腿，比他们也不笨，有什么不一样的？！"

芽芽用毛巾被把头一捂，又趴在床上哭着说："妈，你知道街上人们说我什么吗？"

妈妈吃惊地问："人们能说什么？"

芽芽说："街上人们说得我难听死了，说我考前打过胎，复习时又成天浪着与毛毛鬼混，我若能考上大学了，全中国是个人都能考上大学。说我烂得没人要了，我还有什么脸见人?”

妈妈第一次听到这样的流言蜚语，生气地说：“这纯粹是造谣，诬蔑人，我找他们算账去!”

芽芽说：“大人孩子都这样说，你找谁算账?!”

妈妈说：“毛毛他爸他妈就让人们这么胡说八道！毛毛这几天也不来了，连个人影也看不见?”

芽芽说：“别提毛毛了，他也不是个好东西。在补习班学习时，毛毛与另一个女孩子好上了，他早就把我甩了。”

妈妈说：“敢情毛毛是个不讲信义的坏小子！他的爸妈就不管教他!”

芽芽不再说话，由刚才的哭泣变成了号啕大哭。

柳笛越想越生气，她赌气说：“他毛毛不讲信义，黄明达夫妇五经四书念过，还留过学，看着儿子背信弃义也不说一句话?!我去找他们两口子算账去!”

5

芽芽听见妈妈要去找毛毛的父母算账，立即坐起来说：“他的父母不知道这件事儿，知道了也管不了毛毛！毛毛喜欢的那个女孩子功课好，这次高考成绩是W市的女状元。毛毛怎么会喜欢我这个落榜的?听说毛毛妈为这事儿气得心脏病都犯了，在医院抢救了两次。毛毛爸爸要把毛毛赶出来，不要他了，哪管什么用?”

柳笛听了女儿的话，立即像泄了气的皮球蔫不唧地瘪了下来，她长出了一口气，“哎”了一声，不再说话了。柳笛越想越生气，越想越觉得窝囊、丢人，没有脸面再见街坊邻居和学校的同事们，她被气得晕头转向，在家里这屋走到那屋，那屋走到这屋。她真想一头撞在墙上碰死。但她转念一想，自己死了丢下芽芽怎么办？自己万一被救活了，更成了人们茶余饭后的笑料，留下话把儿，更被人们耻笑。

柳笛正在屋里疯魔一样，走里转外地折腾。忽然有人“咚！咚！咚！”地砸得门板山响，柳笛打开房门，只见几个不认识的小伙子，气喘吁吁地问：“这是芽芽家吗？”

柳笛点了一下头，那几个小伙子便七嘴八舌地说：“芽芽跳梁溪河自杀被救上来了！”“这会儿正在人民医院抢救！”

柳笛听说芽芽“跳河自杀了”，她也不怕丢人现眼，也不怕被街上人们耻笑了，立即锁上屋门就往人民医院跑。

原来柳笛正在家里生闷气，也不知道芽芽什么时间跑出家门，跑到梁溪河边，跃过护栏一头扎到河里去了。多亏河边有一些散步的人，立即有几个懂水性的年轻人跳到河里，捞出芽芽就送到医院急诊室抢救。幸亏救得快，抢救及时，芽芽拣回了一条命。

柳笛风风火火跑到医院抢救室，这时芽芽刚吐完肚里的水，缓过气来。柳笛一下扑过去，抱着芽芽就号啕大哭：“我的傻闺女啊！我那想不开的闺女啊！”

一位护士实在看不过去，在一旁轻声劝说：“阿姨，别直哭了。现在人救活了，是住院还是接回家自己调养，快拿主意吧。”

这时芽芽头脑清醒了，她挣扎着坐起来说：“我们回家休息。”她说着两条腿就从病床上耷拉下来，蹬上湿漉漉的鞋就要走。

柳笛忙搀扶着女儿往外走，心想早点离开医院，躲开人们叽叽喳喳的议论，避开人们锥子一样的视线。这时一位年轻的护士急忙走过来说：“阿姨，这是抢救的医药费用清单，您先到收费处交完费再回家。”

柳笛这才意识到还没有交费，她忙伸手到口袋里摸，上衣的两个口袋空空如也。她立即面有愧色，不好意思地说：“真对不起，我出来得匆忙，忘记带钱包了。下午我亲自送来可以吗？”

小护士一听，面有难色地说：“阿姨，不是我们不近人情，不相信您，经常有受伤的危急患者送来，我们处置了伤口，输氧输液抢救过来，患者脱离了生命危险，身体恢复了正常体征后，出院时也称身上没带钱，过后再送来，但患者一去就没有影儿了，个别患者甚至偷偷溜走，医院为这事儿常扣我们的工资或奖金。阿姨，让你的女儿留在这等一等，您先回家取钱好吗？”

柳笛说：“我常到你们医院来看病，我是市十三中的教师，我不会为了这点儿钱，撒谎骗你们！”

这时值班大夫走过来说：“这位老师我认识，几个月前她因劳累过度晕倒，曾来咱科急诊，让她娘俩先回去吧！”

这位护士扭头对柳笛说：“阿姨，我们科主任同意您先回家，然后送钱来，你们就回去吧。阿姨，你下午一定要把钱送过来。”

柳笛说：“谢谢你们主任，谢谢你们。你放心，我回到家拿了钱就送来。”

6

柳笛向来守信用，她回家取了钱立即返回医院交费。她从医院交费回来，推开家门立即被吓傻了，只见芽芽在小客厅的水管上拴了一条绳子上吊了，两脚刚离开地面，身子还在挣扎、晃悠。柳笛赶忙抱住芽芽的双腿，用力往上撺动芽芽的身子，费了好大劲儿，芽芽的脖颈才从绳套中脱落出来。柳笛把芽芽放在地上，好在芽芽刚吊上去，没有彻底断气，她把头埋在妈的怀里，“哇哇”大哭。柳笛说：“傻孩子，怎么这么想不开！”

芽芽抽泣着说：“妈，我没脸活在这个世界上了……”

柳笛赶忙开导女儿说：“孩子你还小，没经过大的挫折，一次考不上学，失恋一次，这算什么大事？丢什么人？怎么没脸活在世界上？再说，有没有好的工作，工作好坏不一定非上大学。妈就没上过大学，教作文比那些上过大学的语文老师还强。再说失恋，世界上有多少人失过恋，最后找到理想的爱人过着幸福的生活！有的人结了婚离婚，离了婚又结婚，照样生活得很好。没有被任何人笑话，人家也不觉得丢人。孩子，你还年轻，没经过事儿，遇到一点儿事，好像天就要塌下来了……”

不管柳笛怎么说，芽芽只是绷着嘴不说一句话，急得柳笛心烧火燎得没有一点儿办法。柳笛抬头一看墙上的时钟已经指向 12 点，她忽然觉得有点儿饿，应该吃点儿东西。便放下芽芽说：“中午啦，你想吃点儿什么，妈给你做。”

芽芽好像没听见一样，柳笛又耐心地说：“芽芽，妈问你哩，饿不饿？想不想吃点儿什么，总得说句话呀。”芽芽像个木头人，一动不动。

柳笛气得真想抽芽芽几个嘴巴子，但她转念一想，那岂不是更麻烦吗？我当妈的，对自己的孩子怎么就一点儿办法也没有呢？柳笛又耐着性子说：“你吃也好，不吃也罢，你总得回妈一句话啊！”

这时芽芽才张嘴说了句：“我什么也不吃，你自己做你自己吃的吧!”

柳笛仍然压着火说：“我煮两碗面条，你吃点儿我吃点儿。”

芽芽不耐烦地说：“我已经说了不吃，你愿意煮你就煮!”芽芽说完就站起来回到小卧室，“哐当”一声把门关上，然后又“咔嗒”一声把门从里边锁上了。柳笛想进去劝劝，看看自己的女儿都不可能。这时柳笛想起母亲生前常说的一句话“跟父母好过，跟儿女不好过”，这真是几辈子的人们从生活中总结的一句至理名言啊。

这时柳笛左右为难，她敲门，怕芽芽根本不理她，或者大闹一场；不敲门，万一芽芽在卧室里又寻了短见，怎么办？不要说是自己的亲闺女，就是外人也不能见死不救啊！柳笛想到这里，她鼓足了勇气，敲响了小卧室的门板，并大声说：“芽芽，给妈打开门，妈有话跟你说!”

芽芽在屋里没有吱一声。

柳笛用力敲了多会儿门，嗓子喊哑了，她从早上就水米没打牙，用尽了力气，她不由自主地瘫坐在地上，一把鼻涕一把泪地像哭丧一样，数落着自己的命苦。柳笛从嫁给吴友德遭遇不幸，到艰难困苦地拉扯女儿过日子，一宗宗、一件件，仔细地哭诉着。忽然小卧室的门打开了，芽芽怒目圆睁斥责柳笛说：“你成心不让我活了，我干脆死了算了!”她说着就往外跑，柳笛一把抱住芽芽的腿：“我的闺女，你千万不能撇下妈妈，我过的就是你的日子，没有你，我一天也活不下去!”柳笛死死抱住了芽芽，她一步都动弹不得。最后芽芽也只得服了软，说：“我不去死了，你松开我吧!”

柳笛仰着泪脸问：“芽芽，你真的不去死了?”

芽芽说：“不死了！”

柳笛说：“那你就回屋好好待着，我做点儿东西你吃了，我才相信你。”

芽芽说：“我回屋……你做饭去吧！”她说着转过身就朝小卧室走，柳笛这才松开了两手。

柳笛煮了一小锅面条，里边还磕了两个鸡蛋，小心翼翼地像敬佛一样端到芽芽面前，说：“你尝尝咸淡合适不合适？”

芽芽瞥了一眼说：“你搁下吧！把里边的鸡蛋挑出去，我不吃这个！”

柳笛搁下面条，忙说：“行行。”她回身拿了个小碗把鸡蛋挑出来，自己悄悄吃了。

7

柳笛站在小卧室门口，她不敢正眼看一眼芽芽，只是用眼角扫着女儿吃完了一小碗面条，才走进小卧室去收拾碗筷。芽芽哭闹了多时，在医院抢救时又折腾了半天，精神疲惫不堪，她最初躺在床上想心思，不久便迷迷糊糊睡着了。

柳笛待女儿睡熟，她才坐在大卧室的写字台前，拿出信纸给杨冰、柳絮写信。她要说的话太多了，写什么？怎么写？她头脑里特别乱，写了一个开头觉得不行，撕了又写。写了几行又觉得不行，又撕了。她写了撕，撕了写，最后写了一张，又揉了扔到地上。她想了一下又捡起来展开看，看了一下又待了一会，便索性装在信封里，写了地址，贴上邮票，拿到街上投到邮筒里去了。

人不死总得过。这几天芽芽总是以泪洗面，两眼肿得像桃。

妈妈做了饭，她想吃就吃一点儿，不想吃连看也不看，把碗一推回屋就睡下了。柳笛除了小心翼翼地陪伴女儿、伺候女儿，只有在女儿睡熟后抹几滴眼泪，长出一口粗气。

柳笛给杨冰、柳絮发出信的第四天，上午九点多她收拾好厨房和卧室，又打扫完卫生间，柳笛就不知道该干什么了。过去她把时间抓得很紧，不让一分钟白白浪费掉。她总是分秒必争地备课、批改作业、读书，有点儿时间就写文章。柳笛常对芽芽说："你要珍惜青春的大好时光，多读书，长知识。人一晃就老了，那时后悔就来不及了。"如今的柳笛被女儿闹傻了，大好光阴不知道自己该干什么，面对不想活命的女儿束手无策。过去美好的理想啊、计划啊，她现在想来觉得十分可笑，就像小孩子"过家家"一样幼稚。

柳笛正在百无聊赖的时候，"咚咚咚"的敲门声惊醒了她。柳笛急忙去开门，没想到推门进来的是杨冰。柳笛猛然看到杨冰，两眼瞪着呆了一刹那，忽然醒过劲儿来。她扑上去，抱住了杨冰像孩子见了妈妈一样哭了。

杨冰抱着柳笛抽动的肩膀，抚摸她的双臂问："小笛，到底发生了什么事?"

柳笛松开杨冰，说："你看看我这家，你看看我们娘俩这样子!"

杨冰自己扯了把椅子，问："芽芽考得怎么样?她在哪儿?"

柳笛说："芽芽在她的卧室，这会儿可能睡着了。"柳笛轻轻长叹了一声说，"就是因为芽芽学习成绩不好，才发生了一系列问题。"于是柳笛从头讲了高考成绩公布后发生的所有事情。最后柳笛说："现在我没有一点儿办法，有一丝儿办法我也不给你们写那封信。”

杨冰听了柳笛的叙述，沉默了多会说：“芽芽哪怕有一点儿志气，事情也不会发展到这步田地。现在我们既不要怪天，也不要怪地，想办法吧！不能总是这样耗着，拖着啊！”

柳笛说：“在南方，我没有一个可以依托的亲戚朋友。在北方，我父母都是独生子女，我既没叔叔、姑姑，也没舅舅、姨妈，在老家连个至亲好友也没有。我实在可怜，只有你这么一个既不沾亲也不带故的哥哥。”柳笛说到这里又哭了。

杨冰说：“我想来想去，只能让芽芽离开 W 市，彻底摆脱这个环境，她的思想情绪才能慢慢扭转过来。但是外地你没有一个亲戚朋友，让芽芽投奔谁？我曾设想，你调到外地一个中小城市工作，芽芽可以随你把户口迁去，但调动工作不是一句话的事儿，不是今天想调动，明天就可实现的。”

柳笛愁肠百结地说：“调到外地去工作是最好的解决办法，但远水不解近渴。”

杨冰说：“要不让芽芽回老家，与我母亲做伴住一段时间。在咱老家也可借读，也能复习功课，明年夏天再回到 W 市报考高校。”

柳笛听了长叹一声说：“农村的生活环境，芽芽肯定不习惯。芽芽本来自学能力就差，没有良好的学习习惯。她一个人在农村那种环境，没人管、没人辅导会彻底毁了她！”

杨冰说：“咱走一步看一步，到哪儿说哪儿，行不行？”

柳笛恳求说：“冰哥，我想来想去，只有你把芽芽带到北京去，孩子在你和柳絮的管教辅导下，才能慢慢走上正道。我求求你，你就送人送到家，救人救到底，把芽芽带到北京去吧！”

杨冰说："我也想到把芽芽带到北京去复习，但我的房子很小，还有两个孩子。另外柳絮没有一点精神准备，把芽芽突然带到北京去，她在感情上接受得了吗？"

柳笛说："你跟她商量一下好吗？"

杨冰说："这么远怎么商量？"

柳笛说："咱立即到邮电局给柳絮挂个长途电话！"

杨冰说："家里没安装电话，把电话打到哪儿？"

柳笛说："把电话打到柳絮的单位！"

8

俗话说"急中生智"。人在最困难、最危急的情况下，大脑皮质中最积极的思维因素可能被全部调动起来，为解决当前的困难协调工作，表现出平时没有的智慧和魄力，想出平时想不出的好办法。今天柳笛表现得就比杨冰机智、果断、有魄力。柳笛和杨冰立时锁上家门，来到市邮电局，要了北京大学数学系办公室的电话。在等着接通电话的时间，柳笛说："电话要通了，你不好意思与柳絮说，我直接求她。"

杨冰说："还是我先说，看柳絮什么意见，然后根据具体情况你再与柳絮通话。"

在等待电话的时候，杨冰心里嘀嘀咕咕，盘算着如何与柳絮商量；柳笛心里忐忑不安，琢磨着如何向柳絮求情。好不容易电话通了，杨冰简单地介绍了一下芽芽的情况和柳笛的处境。杨冰还没说把芽芽带到北京的事，柳絮就主动说："你把芽芽带到北京来再想办法吧。"柳笛在旁边听到听筒里柳絮说的这句话，她的眼泪泉涌般流下来。杨冰把送话器递给柳笛，柳笛双手拿着送话器半天说不出一句话来，最后憋出一句："絮妹，你真是我的亲妹妹，好妹妹……"

柳笛和杨冰走出邮电局，两个人迈着轻快的步子回到家里。柳笛高兴地旋开小卧室的门，告诉芽芽："你杨冰舅舅从北京来了，他从北京给你带来了好消息。"

芽芽刚听说"杨冰舅舅来了"，她高兴了一瞬间，转眼就沉下了脸问："他来干什么？他能带什么好消息？"

杨冰一听芽芽的口气，知道对自己的到来并不高兴，他立即知趣地悄悄进了大卧室。

柳笛茫然不知说什么好，她还算机智，脑子立即转了个弯，小声说："杨冰舅舅到上海开会，特意在 W 市下车，看看咱娘俩。"

芽芽继续追问："他给我带来什么好消息？"

柳笛走到女儿身边小声说："说话声音小点儿，别让舅舅觉得你没礼貌。你先起来，擦把脸，梳下头，哪能乱蓬蓬的头发去和舅舅见面。"

芽芽仍然坐在床上没动，质问妈妈："你把我没考上大学的事儿告诉舅舅了吗？"

妈妈赶忙说："他刚进家门，还没来得及问这件事儿，我也没顾上说这件事儿。"

芽芽这时放低了声音说："你们没顾上说就好了，千万不能把我没考上大学的事儿让舅舅和舅妈知道。你若让他们知道了，我跟你算不清的账！"

柳笛说："常言说'家丑不可外扬'，这些事儿咱不能让外人知道。孩子，快洗洗脸，见舅舅，咱还要吃饭哩。"

芽芽这时才下了床，趿拉着拖鞋到卫生间去洗漱。转眼芽芽从卫生间出来，马尾辫梳理得光溜溜的，颜面一扫之前的萎靡不振。芽芽高兴地走进大卧室门口，她很有礼貌地说："舅舅来了?"

杨冰马上热情地说："我刚来，你妈还没顾得上给我沏茶，就去叫你了。我说让你多睡会儿，你妈非得把你叫醒。"

芽芽说："我妈顾不得给你沏茶，我去给你沏茶。"

芽芽说着转身就去了厨房，这时柳笛正好沏了茶要端到大卧室，芽芽走过来说："我给舅舅端去吧。"

柳笛问芽芽："舅舅来了，咱中午吃什么呢?"

芽芽思摸了一下，把脸转向杨冰问道："舅舅，您想吃什么?"

杨冰说："随便，你们做什么，我就吃什么，但不要太费事儿。"

芽芽说："咱吃饺子怎么样?"

杨冰说："我好久不吃饺子了，好啊!"

柳笛看见芽芽的情绪开始转化，不像刚才那样对立，心里轻快多了，便说："正合妈的心意，妈妈也想吃饺子了。"

9

柳笛说："芽芽，咱还得到楼下商店买饺子皮和肉馅，如果想配上茴香或韭菜，还得买这些菜来。芽芽，咱俩分头去买一下还快，你说哩?"

芽芽心想，自己提出来要吃饺子，全靠妈妈一人去买，一是太费时间，二是让舅舅看着也不合适，这么大的闺女不帮妈做活，岂不是自我暴露吗？于是芽芽一咬牙，决心下楼去买东西。

但她也有自己的小算盘，菜市场离家远，一路上会碰到许多熟人；粮店离家近，而且店里的顾客不多，走不了几步就到了，在店里和路上碰不到几个熟人。于是便说："妈，我不会挑菜，天热了咱不吃韭菜。你去买茴香和肉馅，我去买饺子皮吧。"

芽芽只要肯出门买东西，说明她不怕见人了。柳笛很高兴，说："好吧，我去买茴香和肉馅。"

很快芽芽和柳笛买东西回来，在厨房里柳笛问芽芽："在路上碰到熟人了吗?"

芽芽说："碰到咱楼上的李阿姨了。"

妈妈问："跟阿姨打招呼来吗?"

芽芽说："互相点了一下头，笑了笑。"

妈妈小声说："人们不是像你想象的那样，看见咱了总是指指点点的，几天后慢慢就淡忘了。"

芽芽碰了一下妈妈的手臂，指了指大卧室，小声说："别说了，让舅舅听见了。"

妈妈笑笑说："天下本无事，庸人自扰之。芽芽，你去和面，我来拌馅。"

不一会儿，面和馅都弄好了。柳笛对芽芽说："叫你舅舅过来包饺子。"

午饭后，芽芽主动说："妈，我与你在大卧室休息。我的小床让舅舅午睡吧。"

杨冰说："芽芽多懂事儿，不用妈妈吩咐了。"

芽芽嫣然一笑，去了大卧室，关上房门去休息了。

杨冰和柳笛这才在小卧室里低声交换意见。杨冰说："有一个问题你可能没想过，更说不上清楚认识。芽芽几次三番自杀，说

‘没脸活在这个世界上了’。她不是没有出息，而是自尊心太强。”

柳笛说：“我没意识到这点儿，只是今天她不让你知道‘没考上大学’这件事儿，才让我想到这孩子自尊心太强了。”

杨冰说：“这种盲目的自尊心强到什么程度呢？强到别人碰不得，只要伤害一丁点儿，她就要求马上修复，修复得要与原来的一模一样，否则就觉得太丢人了，不能活在这个世界上，所以才几次三番自杀。芽芽有这种自尊心就好办，说明芽芽内心还有想改正缺点、进步向上的积极因素。她还没有‘破罐破摔’、自暴自弃、甘心堕落，到了那一步再挽救就比较困难了。”

柳笛听了杨冰的分析说：“我真糊涂，我当了一辈子老师怎么就没认识到这点儿呢？前几天我只是劝芽芽想开些，要有志气……”

杨冰说：“如果没有正确的人生观，越是盲目地讲志气，这种狭隘的自尊心，它会促使芽芽钻进牛角尖里出不来，在错误的道上越走越远。”

柳笛说：“今天上午开始不让我提‘没考上大学’的事儿，我心想这还麻烦哩，即使到了北京也不好办。后来发现芽芽情绪慢慢缓和下来，我才松了心。”

杨冰说：“在这个问题上必须引导芽芽正视现实，不能回避问题。回避问题，想绕过去是绕不过去的。”

杨冰与柳笛交换完意见后，很自然谈到北京的普通教育的质量。柳笛说：“北京中学的师资质量高，教学效果其他省市是无法比的。芽芽如能到北京借读，对孩子来说真是太幸运了。”

杨冰说：“北京是首都，在中小学中聚集了各种优秀人才，教学质量当然是上乘的。”正在这时芽芽睡醒了，从大卧室出来去卫生间。她从卫生间出来又听到妈妈说：“我真羡慕你和柳絮，能在北京工作，成天耳闻目睹就学到许多宝贵知识。”

芽芽身不由己地站在旁边听舅舅和妈妈的谈话。这时杨冰突如其来地问芽芽：“芽芽，愿意不愿意跟我到北京去读书？”

芽芽不假思索地说：“当然愿意去了，但我没那个福分！”

杨冰说：“这要什么福分，你只要舍得离开你妈妈，跟我走就成。”

芽芽真的动了心，急切地问：“舅舅，这是真的？”

杨冰说：“当然是真的了，舅舅说话从来算数！”

芽芽转身问妈妈：“我真的跟舅舅去北京，你同意吗？”

柳笛求之不得地高兴说：“我举双手赞成。”

10

芽芽怕妈妈当着舅舅的面，一时心血来潮答应自己去北京读书，过后又会说：“逗你玩儿你就当真！”芽芽找了一个空子又认真地问妈妈：“你真的同意我跟着舅舅去北京读书？”

妈妈也认真地说：“这还有假！”

芽芽问：“什么时间去啊？”

妈妈说：“舅舅办完事儿，一两天就走。”

芽芽急切地问：“怎么这么急？”

妈妈说：“舅舅的工作忙，北京还有好多事儿等着他哩。”

芽芽听了妈的话，又认真地思索起来。芽芽从小就羡慕北京孩子们的读书环境，到了高中时更向往北京的幸福生活。如今真的能去北京读书，一是彻底摆脱 W 市的人际环境，精神上得到解放；二是可以接受良好的师资教育，自己可以学到更丰富的知识，成长得更快些，明年考上大学的把握更大些。芽芽想到这些心里特别高兴，她回到小卧室就开始整理自己穿的衣服和生活日用品。

晚饭后，杨冰舅舅对芽芽说："你决心去北京读书，我现在就去车站买明天早车的票，咱就去北京了。你可想好了，不要后悔。"

芽芽说："不后悔，我和妈已说好了。国庆节妈去北京看我，明年放寒假，过春节我回 W 市住些时。"

杨冰见芽芽决心已定，便去车站买票了。柳笛对芽芽说："我到商店给你买一个拉杆旅行箱吧，你还需要什么，我一块买回来。"

芽芽经过这回事儿，似乎懂事了，她劝妈说："不要去买新箱子了，拿一个旧箱子就行了，能节省点儿钱就节省点儿。"

妈妈说："你第一次出远门，还是给你买个大一点儿新箱子，让你舅妈看得起咱。你也与我一块儿去，要买就买个你喜欢的箱子。到了商店你看看还需要买什么衣物，顺便也买回来，俗话说'穷家富路'嘛。"

杨冰买车票回来，柳笛问："买的哪趟车？"

杨冰说："明天早上六点，上海开北京的普通快车。晚上你们娘俩早点儿休息吧，芽芽好好与你妈亲热会儿，再要见妈妈还得好几个月。"

刚才芽芽还又说又笑，听了杨冰的话眼圈立即红了，泪珠在眼眶里汪汪着，瞬间就"啪嚓啪嚓"地掉下来。芽芽立即抱住妈妈，把头抵在妈怀里说："妈，我走了你身边连个做伴的人也没有，头疼脑热谁照顾你?”

柳笛也抱紧了芽芽，眼圈红红地说：“妈，身体好，还不老。你去了北京就专心读书，不要挂念妈妈。”

杨冰只是说了一句平常的话，没想到娘俩真的动了感情，真应了那句老话“亲的割不断，不亲的连不上”。杨冰触景伤情，此时此刻他想起了千里之外的老母亲，一个人孤单单生活在农村的小院里，比城市里更艰辛。冬天里下大雪，夏天里下大雨，都是老太太最发愁的日子。杨冰想到这里眼泪几乎要流出来，他控制住自己的感情，把脸转向柳笛她俩说：“明天要走了，要带的东西都收拾好了吗？别忘记这，落下那的，用的时候还要寄。”

柳笛说：“要带的东西都装在箱子里了。没有什么好带的，在你那里跟在自己家里一样。再说北京买东西，比 W 市方便多。”

杨冰说：“没有什么要拾掇的，就早点儿休息吧。明天还要早点儿起床、吃饭，去车站。”

芽芽到卫生间洗了脸和脚，就回大卧室休息了。柳笛悄悄对杨冰说：“谢天谢地，芽芽高兴地去了北京。但到了那里还不知道会出什么事儿。芽芽终究是个孩子，你和柳絮就把芽芽当亲女儿看待吧。”

杨冰说：“客气话就不说了，我们当前的首要任务，是帮助芽芽安下心来学习，不再出现什么意外。”

11

芽芽第一次乘火车，第一次出远门，又是去心中向往已久的北京，心里特别高兴。芽芽的座位正好挨着窗子，火车一出站她就专注看着窗外迅速变化的各种景物。火车从南京车站驶出不久，就到了长江边上，芽芽看到了长江大桥，特别兴奋地喊：“舅舅，我看到了长江大桥，马上就过长江了！”

杨冰说：“你要好好看看，感受一下江面的辽阔和大桥的雄伟高大。过去只是在画报上看到照片，今天是亲临其境，大不一样。”

芽芽感慨地说：“中国工人太伟大了，自力更生造出这样的大桥，真让人佩服。”过了一下又说，“舅舅，你看江心中的小渔船那么一小点儿，船上的人比蚂蚁还小，人和大自然比起来太渺小了！”

杨冰说：“芽芽，你观察得很细心，联想、感悟得深刻，平时在学校的作文是不是很好啊？”

芽芽把嘴一撇说：“才不是那样哩，老师总说我写的作文空洞，没有思想性。”

杨冰说：“你把刚才看到的、想到的，如实写出来就是一篇很好的抒情散文。你平时作文写不好，也许没有丰富的生活，只是坐在教室里凭空想象，自然写不好了。你到了北京把刚才看到的、想到的，写成一篇作文好吗？”

芽芽犹豫了一下说：“我试试吧！”

芽芽乘坐了十几个小时的火车，在杨冰的指导下初步认识到祖国大好河山的壮丽，她脑子里再不是空空的。芽芽的第一个想法就是把看到的、想到的写信告诉妈妈，把自己的收获和心得让妈妈也分享一部分。

晚上十点多火车到了北京，杨冰和芽芽走出车站。芽芽站在车站广场上，仰头四望，回头看到了车站的钟楼，她发自内心地说了一句："太美了。"

杨冰说："你从这站前街穿过去，到了东长安大街往西看，更美更壮观。"

芽芽兴奋地说："舅舅，咱快走过去吧！"

杨冰说："天晚了，到了长安大街有看不完的美景，往西走有北京饭店、天安门城楼、天安门广场，咱看到天亮也看不完。等住下了，每个星期天舅舅和舅妈都陪着你逛北京的风景区，看北京的古迹，比如故宫、长城，好吗？"

芽芽恋恋不舍地说："好吧！"

杨冰伸手招了一辆出租车，两个人坐上车，当汽车经过天安门广场时，芽芽在车里兴奋地指看窗外大声说："天安门，天安门！"

20 个世纪 80 年代初，北京的通信还是十分落后的，个人家庭安装电话的极少，更不要说拥有手机了。当时的手机还是"半头砖"样的"大哥大"，只有经商的少数私人老板才有。那时能拥有一台"半头砖"，还是一种身份的标识。所以某些私企老板手里总是握着一块"半头砖"，办公桌上放着个"大哥大"。杨冰他们到了北京，除了拍电报之外，他无法迅速告知柳絮。当天晚上杨冰领着芽芽到了北京的家，柳絮已经带着两个孩子上床睡了。

当时北京的住房相当紧张，杨冰夫妇二人带着两个孩子住着两小间楼房，两个孩子一人一张小床在外间屋睡，杨冰夫妇在里间屋睡一张大床。芽芽突然来了，怎么住下？柳絮还发了愁。杨冰说："今天夜里把小二抱到大床上，和我们挤一夜。芽芽睡小二的小床，先凑合一个晚上再说。"

第二天上午，杨冰到商店买了一个折叠床回来。把小二的小床支在里间屋的墙角，芽芽在外间屋睡折叠床。芽芽已经感觉到，闻名的北京还没有中小城市W市的居住条件好，但她心里仍然很高兴。舅妈柳絮待芽芽非常热情，谈话时处处照顾芽芽的自尊心。柳絮不愧是北大毕业的高才生，她做思想工作不像柳笛那样直来直去，而是如春雨一般，“随风潜入夜，润物细无声”。

当天下午，芽芽给妈妈写了一封报平安的家信，信中谈了路上的见闻和感想。

12

芽芽在舅舅杨冰的鼓励和督促下，很快写了一篇抒情散文《车过长江大桥》。杨冰看了说：“好，再修改一下。”随后指出了几个错别字和几处不通的句子，并建议从哪几方面修改、补充。

芽芽很快修改了一遍，并誊写清楚，她正要交给杨冰提意见，柳絮看见了。她抢先说：“我先看看，别光听他一个人的意见，避免片面性。”柳絮拿过作文认真读了一遍，揣摩了一下说：“写得不错，还可以再改一下。”她接着提了两点儿具体意见。

芽芽认真地又改了一遍，誊写清楚后说：“舅舅，这次是您先看还是舅妈先看？”

柳絮说：“我不看了，还是让你舅舅这专家提意见吧。”

芽芽把作文交给了杨冰，杨冰认真地读了一遍说：“好，就这样吧！”

事有凑巧，这天有一位朋友到编辑部给杨冰送一篇研究文章。杨冰了解到他正办一种辅导中学生作文的课外读物——《作文教学》。杨冰说：“我有一篇中学生作文你拿去看看可用吗？”

这位朋友问："这篇作文有什么特殊的地方，值得推荐呢？"

于是杨冰详细介绍了这位学生最初的写作经过，又谈了两次修改的过程，然后说："你如果能把原稿和两次修改稿都刊登出来并加以说明，我估计中学的老师和学生都喜欢看。"

这位朋友说："好啊，你把作文给我吧！"

杨冰立即从提包里把芽芽作文的初稿、二稿和三稿拿出来，还有修改过程的简单说明，都交给了这位朋友。没出半个月，芽芽的作文就在《作文教学》上刊登出来。

柳笛收到《作文教学》的刊物后，高兴得不得了。放在过去，柳笛会把刊物送给同事们看，自从芽芽出事之后，她在同事们面前再不提芽芽一个字。但有一天一位老师拿着《作文教学》问她："柳老师，这刊物上有篇作文写得很好，署名是吴芽芽，许多老师根据内容，认为是咱芽芽，不知是不是？"

柳笛微微一笑说："是俺芽芽。"

立即有几个老师凑上来问："芽芽在北京上学？"

柳笛说："芽芽的舅舅把她带到北京去补习，准备明年再考。"个别老师听了不以为然地把嘴撇了撇就走开了。

晚上，柳笛给杨冰、柳絮写了一封很长的感谢信。又附了一封给芽芽的信，说这仅仅是进步的开始，鼓励她继续长志气。

多一位朋友多一条路，柳絮大学要好的同学陈怡芳正好在北大附中担任副校长，而且负责教学工作。杨冰说："你去找找陈怡芳，让芽芽到附中高三借读一年行吗？"

柳絮说："你这是'癞蛤蟆想吃天鹅肉'——不切实际的妄想，根本办不到！"

杨冰说："思想要解放一点，你去试一下嘛！只有试试成的，没有不试成的。”

柳絮说：“试也是白磨嘴皮子，不信你和我一块儿去！”

杨冰说：“豁出去了，走！一块去！”

柳絮用食指点了一下杨冰的额头说：“啊，抛头露脸、丢人百怪的事儿让你去就豁出去了？我去就不豁出去了？”

杨冰两口子说说笑笑来到附中，找到陈副校长办公室。正好陈副校长在办公室，她一看到柳絮进来忙迎上去，热情地问：“你们那么忙，怎么今天有时间，夫妻双双来到我们学校……”

柳絮难为情地说：“我有一件为难的事儿想求您帮帮忙。”

陈副校长说：“只要我能帮忙的，肯定办；我无能为力就没办法了。”

柳絮非常委婉地把芽芽的困境说了一遍，最后恳切地说：“我们知道这件事儿，给你出了个难题，想来想去我们只能找您，学校方面我们不认识一个人。”

陈怡芳笑了笑说：“这事儿我还真帮不上忙。”

13

杨冰还不死心，他说：“陈副校长，接受一个借读生有什么困难？不就是在教室里多加一套课桌椅，教师上课并不多说一句话，最多判作业时多了一份。我们孩子的作业不让老师判行吗？”

陈怡芳笑笑说：“杨老师当过教师，还说外行话。各个学校的毕业班都不允许转来新生，更别说借读生了。我们学校许多教师都想把孩子转来毕业班，前天刚召开了校务会做出了决定：毕业班不允许转来新生或借读生，任何人都无权改变此决定。如果让您的孩子来借读，其他老师的孩子怎么办？这个口子一开就堵不上。所以谁也无权让您的孩子来借读，谁也不敢破坏这个制度，全校教职工都盯着这四个高三毕业班。一年级新生班还可以塞个把学生，毕业班绝对不行。杨老师，请您二位多多包涵，我就是胆大包天，让您的孩子来借读，孩子连一节课都听不完就得被请出去！”

杨冰还不死心，又说：“陈副校长，您认识教育界的领导多，您看其他学校能解决一个借读生吗？”

陈怡芳笑笑说：“据我所知，咱们区的中学都不成。您到郊区农村的中学看看，也许能成吧！”

杨冰还想说什么，柳絮轻轻拉了一下杨冰的衣袖，说：“很抱歉，耽误您半天时间，客气话我就不多说了。我们回去再找找熟人，再想想别的办法，活人不能让尿憋死。”

这句粗话逗得陈怡芳笑了，柳絮也笑了。杨冰笑着说：“陈副校长，以后我们少不了麻烦您。”

陈怡芳说：“欢迎常来，有事尽管说，我能办的一定全力相助。”

杨冰和柳絮出了附中的校门，两个人找了一个街心公园，坐在长椅上就开始想办法。他们为什么不回家商量，原因就是家里有芽芽，说话不方便。他们二人想了半天，认为哪个办法都行不通。杨冰忽然想起在家乡时，自己常念的几句顺口溜，张嘴说道：“春雨贵如油，不下不强求。自己开油坊，香油遍地流。”

柳絮听了说：“你的意思是‘求人不如求己’？”

杨冰说：“对了！高考三门主课：语文、数学、外语。我教语文多年，也送过毕业班。你是学数学的，虽然没做过教师，中学数学那点儿玩意儿有什么难的。外语，芽芽的外语原来就不错，把高中外语课本找来，让芽芽常常读课文，多记单词，多做英译汉、汉译英练习。政治常识把课本上那点东西都背下来，平时多读报纸，多听广播。历史、地理两门课我都可以给芽芽讲。这不就解决问题了。”

柳絮一听，高兴地说：“对！芽芽就在家自学了。”

回到家杨冰就给柳笛写了封长信，说明在北京无法解决学校插班借读的问题，只能在家自学。然后把他和柳絮商量好的“自学”计划，详细地告诉了柳笛。

杨冰把信寄出之后，他就找芽芽耐心地解释了“不能到学校借读”的困难。柳絮接着说：“不是舅舅和舅妈不想解决，是舅舅和舅妈没本事解决，磨破了嘴皮子也办不到。在这种情况下，我和你舅舅想让你在家自学。”于是，柳絮把商量好的“自学”计划，详细地讲给芽芽听。最后问她：“芽芽，你有什么意见没有?”

芽芽说：“我没意见，就按舅舅和舅妈的计划办吧!”

杨冰当即通过朋友找来了高中全套课本，第二天就按部就班给芽芽上课。柳絮通过老同学陈怡芳，搜集了许多中学的摸拟考试卷子，让芽芽认真做。柳笛还把W市的复习材料寄来，供芽芽参考学习。

芽芽在北京没有同学找她玩，她把全部精力用在了学习上。在第二年高考报名前，她把高三文科的课本温习得滚瓜烂熟。

高考时，杨冰不放心，他陪芽芽回到W市参加高考。高考成绩公布后，芽芽考了五百九十多分，报了一所重点大学，最后被北京商业学院录取了。

芽芽拿到录取通知书的第二天，妈妈陪她到北京亲自酬谢舅舅杨冰和舅妈柳絮。那天中午，柳笛在宣武门烤鸭店请杨冰夫妇，柳絮建议把北大附中的陈怡芳也叫上。杨冰说："芽芽虽然没有进了附中借读，但通过陈怡芳请了不少附中有经验的教师，在业余时间给芽芽补课，她功不可没。"

用餐前，柳笛让芽芽站起来，恭恭敬敬地向杨冰、柳絮和陈怡芳三个人，深深地鞠了三个躬。柳笛说："芽芽，你一辈子不要忘记这些恩人。"

杨冰说："芽芽你首先要感恩的是你妈，你妈从小拉扯你长大十分不易，把你培养成一个大学生就更不易。"

这时芽芽含着泪花抱住了妈妈说："妈，我要好好孝敬你一辈子。"

九、亲情矛盾

1

时间过得飞快，转眼芽芽大学毕业了。这年暑假里芽芽要结婚，丈夫叫胡涛，是北京人，祖籍浙江宁波。胡涛的爷爷、父亲几代人都是经商的，海外的亲朋也多是商人。胡涛长得很漂亮，人也聪明，功课也不错。两个人恋爱期间，芽芽带胡涛到杨冰家来过几次。杨冰夫妇觉得人还实在，就把情况写信告诉了柳笛。柳笛来信说："你们二人觉得合适就行，我没有接触过，谈不出更多意见。"

柳笛作为母亲，又鉴于第一次恋爱的教训，总有些不放心。她又单独给芽芽写了几封信，嘱咐她"对终身大事要慎之又慎"。芽芽回信说"请妈妈放心"，保证"万无一失"。 柳笛在芽芽大三暑假借来京旅游，让芽芽和胡涛陪同游了长城和京西"百里峡"，实地观察了胡涛的社交、处事、待人接物的能力，最后总算点头同意了。

芽芽结婚半年后就要在美国定居，最初是租房子，后来芽芽写信给妈妈说："辛辛苦苦挣来的钱大部分交了房租，不如自己买套房子。房子大小无所谓，住的是自己的房子，每个月挣多挣少都是自己的。”最后提出“希望妈妈支援一下”。

柳笛考虑女儿说的有道理，便倾其所有存款都兑换成美元汇到女儿的账户上。芽芽把自己新买的住房从各种角度，室内室外拍了许多照片寄给了妈妈。柳笛高兴地又把部分照片寄给杨冰夫妇，让他们也分享自己的幸福。

又过了半年多，芽芽要求妈妈学会上网，并建立电子信箱，学会收发电子邮件。芽芽说：“在网上传送信件、照片，比纸质信快捷且省钱。”女儿硬逼着妈妈学上网，柳笛还无限感慨地对朋友说：“俗话说‘人过三十不学艺’，我这五十多的人了还学这些新潮玩意儿。”

柳笛身边的几个老朋友都说：“你太落后于时代了，我们早就开始上网了。”柳笛学会上网后，的确觉得方便多了，远在地球另一半的女儿就好像在身边，有个什么事儿发电子邮件就成。

过了几个月，芽芽给妈妈发了一个报喜的电子邮件：“妈，告诉您一个好消息，再过七八个月，您就当姥姥了。”柳笛知道这个消息后，高兴得两个晚上没入睡，她想为孩子准备点儿小衣小帽小鞋袜等东西。但又一想，买了这些东西还要往美国寄，没十天半个月到不了，多麻烦啊。柳笛这次学聪明了，她在电子信件上对女儿说：“我给你汇点钱去，你给我未来的小外孙买点小衣物吧！”

芽芽很快发来了电子邮件说：“妈，您想得太不周全了。我现在的住房条件多么差啊，只有卧室、起居间、厨卫。将来有了小宝宝，得有孩子的卧室、游戏间。我们两个忙于工作，还要把您老人家接来养老，顺便带下孩子。您老也需要一个向阳的卧室、起居间、衣帽间、休息的地方。在咱 W 市哪有这样的条件，再说那里天空灰蒙蒙的，水浑浑的污染得厉害，居家周围没有公共绿地，想散步、晒个太阳都没地方。美国则不然，天蓝、水清、草绿、空气清新。到那时您就能彻底摆脱孤单的生活、臭烘烘的脏乱差的环境，可以尽享天伦之乐，您想那是何等的幸福啊!"

柳笛读过女儿的电子邮件，她的心早已飞到美国，人也好像和女儿住在了一起。柳笛在电邮上回复女儿："太好了，我随时准备动身去美国，请告诉我一个大致的日期，我精神上好有一个准备。"

芽芽很快回复说："妈，我说的大房子还没买，您现在来了住哪儿啊？我们得先攒钱买房子，然后才能接您来享福。妈，我们买房子还差好多钱，您能给我们寄点儿来吗?"

柳笛回复说："上次你们买房子我就把所有的积蓄给了你们，我哪里还有钱呢?"

芽芽在电邮上出主意："妈，国内的房价还很高，咱家W市那套两居室的房子可卖不少钱哩。您尽快卖了，把钱汇给我。目前我住的城市里两层别墅带地下室车库、储藏室，以及房前房后的绿地花园，没多少钱。您能快点卖了房子把钱汇来，咱很快就住上别墅了。"

柳笛听了还真动了心。她想，自己一年不如一年，就这么一个女儿，到老还得指望她养老。W市的房子早晚是芽芽的，将来自己死后留给女儿，就不如现在给了她，现在女儿买别墅正亟须用钱。

第二天早饭后，柳笛拿上房产证和户口本、身份证，锁好房门去房地产中介公司登记出售。

2

柳笛刚锁上房门，正要下楼忽然心血来潮，她想到女儿的公公婆婆很有钱，上次买房是自已拿的钱，这次买房又让自已拿钱，为什么胡涛不让父母拿钱呢？柳笛想到这里回头又打开房门，打开电脑，立即给女儿发了一封电邮：“芽芽：我刚从房地产中介公司回来，公司的人说，W 市的房子要出售，还得先办公证，开各种证明手续。不是今天说出售，明天就可卖掉的，没那么容易。胡涛父母不是经商，手中很有钱吗？先让他们垫付一下不是很好吗?”

晚上，芽芽回了电邮：“妈，胡涛父母的钱不完全是他们的，他们的买卖是与人合营的。再说，胡涛还有一个弟弟，他父母的钱还有弟弟的一半，不能随便往外拿钱。咱们家 W 市的房子早晚是我一个人的，早点卖了，钱还可以派上用场，买了别墅您也可以住些年，早点享几年福。妈，这些意见请您多加考虑。”

柳笛读了芽芽的电邮心里又嘀咕开了，女儿说的有道理，要不还是尽快把房子卖掉，汇钱支援女儿吧。但柳笛又拿不定主意，她发电邮征求杨冰夫妻的意见。杨冰和柳絮很快回了电邮：

柳　笛：

你想把 W 市的房子卖了支援女儿买别墅。这件事儿你要慎重考虑。在生活中，有许多老人和你的情况很相似，他们经不起儿女的亲情纠缠，架不住女儿多叫几声‘妈妈’，儿子多说几句顺心、顺意又顺耳、顺气的好话，他们就心软了，轻易把房产过早地给了儿女，或者把财权（工资存折或养老金卡）给了儿女掌管，自己想买个东西，手背朝下向他们要个钱就难了。我的一个老同事对我说，他没别的嗜好，一辈子上街爱逛书店。有一次他想买本新出版的书，向儿子要钱，儿子说“你买那么多书看得完吗”“你书柜里的书都看过吗”“你那么老了买书干什么”。有时他想买一些点心预备着，以便饿了随时吃。儿子说“吃饭你不吃饱，还要吃零食！不讲卫生”。这位老人就十分后悔，他沉痛地说“自己掌握着财权，想买什么买什么，非常自由，不受任何限制”。

我们的邻居有位老太太，有两个儿子，两套住房。她心地非常善良，刚六十出头就把房子分了，一个儿分一套。说好的她住在大儿子的房子里，一直住到死。最近大孙子要结婚，大儿子对母亲说：“孙子要结婚，我不能让孙子、孙子媳妇和我们两口子住在一套房子里，那多么不方便啊！妈，你一个人住一套房子多浪费。我给你租一间平房住，把那套房子腾出来，行吗?”老太太听了儿子的话，觉得句句在理，哪能让儿子夫妇和孙子夫妇住在一套房子里？老太太只好痛痛快快搬到租的小平房里去住，用水、做饭、上厕所极不方便。

所以，我们劝你还是不要卖W市的房子，即便你去美国跟着女儿去享福，把W市的房子租出去，也别卖掉。这样，不管发生什么情况，你退一步都有一个栖身之地，安度晚年。

直心眼的杨　冰

柳　絮

×年×月×日

柳笛读过杨冰夫妇发来的电子邮件后，决心不卖房子了。

几天后，柳笛收到芽芽发来的电子邮件说：“妈，你快点儿来美国吧！今天我去医院例行体检，大夫说很快就要临盆。妈，我分娩时你最好能在旁边陪着我。”

柳笛读过电子邮件之后，立即打开电脑，订了一张最近飞美国的机票。

3

柳笛晚上八九点钟到了美国，女婿胡涛开车从机场把她接到家中。这是一座二层的别墅楼，汽车直接开到地下室车库。柳笛下了车，女婿拿着行李箱子，走在前边，柳笛跟着胡涛上了一楼。客厅很宽敞，女儿芽芽挺着大肚子站起来拉住妈的手，亲热地叫着“妈”，带着哭腔说：“我想死您了。”

柳笛用手抚摸着芽芽的双肩，含着热泪说：“妈妈也想你……”芽芽眼里的泪珠滚落下来，母女二人抱在了一起。

胡涛站在旁边看着芽芽和妈妈相拥而泣，他悄悄回到书房去处理公司的交易业务。

最后，母女二人并肩坐在长沙发上，柳笛耐心地询问了芽芽的身体和饮食等情况，然后问：“离产期还有几天?”

芽芽娇滴滴地说：“就在这几天。”

柳笛说：“闺女，那就洗洗早点儿休息吧，别累着了。”

芽芽说：“不碍事的，好长时间不见面了，多说几句话没关系的。”

柳笛四周看了看说：“这房子挺宽敞的，你们还换什么房子啊?”

芽芽用责怪的口气说：“妈，您真的老了，连房子的新旧都看不出来。这是我们前不久，用贷款刚买的别墅楼。”

柳笛说：“贷款，贷了多少钱？得付多少利息，多长时间还清？”

芽芽说：“妈，别管这些了。你能帮我们就帮我们，能帮多少帮多少吧。”

柳笛说：“话是这么说，身上背着债，心里总不舒服啊。妈来时把 W 市的房子出租了，我把这几年所有的房租和我的养老金，全部给了你还债吧。”

芽芽说：“谢谢妈妈，世上只有妈妈好。”

柳笛说：“你忘了俗话说的，‘闺女是娘的心头肉’了。你洗洗，我也洗洗，咱早点儿休息吧。”

芽芽说：“好的。我们把您的卧室安排在二楼了，楼上也有卫生间。我陪你上楼看看。”

柳笛说：“你的身子那么笨了，别上楼了，我自己去吧。”

芽芽说：“没事的。”她站起来，先一步上了楼梯，柳笛紧随其后也上了楼。

芽芽打开卧室的门，开了灯，柔和的灯光照在淡粉色的墙上，使人顿时感到十分舒畅。床上的被褥、枕头等一应用品都是崭新的。柳笛轻轻说：“妈不值得铺盖这么好的被褥，把你们盖过的被褥，洗干净了给我铺盖就行。”

芽芽说：“我们用过的东西，怎能给妈妈用，那对您太不尊重了。”

芽芽把浴室的水温调好，非要搀扶着母亲走进浴室。柳笛说：“我还不老，生活完全可以自理，在国内我都是一个人单过，从没让人照顾过，到了你这里怎么能娇得什么也不能做了。”

芽芽说：“在国内你一个人过，没办法。到了这里有女儿了，我一定要好好照顾您。”

柳笛说：“闺女，我的身体还好，我是来伺候你坐月子的，怎么能让你照顾？你的身子都笨成那样了，注意不要累着。你下去洗洗澡，早点儿休息吧。”柳笛费尽了口舌，才把女儿劝说下了楼，她自己洗了澡也就睡了。

柳笛躺在床上翻来覆去无法入睡，许多往事一幕一幕又出现在眼前。柳笛想起怀着芽芽的时候，有一次流氓成性的吴友德打柳笛，他朝柳笛的腹部狠狠地踹了一脚，想把孩子踹下来，然后甩掉柳笛。当时疼得柳笛弯下了腰，蹲在地上半天动弹不得。柳笛心想，肚里的孩子肯定保不住了，但肚子疼过后，胎儿却安然无恙。柳笛为把芽芽拉扯大，吃尽了苦头，今天她能躺在这舒适的床上睡觉，这也算是苦尽甘来吧。

4

几天之后芽芽生了一个大胖儿子，胡涛给儿子起名“苗苗”。问他为什么给儿子起名叫“苗苗”，他说“有芽芽就会有苗苗”。苗苗的眉眼很像芽芽，尤其是苗苗眯缝着小眼一笑，特像芽芽小时候。柳笛看到苗苗的一颦一笑，勾起她许多回忆。

按照外国大夫嘱咐，芽芽可以很快下床，在室内来回活动，身体可以很快恢复健康。柳笛一定要芽芽老老实实卧床休养，不要着凉，不要看书，否则在月子里会坐下病，一辈子腿疼，眼的视力会下降，还无法看好，除不了根。芽芽不听柳笛的劝告，她出了医院回到家就下床走动，还做些轻微的活，母女俩在这些问题上开始发生了矛盾。芽芽经常顶撞妈妈，有次柳笛特别伤心地说：“你是我的亲闺女，我哪能害你啊！”

芽芽却说：“你虽然不是存心害我，但按你说的办法的确是害人的，绝对不能听！”

柳笛从国内带了许多小米，预备给芽芽熬小米粥喝。芽芽生了孩子后，柳笛每天给她熬一小锅小米粥，芽芽喝牛奶、咖啡各种饮料惯了，柳笛让她停下来不要喝“那些不养人的东西，”“我们祖祖辈辈都是喝小米粥，特养身子”。但芽芽就是不听，想吃什么吃什么，想喝什么喝什么；想看电视看电视，想读小说读小说。她说：“在美国的产妇都是这样，也没听说死过人、坐下病啊，倒是咱们中国妇女按照中国的祖传老办法坐月子，常常得病出事甚至死人。”

柳笛生气地说：“不听老人言，后悔在眼前。反正我说什么你也不听，不管你了。你愿意怎么着就怎么着，坐下病了你自己受罪。”

芽芽说：“妈，您说的对的我都听，不对的，我一句也不能听！”

苗苗开始咿呀学话的时候，柳笛教她叫“妈妈”“爸爸”“姥姥”。芽芽听见了说：“妈，你说的普通话不是普通话，江南吴语不是吴语，多么难听啊。妈，让你教孩子英语，这是难为您，但您一定要说纯正的普通话，要不苗苗长大了，说的话谁也不懂，而且难听。”

芽芽这样严格地要求妈妈带孩子，搞得柳笛小心谨慎，精神十分紧张。柳笛几次想提出回国养老，但她觉得苗苗还小，芽芽一个人既忙孩子又忙公司的业务，有时累得“丢了鬏鬏忘了纂”，她又非常可怜女儿，就又忍了下来。

有一天早餐，家里的面包没有了。吃过早饭，柳笛便慢慢走到附近的超市想买点面包、饼干之类的东西，这样也替女儿节省点儿时间。过了一会儿，柳笛高高兴兴地提着个大食品袋回来。芽芽问：“妈，这么一大袋子，你买的都是什么啊？”

柳笛说：“买了几个面包和几包饼干。”

芽芽接过袋子，拿出面包一看，便尖着嗓子说：“哎呀，我的妈呀，你买的面包是昨天生产的，这还能吃吗？都没人要的东西你买了来！”芽芽说着便生气地把面包扔到了垃圾桶里。

柳笛忙说：“昨天生产的，怎么就不能吃呢？你不吃，我吃！”她说着就要去垃圾桶里拣出这些面包。芽芽厉声制止说：“你也不能吃，吃病了怎么办？”

柳笛说：“怎么会吃病？在老家，蒸的馒头放三五天还吃，也没生病。‘三年困难时期’不要说剩馒头吃不到，连红薯蔓做的饽饽都是好东西。你把好好的面包扔了，是暴殄天物，遭罪啊！”

芽芽说：“妈，你说的这些都是那辈子的事啊！这是美国，不是中国农村。这是21世纪的新时代，不是20个世纪60年代！”

柳笛说：“不管什么时代，粮食不能浪费，衣物不能浪费，钱财不能浪费。我们要富日子当穷日子过，勤俭持家，日子才能越过越好，如果大手大脚，像你这样挥霍浪费东西，日子是过不好的。”

芽芽说：“美国人天天这么挥霍，日子过得比中国人好。我们祖祖辈辈勤俭节约，日子越过越穷。你讲的都是老生常谈的道理，谁听?!”

5

苗苗很快就二十出头，大学毕业了，找了一个美国姑娘，非常漂亮。苗苗要结婚，住哪？成了问题。芽芽与苗苗商量说：“你现在住二楼小卧室，结了婚你嫌小，可以和你姥姥调换一下，让你姥姥住小卧室，用小卫生间。你们两口子住大卧室，用大卫生间，和姥姥共用一个起居室，可以吗？”

苗苗把脸一沉说：“我现在和姥姥同住一层楼，共用一个起居间，有时姥姥嫌我睡得晚，电视开得声音大，影响她休息，很不方便。如果结了婚，平时我们晚上听听音乐，看看电视，来个同学玩，搞个生日‘派对’，姥姥更嫌麻烦了，也影响姥姥休息。谁都不方便。”

苗苗又思量了一下说：“妈，这样行不，你和爸爸住二楼。你守着姥姥，一早一晚照顾姥姥生活也方便，省得楼上楼下地跑。”

芽芽说：“那怎么行？楼下有书房，有你爸的办公室、会客室，各种资料都在一楼，接待客人也方便。我和你爸怎么能住到二楼呢？”

苗苗说：“要不您和爸商量一下，再给我们买一套房子，我们搬出去住。这样，大家都住得宽敞，谁也不妨碍谁。”

芽芽说：“咱现在没有那么多钱，买这房子的贷款还了好长时间，日子过得紧巴巴的。现在咱的日子刚活泛点儿，你又要借贷买房子，你爸肯定不同意。”

苗苗说：“你不是常说姥姥在 W 市有套房子，值好多钱。闲在那里没人住，把它卖掉，在这里再买一套房子给我们住，那多么好啊!”

芽芽说：“前些年咱买这房子时，就劝你姥姥把房子卖掉，她死活不同意，后来咱才贷款买的房子。你若能把姥姥劝说通了，同意卖掉W市的房子，我立即给你就近买一套好房子。”

苗苗说：“我试试吧!”

这天吃过晚饭，柳笛一个人在自己的小客厅里，正靠在沙发上看电视。苗苗轻轻走进来，紧挨着姥姥坐在旁边，姥姥问：“苗苗，有事吗?”

苗苗撒娇地说：“姥姥，我挺想您的。”

姥姥说：“你就住在我隔壁，天天见面。你若想我，可以随时到我的卧室去玩儿。”

苗苗说：“姥姥，我最近要结婚，您知道吗?”

姥姥说：“你妈和你爸有一天聊天，我听见了一句半句的，他们也没正式告诉我。”

苗苗说：“姥姥，我正式通知您，今年‘五一’，我和丽莎结婚。”

姥姥说：“我祝贺你们美满幸福!”

苗苗说：“您先别祝贺我们，我们结婚连新婚的房子还没有哩。”

姥姥说：“你现在住的卧室做你们的婚房不行吗?”

苗苗说：“姥姥，您真的老了。那么小的卧室怎么能当婚房呢?”

姥姥说：“姥姥年轻时结婚，连那么一间卧室也没有，不是也办了事儿!”

苗苗说：“现在是什么时代，而且在美国，像你们当年那样还不被人们笑话死?”

姥姥听了再不说话了。过了会，苗苗说：“姥姥，我妈说您在W市还有一套房子，闲着没人住。您还不卖了它，在这里买套很不错的房子。”

姥姥说：“那是我的养老房子，不能卖。”

苗苗不解地说：“您在国外养老，有吃有住，风不吹雨不打。我妈说那套房子出租，一年收不了几个钱。靠它养什么老啊!”

姥姥说：“孩子不懂，养老的还有另一层深意，就是防老。人老了，要防各种不测。”

苗苗说：“姥姥，您那不是防老，是浪费资源。房子的功能是住人，现在自己不住，出租收几个没多少用的小钱儿，非常不合算。”

姥姥说：“孩子，你还小，没经历过人生道路的曲折和坎坷啊!”

苗苗说：“姥姥，您到了这么大年岁，再也不会有艰难曲折的人生道路了，以后您就享福吧!”苗苗说完站起来就回自己房间了。

一天晚上，芽芽来到二楼大卧室，她先询问了妈的饮食和身体状况。柳笛觉得奇怪，一天不定见几次面，自己饭量的大小，女儿清清楚楚，怎么忽然关心起我的身体来?于是柳笛干脆说：“我每天吃多吃少，你还不清楚，我健康着哩，没事儿!”

这时芽芽不好意思地说：“妈，咱苗苗最近要结婚。”

柳笛说：“这是喜事儿，到那时我准备一笔拜钱，再买一份厚礼。”

芽芽说："这个是其次的，现在发急的是苗苗结婚没房子住。"

柳笛听了脑子有些糊涂，外孙结婚发愁房子的事儿应该是芽芽夫妇二人，再怎么说也轮不到自己这七八十岁的姥姥啊，于是便不解地问："闺女，苗苗结婚需要我做什么，如何配合？"

芽芽说："妈，您这么大岁数了，不要您做什么事儿，我们是想请您把二楼的大卧室让出来……"

芽芽的话还没说完，柳笛就说："没问题，让出来给苗苗住，这有什么难的，我住苗苗的小卧室！"

芽芽欲言又止，最后说："妈，不是让您住小卧室……"

柳笛问："闺女，让我住那儿啊？"

6

芽芽的话在嗓子眼里转了半天，最后说："妈，先委屈您一二年，待我有了钱，另买了新房子，让苗苗他们搬出去，您再住二楼大卧室。"

柳笛急躁地问："我搬出来，这一二年暂时住哪儿啊？"

芽芽婉转地说："我们请了一个很好的装修公司，明天就动工，把地下室腾出两三间，装修好，不只有卧室还有卫生间，安上空调，一直拾掇得您满意为止。可以吗？"

柳笛听了心里彻底凉了，从里到外凉遍全身。她沉了沉气，慢慢说："可以。只要苗苗高兴，我当姥姥的怎么都好说。"

芽芽听了高兴地说："妈最疼苗苗，我就知道妈妈会非常痛快地答应的。"芽芽说着又随手替妈妈放下被子，理好床铺。她刚要转身走出卧室，柳笛又叫住她："芽芽，我早就想回 W 市看看，我出来这些年，也想老同事们，也想北京的你杨冰舅舅和舅妈。我在国内住两三年，你们买了新的房子，住得宽敞了我再回来。你明天给我买张回国的机票，随便哪天都行。你们把装修公司辞掉吧，别瞎折腾了。”

芽芽没想到妈会突然回国，这倒是一举数得的好事儿。芽芽面带笑容地说：“妈，您不要说走就走啊，也得准备一下，通知租房的住户搬出来，否则回到W市你连个住的地方也没有。”

柳笛说：“你想得比我周到，今天晚上我就给W市的房屋出租中介公司打电话，告诉他们半个月之内把房子腾出来，我要回国住。”

芽芽说：“妈，我今天晚上就订机票，日期就在两个礼拜以后，行吗?”

柳笛说：“可以。”

柳笛在美国住了二十多年，她只是与社区的华人打交道，一句英语也不会说。不过这里的华人社团还很活跃，有合唱团、读书会、诗歌会、绘画会等等。除此之外，社区还办了油印的《华人生活》小报。小报的发行量还很大，主要是赠送其他城市的华人社团，并与他们办的《华人社情》等小报交换阅读。因此，小报的读者还很广泛，小报刊登的“新闻”传播很快。

柳笛所在社区有一位姓林的W市的老太太。这位林老太太就是当年传播芽芽怀孕流产的那位“长舌妇”。林老太太是跟着女儿时非和女婿出来的。林老太太就这么一个宝贝女儿，她把女儿当成了眼珠子、心尖子看待。林老太太挂在嘴上的话就是“女儿就是我的命，没有女儿我一天也活不下去”。林老太太的日子虽然不太富裕，但对女儿非常娇惯，要星星不给月亮。后来林老太太的女儿和女婿到美国闯荡，不久生了一个小外孙。林老太太的女儿为了节省开支，打电话要老太太出国给他们带孩子。但是，他们只有一间住房，要把母亲接出来，住房显然就太紧巴了。于是女儿提出让林老太太把 W 市的房子卖掉，带着钱到美国来买一套大一点儿的房子，一家子就再也不回国了。林老太太巴不得到美国来，守着女儿和女婿，看着大胖外孙，享享清福。于是卖了房子，带上钱，高高兴兴地飞到美国来了。女儿、女婿用林老太太的卖房钱，再加上自己的积蓄和变卖那间房子的钱，买了一套较大的房子。

林老太太刚到美国，一家四口人住在一起，其乐也融融。因为女儿、女婿需要老太太带孩子，他们在日常生活中都还能迁就老太太。日子稍久，孩子渐大，离了老太太也能过日子，而且过得更自在轻松。这时老太太和女儿、女婿间的矛盾就产生了，最初是看不惯老太太的生活习惯，还能忍耐着不说不道。后来是小声嘟囔，比如：“连碗都刷不干净”“在饭桌上吃什么掉什么”。再往后就是小声指责：“怎么你就没记性，勺子从哪儿拿的还放哪儿，用过的东西别瞎扔！”类似这样的事儿多了，林老太太的肚里装不下任何事儿。她在家受了女儿、女婿什么气，第二天在社区碰到关系好的华人，就爱说出来，只有说出来她才感到痛快。

林老太太的女婿知道了丈母娘的毛病，在家里就嘱咐：“妈，家丑不可外扬，您连这个都不懂！”女儿则训斥：“家里屁大的事儿你也对外人说，怎么就不怕丢人，不怕别人笑话！”林老太太的毛病不是一天养成的，哪里记得住、改得掉。后来女儿、女婿就不让林老太太出去了，林老太太没有出门聊天的自由，她更是见人就说：“我真后悔，不该把房子卖了，现在想回国也回不去了，没地儿住。”林老太太甚至说：“后悔啊！怎么我就不多生一个儿子，女儿指不上我可以跟着儿子去住啊。这可好，我只能一棵树上吊死了！”

7

柳笛要回国了，社区的华人老太太很快就都知道了。有的前来叙说友情，表示送行，希望柳笛早点儿回来。林老太太来得最早，她悄悄问柳笛：“听说您的外孙要结婚，没有新娘的房子，女儿便把您撵回国。您的女儿与我的女儿一个样，一点儿也不孝顺。”

柳笛说：“林大姐，我的外孙要结婚，和我回国一点儿关系也没有。”

林老太太刨根问底：“那您为什么在外孙结婚前回国呢？”

柳笛说：“我早就想家乡了，想 W 市的老朋友们。”

林老太太又问：“听说您不打算回来了，是这么回事吗？”

柳笛说：“我从没说过不打算回来，只是说不能肯定什么时间回来，也可能很快就回来，也可能拖很长时间回不来。人老了，什么情况都可能发生。”柳笛抱定一个宗旨：绝口不说自己是为了给外孙结婚腾房子而赌气回国的。她考虑到女儿女婿还要在美国社会上经营事业，外孙还有很长的人生道路要走，自己的一言一行不能给孩子们的脸上抹黑，只能给他们增光，尽力给他们铺平发展的道路。

尽管柳笛守口如瓶，但社区的《华人生活》还是刊出一条短讯，把柳笛给外孙腾房子结婚，要搬到地下室汽车房去住，一气之下便要回国的事捅出来，并配了一篇五百字的短评。小报一刊登，华人办的各种“网络媒体”都纷纷转载。又有许多“热心”或“好事”的朋友，利用微信辗转传播，消息迅速传到了国内。柳笛虽然给《华人生活》写了一封澄清事实的信，但有的网站却添枝加叶，不顾事实地说柳老太太屈服于女儿芽芽的压力，写了掩盖事实真相的“澄清信”。

芽芽看了小报上的报道和网络上的文章，在家里与母亲大闹了一场，她又去《华人生活》编辑部大闹，说这是“歪曲事实”“造谣中伤”，要求他们赔礼道歉。芽芽不吵不闹，这件事也许会自生自灭。芽芽一吵闹，这件事儿反而闹得沸反盈天。

柳笛临回国，为这件事儿闹得很不愉快。本来说芽芽和胡涛开车送老太太去机场，到了这天早晨吃早饭时，胡涛忽然对柳笛说：“昨天晚上有一个客户打电话来，说今天上午必须签合同，我和芽芽就不能去机场送您了，让苗苗开车送您吧！”

柳笛活了这么大岁数，眉眼高低还是看得清楚的，马上说：“你们忙你们的生意，苗苗开车送也行。如果苗苗有事儿，我可以叫一辆出租车来，十分方便……”

柳笛经过十几个小时的飞行，第二天下午在上海虹桥机场下了飞机，她还没有取出行李走出机场，几个报社的记者就围住她问长问短。“听说女儿把您从美国赶回来，能给我们谈谈事情经过吗？”“您孤单单一个人回来，住在哪？住谁的房子？”“没人照顾您，您怎么生活？有生活来源吗？”

柳笛一点精神准备也没有，她非常讨厌这些记者像苍蝇逐臭一样，闻到一点儿气味就蜂拥而至。但她仍然耐着性子回答了这些记者。她说：“在国外我和女儿、女婿相处十分融洽。这次回国是由于我想念故乡的亲朋好友，回来探视他们，住些时我还要回美国。我在 W 市的房子并没有卖掉，小区的物业公司帮我料理得非常好。物业公司叫了出租车，他们正在机场出口等着接我回家哩。我的生活不用愁，每个月有几千元的养老金，原来工作单位逐月打到我的银行卡上。最后我要谢谢你们对我的关心。”

有一位记者还不甘心，又抢着问道：“前些时，美国华人网站传得沸沸扬扬，说您的外孙结婚没房住，要把您赶到地下室车库去住，您一生气就回来了。这是怎么回事儿？能谈谈吗？”

柳笛勉强笑了笑说：“这是一场误会，是多事的人捕风捉影，或者无中生有，他们唯恐天下不乱而捏造的故事。请大家不要相信，拜托各位先生，帮我澄清一下事实，我将不胜感激。”

8

柳笛到家的第三天，她刚吃过早饭，把锅盆瓢碗洗刷干净收拾好，就有人敲门。柳笛打开房门一看，原来是当年一块办高考补习班的魏老师。柳笛伸手把魏老师拉到屋里，两条胳膊立即抱住了魏老师，一只手轻轻拍着魏老师的后背，嘴里说着：“魏大姐，我好想你啊！”

魏老师激动地说：“又看见你了，我还以为这辈子见不到你了，老天爷把你又叫回来了。”

柳笛说：“那年你到美国旅游，打电话说去看我，我天天盼你去，整整盼了二十天，最后让我白盼了。”

魏老师说：“别提了，我们的旅游路线没有你住的城市，我又不敢离团一个人活动，因此失去了见面的机会。”

两个人亲热地聊了一会儿，柳笛忽然问道：“听说前几年你的老伴过世了，这几年你一个人怎么过的啊?”

魏老师长叹了一声说：“唉，一言难尽啊。这话我没对任何人说过，老伴刚去世那一二年，我活着一点意思也没有，心里没着没落的。有时我到小区散步回到家里，把钥匙捅到锁眼里，我都没勇气旋转，因为把门打开后屋里没有一点活气，所有的东西没有一件会说话。屋里没有体贴我、疼我、关心我，与我说知心话的那位亲人了。偏偏这时，我在公园里碰到了咱们学校的房泉州老师。他的妻子也去世三四年了，感到精神孤独。我们两个人大概是同病相怜，有很多共同语言，在公园一聊就是半天，有时不见面还十分想念。后来房老师在公园看不到我，就找到家里来，我俩就在家里聊天。我的小儿子非常讨厌房老师来访，儿子若碰到了就噼里啪啦瞎摔打，说些不中听的话。房老师也知趣，后来就不来家找我了。事后我说了儿子几句，儿子说我‘你找个大老头来家，不嫌丢人’。我又不是黄昏恋找老伴，仅仅是说话投脾气，聊聊天，为这事儿我和儿子吵了几句。有一天我在公园里看到一对老年夫妇，手挽着手在柳荫小道上散步，亲切地说几句悄悄话，不时停下来欣赏一下路旁的鲜花，有时还拿出手机在花前照张相。我真羡慕他们二人的幸福，我想自己这辈子再也不会有这样的美好日子了，回到家我爬在床上大哭了一场，拿出早就准备好的安眠药，两嘴全吞了下去。中午儿媳妇喊我吃午饭，发现我吐了好多，已经昏迷不醒。儿子来了，把他两个姐姐也叫来了，很快把我送到医院去抢救。”

柳笛说：“您那么聪明的人，怎么能做出这样的傻事啊!”

魏老师说：“别说了，抢救过来我就后悔死了。常言说‘好死不如赖活着’，吃安眠药死也好难受，绝不是舒舒服服睡过去就永远醒不了啦。事后两个闺女和儿子数落我半天，他们问我‘您想吃什么吃什么，想到哪玩去哪儿玩。我们哪儿待您不好了？’我说哪儿都好。孩子们说，‘哪儿都好您为什么自杀，这不是给我们脸上抹黑吗？’儿子说‘我就说了一句不要与那个臭老头子来往，为这点儿事也值得寻死？’我只好承认一时想不开，做了错事儿，以后再也不会这样了。”

柳笛说：“孤寡老人的痛苦，儿女们是理解不了的。他们认为老人不愁吃喝，不愁穿戴，生活就十分幸福了，其实没那么简单。”

魏老师说：“孤单老人的痛苦是精神上的，不是物质上的。有的老人找一个老伴合伙过日子，有的年轻人误认为这些老人是‘老不正经’，七老八十还过什么‘性福生活’？不能否认身体健康的老人有这方面的要求，他们更主要的是想找一个精神伴侣，两个人在生活上互相体贴、关心，有一个倾诉的对象，互相说说知心话。这是孝顺儿女代替不了的。”魏老师说完嘱咐柳笛说：“这些话儿我就说给您听了，请您烂在肚里，不要跟任何人提了。”

柳笛说：“魏大姐，您就放心吧，任何话到了我这里就到了尽头。每个人都有一本难念的经，我是善于自我控制的，没跟你说过就是了。”

魏老师说：“你不说我也听到一些，那个人前不说人，那个人后无人说。听说你这次回来就不回去了。大伙都夸你处事想得长远，如果你出国时，把这套房子卖了，你就没有一步退路，只能在美国忍着了。”

柳笛说：“我也没有这个远见，是我的一个老同学劝我不要卖掉房子的。”

9

柳笛和魏老师多年没见面，两个人有说不完的心里话。眼看到了中午，柳笛说："中午你不要走了，我随便煮点儿面条，咱俩吃了再接着聊。"

魏老师说："别煮面条了，下了楼，走不了几步就有个小饭馆。咱俩随便吃点儿，多省事儿。"

柳笛说："那就听您的。"

两个老太婆来到小饭馆，服务员热情地把两位老人领到座位上，然后问："您二老想吃点儿什么？"

魏老师说："随便吃点儿什么都成。"

柳笛说："我多年不吃咱 W 市的馄饨了。"

魏老师说："那就来两碗馄饨、两个小烧饼吧。"

两位老太婆吃了饭，刚走出小饭馆，有一位微微驼背的老先生，戴着眼镜，拄着拐杖从她俩眼前走过去。魏老师说："刚过去的是人民医院的黄大夫，您不认识了？"

柳笛说："我感到面熟，一时想不起来，所以没打招呼。"

魏老师说："黄大夫命运不济，年老体弱，孤单单一个人生活，日子过得很艰难。"

柳笛问："黄老大夫，有钱有名望，有妻子，有儿子，怎么能过得很苦呢？"

魏老师说："说来话长，咱还是到家里去说吧。"于是两个人又回到柳笛家里。

黄明达唯一的儿子黄毛毛考上大学后，很不争气，不好好学习，成天搞恋爱，女朋友换了一个又一个，学习成绩很差，勉强大学毕业了。工作后又吊儿郎当，领导批评帮助不行，父母规劝也不起作用。黄明达的老伴王敏智本来就有心脏病，被儿子活活气死了。后来黄大夫又与本院的一位离异的老护士结了婚，这位老护士带着一个十来岁的儿子。黄毛毛夫妇本来不与父亲住在一起，却三天两头回到家里大闹，嫌父亲的后老伴带着儿子，将来要分他们的一半家产。后来又发展到直接骂父亲的后老伴，直到把后老伴骂走为止。

一年后，黄大夫经朋友介绍又找了一位后老伴，这位后老伴无儿无女。按理说黄毛毛夫妇不会闹了，也不行。黄毛毛两口子成天回家找茬与父亲吵嘴，理由是父亲把多年的积蓄都送给了这个女人，后来这位后老伴离开了黄大夫才算没事儿。

最近听说黄大夫经过法院判决，与黄毛毛彻底断绝了父子关系，并在报纸上发表了一个简短的声明。黄大夫把多年的积蓄捐给了“希望工程”，住房献给了 W 市“红十字协会”。W 市报的记者听到这件事儿，便来采访黄大夫，黄大夫对此事闭口不谈。多事的记者便找到黄毛毛，问他对此事有何看法，黄毛毛说：“我现在也不谈，将来要写一本书告诉世人，书名就叫《我有一个操蛋的家》。”

魏老师讲完黄大夫的晚年不幸后，感慨地说：“每个家庭都有一本难念的经啊，各有各的不同罢了！”

柳笛说：“每个人都会走到人生的最后一公里，有钱也罢，无钱也罢，看来这最后一公里不好走啊！”

魏老师说：“有的儿女恨不得老人早点儿死，省下高昂的医疗费。我的一个学生是医院护士长，她亲口给我讲了这样一件事。有个老太太肺部感染，呼吸困难，神志清楚，但说不了话，需要呼吸机来维持生命。于是四五个儿女在病房门外楼道讨论，讨论要否放弃治疗，但谁也不愿第一个说出这句话。还是大儿子聪明，他说：'咱听从老人自己的意见吧。'于是几个儿女来到病床前问：'娘，您想回家吗？想，就眨一下眼。'老太太呆滞的两眼瞪了好久，眼里充满了好多泪水，最后撑不住眨了一下眼。儿女们高兴地说：'娘表示愿意回家！'老太太当即出了院，结果可想而知。"

柳笛长叹了一声说："唉！真是久病床前无孝子啊！"

魏老师说："这句话是老祖宗早就总结出的真理，你到哪儿去找孝子啊！"

柳笛不再说话，只是想心思，两个老人默默相对，待了片刻，魏老师说："天不早了，我该回家啊！"

柳笛说："魏老师，改天有了空还来聊天。"她送走了魏老师，忽然想起回来了三天，还没有跟杨冰打过一个电话。于是柳笛拿起手机，找出杨冰的电话号码，刚要捺下"拨出"的键，她又犹豫了，在电话上说什么，怎么说，都需要斟酌。她现在意识到写信这种老的沟通方式，虽然费时间，但有充足的时间可以思考，说什么，怎么说，可以字斟句酌。打电话虽然也可以在这之前慎重考虑，拨通之后也可边说边思考，但终究不是太从容。柳笛想到这里，便从抽屉里拿出一沓信纸，又翻出一支多年没用的圆珠笔。她在一张废纸上试了几次，不漏油，只好长叹一声把笔又扔到抽屉里。

柳笛静静坐在写字台前，闭上双眼，冥想着给杨冰的信该写什么，怎么写。

10

柳笛的确年老了，这几天尽管她以吃面包、方便面及喝粥为主，但就是弄这些简单的饭食也嫌麻烦，也觉得吃力。这天吃过晚饭，百无聊赖的柳笛决心给杨冰写封短信，报告从美国回来的消息。她在抽屉里又翻了半天，找到一个铅笔头，便在信纸上写了如下的一些话：

杨　冰、柳　絮：

我于三天前从美国飞回了可爱的祖国，去时高高兴兴，回来时百感交集。我真得好好感谢杨冰，要不是他阻拦我卖 W 市的房子，我就不能回国了，即便我硬要回来，也无处栖身，无有立足之地。我的确老了，记忆力差，手脚不灵活，走路腿上乏力，不服老不行。过去我父母身上的各种病，我都继承了，都到了我的身上。

我想雇个保姆，最好是咱们北方人，冀中人更好，可以和我讲讲家乡话，回忆些冀中的风俗，谈起来会十分有趣的。

我非常想念你们，你们能来 W 市住几天吗？

想念你们的柳笛

×月×日

柳絮接到信，一看字迹是柳笛的，信封地址是 W 市，邮戳也是 W 市的。她对杨冰说："你看这封信怪不怪，字迹是柳笛的，发信的地址却是 W 市，莫非柳笛回国了？"

杨冰说："撕开信封看一下不就明白了。"他说着拿过信来，迅速撕开信封，用眼扫了一遍信上的文字，递给柳絮说："是柳笛回国了，事前也没打个电话，突然回来，不知发生了什么事儿。"

柳絮接过信纸看了一眼说："柳笛向来是这样，信写得不明不白，把人打入闷葫芦里，让人琢磨不透。二十多年前芽芽没考上大学，寻死觅活地闹，柳笛就是这样，这次不知道又出现了什么意外！有电话也不打电话，你打个电话问她一下，这是怎么回事？"

杨冰立即拿起电话，拨通了柳笛的手机。耳机里传来柳笛的声音，她倒先问道："你收到我的信了？你俩能来 W 市吗？"

杨冰说："我和柳絮也老了，最近去不了 W 市。你怎么突然回国了？是回国看病？还是回来办什么急事？你也不打电话先告诉我们一声。"

柳笛在电话上说："我是回国养老来了，因为回来得匆忙，没顾上给你们打电话。"

杨冰在电话上问柳笛，"在美国也可养老，为什么非要回国养老呢？"

柳笛说："一言难尽，以后再说吧。"

杨冰说："你不说我也猜个八九不离十。"

柳笛说："你猜着了就别问了。哎，能帮忙介绍个冀中籍的保姆吗？"

杨冰说："可以。"于是他把自家用过的老保姆梅艳丽的情况，详细地介绍给柳笛。最后他补充说："别看她比你大一两岁，但身体非常健康，买菜做饭，洗洗刷刷，伺候你的生活富富有余。她只要求你管吃管住，给个零花钱就成。你若同意，我就写一个短信，让她去 W 市找你去了。”

柳笛高兴地说：“让她来吧!”这时两个人才挂断了电话。

梅艳丽就是程雪麟的母亲，程雪麟顽劣成性，他将要中学毕业时，一次打群架，被一个歹徒一刀捅死了。从此梅艳丽就孤苦伶仃一个人过日子。杨冰、柳絮非常同情她，他们有了第一个孩子，就把梅艳丽请到家做饭带孩子。第二个孩子出生后，又把梅艳丽请来帮忙。如今七十多岁了，许多人家嫌她年老，干不了多少活就不愿雇她。梅艳丽又找到了杨冰帮忙介绍主顾，这时正好柳笛从国外回来，急着找冀中籍贯的保姆。梅艳丽正好符合条件，所以一说就成。

11

此时梅艳丽正在北京一家人那帮忙，杨冰找到她，说南方有一个远房亲戚刚从国外回来，需要一位保姆，不知是否愿意去。梅艳丽倒很痛快，说：“只要有工作，有住处，自己就乐意做。只是没出过远门，人生地不熟，希望杨老师帮人帮到底，送人送到家，能把我送到 W 市的新顾主家。”

柳絮在旁边说：“梅姐既然没去过南方，又是第一次出远门，你又多年不见柳笛了，她也想让你去，你就把梅姐送去吧。”

于是杨冰立即买了两张去 W 市的车票，当天晚上他陪梅姐上了车，第二天早上到了 W 市。当杨冰敲开柳笛的家门时，柳笛高兴得像个孩子，也不怕梅姐在旁边笑话，立即扑上去抱住了杨冰，亲热地大声说：“冰哥，我又看见你了，我还以为这辈子见不到你了。”

杨冰反倒不好意思地推开柳笛说："只要我们健康长寿，随时可以见面。柳絮因为身体欠佳，要不，她也就一块儿来了。"然后杨冰又把梅姐介绍给柳笛说："这就是咱们河北老乡梅艳丽大姐。"

柳笛两手立即拉住了梅艳丽的双手，亲热地叫了声"梅姐"，然后又说："你们两个坐了一夜车，还没吃东西吧？我去楼下买饭！"

杨冰忙拦住说："干脆咱们一块下去吃吧，别买上来了。"

他们三个人在小饭馆里边吃饭，边谈了梅姐的家务劳动和工资报酬。他们吃了早饭回到家里，柳笛说起这几天的见闻，然后感慨地说："真是有点儿人心不古啊！儿女对父母怎么能那样对待呢？"

杨冰说："这种事儿古代也有，过去说书唱戏鞭挞的不孝儿女，还不都是古代发生的事儿。父母与儿女怎么相处，里边的学问大了。现在社会进步了，做父母的还要用过去的规矩要求儿女，肯定不行。"

柳笛说："不过社会怎么进步，儿女不尊重父母、不赡养父母都是不对的。"

杨冰说："现在尊重父母的内容和要求，与过去就不一样了。过去要早请示，晚请安，现在就不时兴了。过去赡养父母是无条件的，现在多数父母有养老金，儿女养老，老人应把养老金平均分给几个儿女，这实际上一种平等的钱与劳力的交易。儿女尽了义务，出了力气，父母就应当给予物质或金钱回报。不同的是，有的出力多得到的报酬少，有的出力少得到的报酬多罢了。"

柳笛用双手梳理了一下白发说："冰哥，我还是第一次听到你这样的高论。”

杨冰说：“我刚才说，父母怎样与儿女相处学问大了。这些学问可以写一本书，叫作《老人与儿女相处学》。”

柳笛听了抿着嘴笑起来，杨冰说：“柳笛你别觉得好笑。”

柳笛说：“我不是觉得好笑，我是笑你对什么都有研究。”

杨冰说：“我对这方面谈不上研究，只是平时看到一些现象爱思考。咱们老家有句俗话说‘亲戚远离香’，这是多少年、多少代人的经验总结，放之四海而皆准。为什么‘亲戚远离香’呢？因为距离可以产生美。我们离得稍微远点看美女，其脸庞红润细腻光滑，觉得很漂亮；如果近距离看，脸上一个小麻坑、一个浅浅的小斑点都看得清清楚楚，就觉得不那么美。如果把美女的皮肤放在显微镜底下看，毛孔会变成大洞，吓死人了。在生活中，凡是父母与儿女两地分居的，关系都好，经常想念，隔些日子还要买些东西互相探望，以解思念之苦。凡是父母与儿女关系紧张的，都是住在一块儿的、住房紧张的家庭。因为一天二十四小时生活在一起，缺点毛病就发现得多，互相批评指责多，因而矛盾就多，摩擦就多。这可以称作‘亲情距离学’。父母与儿女在时间与空间上拉开距离，可以产生好感，便感情融洽，家庭和睦。”

柳笛说：“冰哥，让你这么一说，父母与儿女相处不只是一门学问，还是一门艺术。”

杨冰说：“任何事情只要仔细琢磨、研究，都是一对复杂的辩证关系。就拿‘慈与孝’来说，其辩证关系也很奥妙。俗话说‘上有慈心下有孝心’。父母不能只要求儿女尽孝，而忽略慈爱；儿女也不能只要求父母有慈爱之心，而不讲孝道。‘慈与孝’是相辅相成的，父不慈则子不孝，父母慈愈烈，儿女孝愈炽。但现在个别儿女只接受老人的慈爱，不肯尽孝，这就需要循循善诱，慢慢教育。孩子小时候没教育好，待长大成人再教育就晚了。这时候也不是不能教育好，但是困难了，常言说‘冰冻三尺非一日之寒’嘛。大概黄明达对儿子黄毛毛就属于这种情况。还有‘花钱买亲情’，这也是一门高深的艺术。有的父母经常给儿女钱，儿女却不买账，认为是应该的。有的父母很少给儿女钱，儿女却孝顺得很。后者的父母会花钱，把钱花在了刀刃上。我的邻居张大哥有次对我感慨地说：‘人们都夸我的两个女儿、几个外孙孝顺，他们哪里知道这孝顺是花钱买的！大女儿来看我，说儿子要结婚，我给了一万元。二女儿从农村来看我，说盖房子，我给了她两万元。她们都没张嘴要钱，是我主动给的，皆大欢喜。外孙考上大学来报喜，我给了他五千元做路费。他住了两天主动刷锅洗碗，姥爷、姥姥叫得亲着哩！’”

柳笛说：“冰哥，你对父母儿女亲情关系研究得这么深，你的儿女一定很孝顺啦！”

杨冰说：“很孝顺谈不上，但他们都很听话，让干什么干什么，绝对不会顶撞父母。”

梅姐说：“杨老师的孩子在他们社区，是人见人夸的孝顺儿女！”

说话间，天近中午。梅姐说：“柳老师、杨老师，中午饭咱自己做吧，不要到外边吃了。”

柳笛与杨冰马上响应：“好，自己做。”

柳笛立即站起来，招呼梅姐一块进了厨房，她把米面、蔬菜，油盐酱醋等摆放位置，一一交代清楚。

自此，柳笛与梅姐以姊妹相称，相处十分融洽。年轻时，柳笛把家乡话扔掉学会了吴语，如今老了她又喜欢说冀中的家乡话，你说这人怪不怪？

十、孤苦老人

1

一晃就是十多年。

柳笛成了耄耋老人，老年人的常见病、多发病如糖尿病、血高压、冠心病、椎管狭窄、骨质疏松等等都有了。

这一年初冬，有一天天气特别晴朗。柳笛心情非常好，她让梅姐搀扶着下了楼，想在小区散散步、晒晒太阳。没想到柳笛脚下绊了一下，一恍惚跌倒了，左胳膊小臂摔折了。八十出头的梅姐哪里抱得动柳笛，多亏几位热心的邻居帮忙，叫来了急救车，送到医院挂了骨科急诊。大夫看了 X 光片后说："尺骨和桡骨粉碎性骨折，必须立即手术。"

好在这个中等城市患者不多，立即进了手术室。手术进行了五个多小时，钉了两块钢板。没想到十几天后，由于骨质疏松，桡骨又劈裂，需要做第二次大手术。柳笛本来就体质很弱，两次大手术叠加在一起，体质下降很快。

柳笛住院两个多月，梅姐在医院陪床两个多月。柳笛因为手术身体垮了，梅姐因为陪床护理身体也累垮了。原先梅姐上街买菜，走着去，提着一兜子水果、一兜子蔬菜回来，走起路来虽然称不上健步如飞，但腿脚还是很利落的。现在梅姐驼背了，走路拄上了拐杖。过去买了菜，从菜市场一口气可以走回来，到家不用休息就立即择菜、淘米，手脚不识闲儿。现在不远的路也要歇两三次才能走到家，到家还不住劲地哼哼、叹气。

过去柳笛生活能自理，现在她起床、穿衣、行走、如厕等，生活的各个方面都需要人帮助，而梅姐的体力、精力又大不如前。有一天天气很好，梅姐想搀扶柳笛到阳台晒晒太阳。柳笛刚刚站起来，还没有迈步，两腿一软就瘫坐在地上。柳笛倒了也罢，还把梅姐也拽倒了。梅姐怕倒在柳笛身上，再砸坏了她的伤胳膊，有意识地一歪身子倒在地上。这下更糟糕，梅姐七十多公斤的胖重身子摔在水泥地板上，一下把右肩的肩胛骨摔折了，右胳膊立即耷拉得不能动了，疼得梅姐“哎哟哎哟”地叫。梅姐咬着牙坐起来，但站不起来。柳笛在床上摸到手机，挣扎着给居委会主任打了一个电话，居委会主任带着社区卫生站的医生和护士来了。

一个老太太加上两个没多大力气的女医护人员，哪里搬得动一个体重一百四十斤的摔伤老人。居委会主任又给急救中心打电话，要来了急救车，这才把梅姐送到医院。

柳笛给杨冰打电话，告诉他梅姐摔伤、病倒的情况，最后问他：“怎么办?”

杨冰说：“你先不要发急，梅姐在天津有一套房子，长年出租。梅姐乡间有个亲侄子，十几年前梅姐与侄子说好了。她把天津的房子的产权送给侄子，侄子负责养老。如果事情没有变化，梅姐又愿意回农村居住，我让梅姐的侄子到 W 市，把梅姐接回故乡养老。”

一个月后，梅姐伤愈后出院，柳笛付了医药费，把梅姐接回家。柳笛把杨冰与梅姐侄子联系的情况告诉她：“梅姐，您侄子愿意接您回故乡养老，不知您愿意不愿意？”

梅姐问：“讲好了条件吗？”

柳笛说：“杨冰老师打的电话，还是过去您和侄子谈妥的条件。”

梅姐说：“那就行。不过，我实在舍不得和您分开。我老了，早晚有这么一天。”梅姐说到这里眼里的泪珠滚落下来。

五天后，梅姐的侄子和侄媳妇从河北赶来了，要接梅姐回老家养老。柳笛从积蓄中拿出一笔钱，要送给梅姐，说：“你辛辛苦苦照顾我十来年，我没有什么可给你的，这点儿钱拿回去补养身子吧。”

梅姐说什么也不肯要，她说：“我这次住院治病花了好多钱，都是您拿的，这钱我不能要。”

最后在居委会主任的劝说下，梅姐才拿了一部分，和侄子夫妇高高兴兴地回河北去了。

梅姐走了之后，柳笛的日常起居生活成了问题，不要说找一个可心的、全面料理生活的保姆，就是随便找一个端茶递水、指使点叫的人都不容易。工薪太高，柳笛负担不起；工薪不要说太低，即使按平常的市价也难找到。许多保姆都愿带孩子不愿照顾老人，因为“孩子都是香喷喷，老人都是臭烘烘”。

居委会主任费了好大劲儿，找来一个保姆，说好只做十天，到时就走人。居委会主任也想到把柳笛送到养老院，但条件好一点的、有医护人员护理的收费太高；收费少的，条件又很差。有人说可以把房子抵押给养老院，但要亲属来办复杂的手续。这个办法虽然可行，柳笛的独生女儿又不在身边，也只能是空谈一番了。

人生的最后一公里不好走啊！

2

腊月二十三过小年，过春节的气氛很浓了，但柳笛在 W 市则举目无亲，在最困难的日子里她又想到了杨冰。因为杨冰对她说过，“你以后有什么困难就给我写信或打电话，只要我能办到的，我会尽力帮忙”。这样的承诺只有杨冰对柳笛说过，世上没有第二个人这样对待她。于是柳笛想给杨冰打个电话求救。她摸索了半天找到手机，找到杨冰的手机号码，打通了电话。柳笛在电话里用微弱的声音问候杨冰：“你和柳絮身体好啊？”

杨冰感到她说话的声音没有力气，便说：“我的身体还可以，柳絮的身体大不如以前。你身体怎么样？我听着你说话一点儿力气也没有，没病吧？”

……杨冰好不容易挂断了电话，午饭后柳笛又来了第二个电话。

柳笛在电话上说了自己的情况，最后诉苦说：“冰哥，我将不久于人世了。吃药当饭，大把大把地吃药，一断药就得死。夜里睡不着，一合眼就看见死去的亲人们，做噩梦，被惊吓而醒。”然后恳求说，“冰哥，我身边没有一个亲人，特别想念你。你能来看看我吗？帮我出出主意，想想办法。你找个保姆照顾柳絮三五天，行吗？”于是柳笛唱了开头用《我只在乎你》的曲子填上新词的歌。

杨冰说："我在海南五指山市住着，柳絮多种疾病缠身，离不开我。你不要心疼钱，多给点钱儿，保姆还是可以雇到的。你还可以给芽芽打电话，让她回来伺候你几天。"

柳笛在电话上说："我不心疼钱，你不了解情况，有时多给钱也办不成事儿。芽芽根本就指不上，她和丈夫在美国经营着一个公司，恨不得一天当作两天用，她不可能回来！"

杨冰一听，在电话上生气地说："哎呀，现在的人怎么了？心里想的就是钱，是赚钱重要还是照顾妈妈重要，连这个道理都不懂！你把芽芽的电话号码告诉我，我给她打个电话。"

柳笛说："我打电话都不行，你打电话就行吗？你还是不要惹气生吧。"

杨冰坚决要给芽芽打电话，柳笛拗不过他只好把芽芽的电话号码告诉了杨冰。杨冰立即拨通了芽芽的电话，杨冰在电话上说："芽芽，我是杨冰舅舅。你妈现在病得很重，有今天没明天，说不定什么时间就魂归西天。她的财产不多，可那套住宅还是值钱的。居委会说，他们若委托慈善机构来照顾你妈，并送终办妥后事，按规定这套房产就归慈善机构所有了。我不是直系亲属，无权做主。你是唯一的亲生女儿，你不露面，那就只好由居委会全权处理了。我权衡利弊，你还是回来一下为好。你国外有多少买卖要做，有胡涛经营管理有什么不放心呢？你回来三五天，最多也不过十天半月，把你妈的后事处理妥善了，你再回去照料公司也不误事，你考虑考虑吧！"

芽芽听了杨冰的话，愣了一下，立即心急火燎地说："谢谢舅舅，我把这里的业务很快料理一下，一两天就回国。"

杨冰挂断了越洋电话，立即打电话告诉柳笛："芽芽很快就回来了，你可以多留她住几天，让她过了春节再走。”

柳笛一听高兴地说：“冰哥，还是你有办法，我亲妈说下大天来都不行，你几句话就把她说通了。”

杨冰说：“灯不拨不亮，理不说不明。我为什么能说动芽芽，主要是用钱打动了芽芽的心。”

柳笛不明白地问：“我哪里有什么钱值得她动心呢？”

杨冰说：“你糊涂了，你住的房子在W市值好多钱。我告诉芽芽，她若不回来养老送终，谁送终并办理后事，这房子就归谁所有了。所以，芽芽才肯赶紧回来。”

柳笛听了不再说话，她轻轻挂断电话，掉了泪。

本来晚上柳笛就难以入睡，她想芽芽想得死去活来，打了多次电话芽芽都不肯回来，最后一次竟然不接她的电话。今天杨冰在电话上三言五语用钱就说动了芽芽。她这个辛辛苦苦养育了芽芽几十年的亲妈，在女儿的心目中还不如几个臭钱重要。柳笛想到这里非常伤心，她心里翻江倒海，想把心里的话说出来，能说给谁听，谁愿意听？她这时又想到了杨冰，只有杨冰能理解自己，也只有他肯听。但深更半夜自己不能打电话打扰人，话不说出来又憋得慌，怎么办？写出来，明天请保姆寄出去。

柳笛打开写字台的抽屉，翻了半天没有找到信纸。柳笛又艰难地走到书架前，想找个没写字的本子撕几张纸，书架上下几格都没有。她只好找了几个吃过药的空盒子，抽出里边的说明书，拣了几张背面没有印字的权当信纸，拿来写信。

3

在找纸之前，柳笛心里有许多话要对杨冰讲，当她拿起笔又不知道从何说起。她面对眼前的几张说明书，心潮起伏，落下了眼泪。最后柳笛信马由缰，想到哪写到哪，不管章法，也不管层次：

冰　哥：

我现在到了穷途末路的地步，连写信的纸也没有，只好用我现在吃着的药的说明书给你写信。也好，你从这些药品的说明书可以知道我正在吃些什么药，身体的状况如何。居委会帮我临时找了一个保姆，说好只待十天，到时人家就走。那时家里就剩我一个人了，我一个人无声无息地死了谁也不知道。我在报上曾读到这样的消息，尸体在室内腐烂了，臭气飞出来，邻人闻到了才发现老人死了多天。还有一起，儿子与父亲住在一个小区，父亲死了多日，邻里觉得气味不对劲，找到老人的儿子打开房门一看，人已腐烂成骷髅。我国的大城市有这种情况，经济不发达的中小城市也有这种情况，农村里更不用说了。我前些日子看报，日本也有这种情况。人和人之间的感情怎么就这么淡漠，毛病出在什么地方，这是怎么了？我真想不明白。

有人说“年轻人都忙着挣钱”。拼命挣钱，把父母和孩子撇在家里不管，使其成为所谓的“留守老人”或“留守儿童”。这些老人都失去了天伦之乐，儿童没有得到应有的父母之爱。有的年轻夫妇为了挣钱，各奔西东，拆散了温馨幸福的小家庭。我真不明白这些人拼命挣钱来干什么？有一个省某市郊区，从20世纪70年代开始，一些年轻人结婚后生了孩子就偷渡到美国纽约去。年轻的夫妻长期分离耐不住寂寞，女的在家乡找了“咔咔”(当地方言“情人”)，男的在国外也找了“咔咔”，留在国内的孩子都不知道父亲的模样，这是何苦呢？我记得20个世纪50年代，批判过一种“三十亩地一头牛，老婆孩子热炕头”的安于现状、不求进取的思想。如今东奔西走、疲于奔命地挣钱，甚至“过劳死”就对吗？这是积极的进取吗？这是应该提倡的上进心吗？

冰哥，我想到哪儿写到哪儿。最近各种媒体公布了一些贪污犯的罪行，我就想这一部分人的本性就是“贪婪”。20个世纪70年代搞“一打三反”时，W市查出一个小贪污犯是卖菜的售货员，他每天贪污的钱不多，只是在收货款的柜子里拿五元一张的钞票。拿回家也不花，他怕别人发现就裱在墙上，再用旧报纸糊在表面遮盖起来。问他贪污的钱不花，为什么还要贪污。他回答说：“我看到钱心里痒痒，不拿不舒服。”柳宗元有篇散文《蝜蝂传》说：“蝜蝂者，善负小虫也。行遇物，辄持取，昂其首负之。背愈重，虽困剧不止也。”这些贪污犯就像小虫蝜蝂那样，他们贪污国家财产，收受贿赂，无尽无休，多多益善。他们收受的赃物赃款有珠宝古玩、文物字画、金银首饰，以及整捆的没有打开过的人民币、港币、欧元、美元、日元等等，动辄价值数千万，甚至上亿元。这些钱物，贪污犯既不花也不用，只是藏之密室，直到东窗事发，被双规、被刑拘才停止下来。这是古今中外贪污犯的通病，这些人犯起罪来非常勇敢，真可谓“前仆后继”。在某省交通厅长这个职位上，就前后倒下了十几位。老百姓说，“修成一条高速公路，抓出一位大贪官”。

冰哥，你身体健康，头脑还清醒。我建议你写一部《贪官论》或《论贪官》的学术著作。你还可以写一本《论发财》的书，有一些人钻到钱眼里不能自拔，以致毁了自己的身家性命。

我这个人非常怪，想起这些、写起这些就忘了自己的病痛和困难。坐的时间久了，腰又疼起来，它提醒我不要这样愤世嫉俗，还是想办法治病是最现实，最实际的，不写了。冰哥，你能到我这里来住几天吗？帮我想想办法，我真不知道如何活下去了。

一个孤苦无助的老人

×月×日

腊月二十三夜里，柳笛拖着疲惫的身子写了一封这样的信，夜已很深了。柳笛把这些“说明书”折叠了一下，想装在一个信封里，但满屋子找遍了没有找到一个信封。柳笛忽然脑子一闪，说：“我真傻，明天让保姆把信交快递公司送出，找什么信封?!”

4

腊月二十五日中午，杨冰收到这封不寻常的信，读过后也心潮起伏。他把信递给柳絮说：“你看看柳笛这封信。”

柳絮看完信后长叹了一口气说：“咱的闺女、儿子还不错。在北京，小区的邻居都夸咱的儿女孝顺。”

杨冰说：“任何时代，儿女们都是两头小中间大。极其孝顺老人的儿女和极不孝敬老人的儿女都是极少数，大部分都是不好不坏中不溜儿的，有的偏好一点儿，有的偏差一点吧！”

柳絮说：“昨天咱老乡李大姐来看我，说起闲话来。她夸咱的孩子们说，‘他们都上着班，每逢节假日不是儿子儿媳来看，就是女儿女婿来看。来了就不闲着，帮你洗洗刷刷，打扫的房间一尘不染’。我说，俺那老头子还嫌他们太干净了，说什么‘衣服不是穿破的是洗破的；一天扫两遍地，扫了又拖，拖了又扫；桌椅每天不知道擦拭几遍，苍蝇落上去都得撇了大腿；枕巾刚洗没几天又洗，窗帘不脏也要洗，简直是洁癖’。你猜李大姐怎么说，她说‘那是烧得你家老头子糊涂了！’”

杨冰听了“嘿嘿”一笑，说：“有一年寒假在老家过春节，咱那儿子小时候我抱着他玩，儿子拉屎我也不知道，弄了我一裤子。我没有时间洗，只是用褯子沾着水擦了一下，裤子上带着屎饹馇儿就回了北京。我们一把屎一把尿地把他们拉扯大，我们老了不靠他们靠谁？”

柳絮说：“话是如此说，你若碰到像芽芽这样的不孝儿女，你也没办法！”

杨冰说：“办法多的是，我到法院告他们不赡养老人，一告一个准。”

柳絮说：“那怎么柳笛不去法院告发芽芽不赡养老人啊？她就是告了，我想法院对长期居留美国的这些人，也是鞭长莫及吧。”

杨冰说：“咱不说那些没用的话了。柳笛在信上说希望我去W市看看她，住几天，你说怎么办？”

柳絮说：“你能去吗？你去了W市，我怎么办？”

杨冰说：“过几天就过节，咱的儿子和女儿就都来海南了。

我利用他们来伺候照顾你这几天，去趟W市，你看怎么样?”

柳絮说：“过春节，家家户户都是团团圆圆在一起，你却孤单一人去W市过春节，合适吗?”

杨冰说：“我们年年过春节都是团圆的，只是今年春节有些特殊，柳笛病重，有今天没明天，孤单一人，无人照顾，我想陪她过个春节。柳笛能否闯过春节，还是未知数。也许错过这几天，今生今世就再也见不到柳笛了。”

柳絮说：“芽芽不是这几天就回国了吗？有芽芽陪着她妈过春节，柳笛就不是孤单一人了。咱让闺女请几天假，过了元宵节再走。你破了五再去W市，这样两不误。咱也过个团圆春节，柳笛和芽芽也能过一个团圆春节。”

杨冰说：“好，就按你说的办吧，我给柳笛打个电话，告诉她我正月初五到W市。”

杨冰还没来得及给柳笛打电话，他们的座机的铃声响了。杨冰拿起话筒，“喂”了一声。里边一个急促的年轻女同志说：“您是杨冰舅舅吗？我是芽芽。”

杨冰立即回答说：“我是舅舅。你什么时间到的家?”

芽芽在电话里说：“舅舅，你是八十多岁的老人了，不该把我从美国骗回来。我母亲根本就没有那么重的病，这里有保姆，即使保姆走了还可花钱再雇。我往返一趟，机票就花好多钱。美国的公司，我一天不搭理经营，就损失好大。时间非常宝贵，我不再给你啰唆了。我要马上去上海虹桥机场，乘飞机返回美国。”

杨冰还想挽留芽芽，他急忙忙冲着电话送话器说：“芽芽，你先别急着回美国，听我给你好好解释……”这时芽芽早把电话挂断了，耳机里传来的是“嘀嘀”的忙音。

5

杨冰立即给柳笛拨电话，电话拨通后，柳笛气息微弱地说：“冰哥，芽芽回来了多半天，跟我闹了一场，现在去上海机场又回美国去了。”

杨冰问：“芽芽闹什么？”

柳笛说：“芽芽说，我的病没那么重。我俩合伙把她从美国骗回来，使她的公司丢掉许多生意，损失惨重。芽芽还找到居委会主任问了，居委会没有把我的房子做抵押，给我养老送终的意思。芽芽回到家就大闹，说你是个‘大骗子’，然后背起双肩包，摔门子就走了。”

杨冰说：“怎么芽芽就这么绝情啊！你现在一个人怎么办？”

柳笛有气无力地说：“保姆看我实在可怜，答应再多待五六天，容我再去想办法聘请保姆。冰哥，春节在即，许多打工的保姆都回家过节去了，实在难请到。你和柳絮可怜可怜我吧，哪怕你能来 W 市一两天也好，帮我想想办法。我真想早点儿死了，我活在世界上没有一点儿用，反而是大家的累赘。”

杨冰说：“你不要这样想，我和柳絮商量一下，马上给你回电话。”

柳絮在旁边听得清清楚楚，她没等杨冰说话就抢先说：“我都听见了，不用商量，我已想好了。马上过春节，让咱的儿子春晖请几天假早点来，再让咱闺女春燕请几天假晚回去几天。这样就腾出十几天的时间，你可以去 W 市看看柳笛。”

杨冰说：“那我就跟春晖打电话了。”

杨冰拨通了儿子的电话，春晖有点为难地在电话上说："爸，春节前单位的事儿很多，赶在一块儿了，所有工作都要这几天做完。您不早点儿说，我也可以和别人对调一下啊……"

杨冰一听，忙说："你先别急着想办法，我与你妹打电话商量一下。"

杨冰说着就把电话挂断了，柳絮在一边说："如果咱春燕也不能提前来，你就让她以'母亲病危'向领导请假，看准不准。"

杨冰犹犹豫豫地说："以你'病危'的名义请事假合适吗？快过春节了，别人都是说吉祥话，怎么能这样说？"

柳絮说："我不在乎这个，说我长生不老就能长生不老吗？你就让闺女以这个理由请假，才有可能提前来。"

杨冰说："让我再想想。"他说着拨通了女儿的手机。

春燕在电话上高兴地问："老爸，有什么事？"

杨冰讲了柳笛阿姨的病情和难处，并说了自己的想法，女儿在电话上说："老爸啊，您净来急茬的事儿，我以什么理由请事假啊？"

杨冰说："你妈说就以她'病危'的名义请假，领导肯定能批准。"

女儿犹豫了："这合适吗？"

杨冰说："没有什么不合适的，我与你妈商量了半天只能这样做。因为你妈年老体衰，多病缠身谁都知道。"

女儿说："过大节的，这不是咒我妈吗？"

杨冰说："我和你妈都不迷信，说长寿就能长寿？说发财就能发财吗？"

女儿说："爸，我这就去请假，请了假我给您打电话。"

还是女儿聪明，她最后想出一个更理想、更美好的假理由去请假，她找到领导说：“张主任，我想请假明天去海南给爸爸、妈妈庆金婚。我事先不知道哥哥和几个表姐、表哥商量好了，他们要在腊月二十六给我爸妈庆金婚。他们有的从国外赶回来参加，我亲闺女不出席不合适也说不过去。所以才向您请假。”

张主任是个五十多岁的女同志，心慈面软，对待年轻的同志们像个老妈妈，她听了春燕请假的理由便问：“你的工作都安排好并交代清了吗？”

春燕说：“我安排好了，给我们办公室的同志都交代清了。”

张主任痛快地准了假，最后嘱咐了一句“春节后准时回来上班”。

春燕高兴地打电话告诉爸爸：“请好假了。我现在就去买飞三亚的机票，如果顺利，晚上就到了。”

杨冰挂断女儿的电话，立即拨通了柳笛的电话。杨冰第一句话就是：“柳笛，你不用着急了，我现在就去买明天，也就是腊月二十六飞上海的机票……”

6

当天夜里，柳笛似睡非睡、似醒非醒迷迷糊糊地躺在床上，她又回到了童年、少年和青年时代。柳笛想起她读六年级时，和杨冰在自家后院果树园里捉迷藏的光景。她清清楚楚记得自己被杨冰找到，要打她的屁股，自己向杨冰求饶说：“别打了，怪难为情的。我长大了你娶了我行吗？”还把嘴贴在杨冰的脸蛋上亲了一下。八十出头的柳笛如今想到这些往事，脸上还有点儿“那么个”。她也觉得自己那时有点儿“疯”，难怪父亲看见了要批评，不再让她和杨冰这样玩儿了。

第二天，柳笛早早就起了床。俗话说“人逢喜事精神爽”，尽管昨夜柳笛没有睡好，今天她却非常有精神。近十多年来，柳笛在梳妆台前仅仅是洗洗手脸，从不照镜子，偶尔照下镜子也只是看看眼睫毛上有没有沾着眵目糊和脸又瘦了多少，连头上的白发和脸上的皱纹她都懒得看一眼。有一次她照过镜子对梅姐说：“记得小时候舅妈老了照镜子，看到自己头上的白发和脸上的皱纹竟然掉下了眼泪。现在我也老了，哭也没有用。”

今天柳笛却一反常态，在脸盆里洗了脸又照镜子，照过镜子发现不干净的地方又用湿毛巾擦了一番。柳笛还用毛巾沾了热水把头发抿湿，照着镜子用梳子梳了又梳，最后在梳妆匣里找出多年没用的头发卡子，在左右鬓角上别了几个。别好卡子后，柳笛还对着镜子照了左边又照右边。保姆在卫生间门口说：“阿姨，吃早饭吧。”

柳笛不慌不忙地说：“急什么，你若饿了你就先吃吧。我不饿。”

保姆等了半天，柳笛好不容易梳洗完毕，从卫生间出来。保姆以为柳笛老太太该吃早饭了，谁知道她却颤颤巍巍地走到卧室，打开大衣柜找衣服。保姆说：“阿姨，我给您做的早饭快凉了。您吃过早饭，再慢慢找衣服也不迟。”

柳笛说：“你先吃吧，别等我。我不饿，过会儿，我随便吃点儿就行了。”

保姆只好先吃了早饭，把柳笛那份早饭盖在锅里。问柳笛：“今天叔叔从海南来，买点儿鱼虾和新鲜的蔬菜、水果，可以吧？”

柳笛说："你不了解这位叔叔喜欢吃什么，不要买那些东西，你到菜市场找找，看有没有蔓菁和甜疙瘩菜，如果有，一样买两三个回来，再买点小米和几个好白薯就行了。"

保姆不知道要做什么新鲜的饭食，也摸不清自己会做不会做，便疑疑惑惑地提着篮子出去了。

柳笛一个人在家，她把大衣柜的衣服一件一件都抖搂出来，扔了一床。柳笛一件一件试，不是肥了就是瘦了，不是长了就是短了，没有一件合适的。好不容易找到一件合适的衣服，但花色又觉得不对心思。柳笛非常失望，这些衣服当年长短、肥瘦都是很满意的，所以才置买下来。如今二三十年过去了，自己身材改变了，先是发胖，近几年因为闹病又慢慢瘦下来。因为年老，脊椎有些萎缩，身材矮了许多。原来穿着不长的裤子，现在都吊不起来。原来很合身的上衣，现在快成半大褂了。最后，柳笛找了一件中式薄棉袄和一条蓝色毛哔叽裤子，勉强穿上。这时，柳笛才觉得有点饿，便走到厨房喝了一杯牛奶，吃了一个鸡蛋。她回到卧室，屁股一歪坐在沙发椅上，长出了一口气不再想动弹。柳笛看着床上摆列的一堆衣服，心想这样乱七八糟地扔着不行，让保姆买菜回来收拾，又担心保姆收拾得不对心意，于是决心自己整理。

保姆买菜回来，卧室收拾得干干净净，只见柳笛穿着那身勉强满意的衣服，躺在床上睡着了。保姆估计柳笛太累了，可能想躺倒休息一下，没想到躺下就睡着了，身上也没盖东西，脑袋底下连个枕头也没放。保姆怕柳笛冻着了，拿了一条毛毯轻轻盖在柳笛身上，没想到毛毯刚盖好，柳笛就睁开眼了。

柳笛见保姆买菜回来，立即挣扎着坐起来问："买到蔓菁和甜疙瘩菜没有?”

7

柳笛看见保姆笑了，她悬着的心就放下来，特别高兴。没想到保姆笑过之后说：“您要的蔓菁和甜疙瘩菜，好多售货员都没听说过，上哪儿去买?”

柳笛一听心里又凉了，说：“你多找几个菜市场看看，别只问一个菜市场啊!”

保姆说：“W 市大大小小的菜市场我几乎转遍了，都没有这种珍贵的菜。”

柳笛说：“这种东西并不珍贵，也不值钱，新中国成立后在我们老家拿甜疙瘩菜喂猪，再后来也不种了。”

保姆说：“连你们老家都不种了，让我去哪里找啊!”

柳笛说：“没有卖了，那就算了罢，白薯该有吧?”

保姆说：“买了白薯、小米。”

柳笛说：“有这两样就行，可以做菜粥。”

保姆说：“好在老天爷保佑，在菜市场碰到一位好心人。他说，这种甜疙瘩菜就是甜菜，专门做糖用。他在糖厂工作，让我跟他去糖厂要两三个来。我说到你们工厂该多么远啊？他说不远，乘公交车可直达。我就去他们工厂要了三个甜菜。”保姆说着从菜篮子的拿出一个甜菜，问：“是这个吗?”

柳笛一看高兴地说：“是，是，就是这玩意儿。等我的客人来了我告诉你怎么做，非常简单。”柳笛煞费苦心地准备甜疙瘩、白薯，要做菜粥招待杨冰，以便给他一个惊喜。

杨冰出了虹桥机场，坐上出租车就给柳笛打电话说：“我已经出了机场，再过一个小时我们就见面了。”

柳笛说：“好哇，我等着你！”

一个钟头后，杨冰在柳笛的家门口下了车，他提着两个箱子，激动得心“咚咚”地跳着上了三层楼。他敲响了房门，保姆打开房门，亲切地问：“您是杨先生吧？”当她得到肯定的回答后，立即接过杨冰手里的箱子，把他引进大卧室。居室里的家具布置和二十多年前一样，柳笛躺在床上睡得非常香甜。保姆说：“柳姨昨晚没睡好，这会儿睡着了。”保姆便轻轻地叫她：“柳姨，客人来了。柳姨，您日夜盼着见面的客人来了。”柳笛仍然一动不动。

杨冰立即担心起来说：“不会因为过于激动再加上过于劳累，发生意外吧？”

保姆说：“刚才还挺好的，不会吧！”

杨冰说：“老人处在风烛残年的阶段，说不行就不行。”他说着便靠近床边，轻轻说，“小笛，我来了。”杨冰见没有动静，便伸手撩柳笛盖着的被子，被子里边是两个枕头，枕头上戴了一顶帽子，原来是一个假人。杨冰长出了一口气，紧绷着的神经松弛下来，笑着说：“小笛八十多了，还童心不灭，跟我藏猫猫。”

保姆也松了心，纳闷地说：“柳姨到底哪去了？”保姆说着打开了大衣柜，里边满满的都是衣服。

杨冰弯腰看了看床底下，床下什么东西也没有。

保姆说：“我到卫生间看看，你到厨房去找找。”

两个人刚要分头去搜寻，这时柳笛一撩门帘从外边进来，“喵”地叫了一声，说：“我在这里呢！”

杨冰两臂一伸，把柳笛抱起来转了一圈放下来，亲昵地说：“小笛啊，小笛，你八十多了，还跟我藏猫猫、开玩笑。”

柳笛说：“你还记得我们小时候，在我家果树园捉迷藏的事儿吗？”

杨冰说：“怎么能不记得呢，一辈子也忘不了啊！”

柳笛说：“我昨天夜里没睡着，想我们小时候的事儿整整想了一夜。”

8

柳笛和杨冰正在大卧室说着话，保姆进来向柳笛告辞：“柳姨，晚饭我已经按照您说的办法做好了，另外还切了一盘腌萝卜丝，放了香油和醋调拌好了。杨叔来了，有人照顾您，我现在就走啦。”

柳笛忙站起来说：“你吃了晚饭再走吧。”

保姆说：“不用，那边阿姨还等着我过去。您二位都别动了。”她说着转身提了包和简单的行李就开门走了。

柳笛关好房门，上了栓。她回头对杨冰说：“你早就饿了吧，在飞机上吃那么点儿面包点心不顶事儿。今天我准备了你多少年就想吃而没有吃过的好饭食。你自己到厨房去弄吧，端来咱俩一块吃。我实在累了，一点儿劲也没有了。”

杨冰走进厨房，只见桌子上放着一盘腌萝卜丝，他端起来一闻，香喷喷。杨冰掀开灶台的铝锅，箅子上放着两个小玉米窝窝头。他端起箅子，底下是不稀不稠的小米粥。这小米粥不同寻常，有一股沁人心脾的清香。杨冰心想这是什么味啊，这么好闻，这么熟悉啊。他眯起眼来想了多会，啊，想起来了，这是小时候母亲常给自己做的甜疙瘩菜粥啊！杨冰立即盛了两碗，端到外边小餐厅的桌子上，又把那盘咸菜和两个小窝窝头端出来，放在柳笛面前说："小笛，你准备这餐饭下了不少功夫，我真要好好谢谢你呀。"

柳笛说："谢什么，这不过是我的一点儿心意罢了。"

杨冰说："我小时候，一冬一春净吃这种饭，我就是靠吃甜疙瘩菜粥长大的。"

柳笛说："那时候，在咱老家能吃上这种饭还是不错的，有的连糠窝窝都吃不上。"

说话间，杨冰把一碗甜疙瘩菜粥吃完了。他站起来到厨房又盛了一碗，边吃边说："我上大学时，回到咱老家，对母亲说想吃甜疙瘩菜粥，母亲为难地说'咱这里多少年就不种甜疙瘩了'，从那以后，我就没吃过甜疙瘩菜粥了，今天算是解了馋。"

杨冰开始吃饭时有说有笑，后来就不说话了，好似心事重重，过了会竟然掉下了眼泪。柳笛看见了问："冰哥，你怎么难过了？是我哪句话说得不合适，勾起你的伤心事？"

杨冰说："不是你说的哪句话勾起我的伤心事，是今天这顿甜疙瘩菜粥，让我想起母亲的死。"杨冰说到这里，眼泪"啪哒啪哒"掉下来。

那是在六十年代初"三年困难时期"的时候，好不容易熬到这年夏天，杨冰娘可以在地里找到一些野菜，拿到家里用开水焯一下，切切放点儿盐充饥。有一天街上来了一个卖菜籽的，他的小推车上搁着几个小布袋，分别装着一些萝卜籽、蔓菁籽、白菜籽还有甜疙瘩菜籽。杨冰娘知道儿子喜欢吃甜疙瘩菜粥，就从家里拿了五分钱要买甜疙瘩菜籽。卖菜籽的老头用小勺在小布袋里舀了一点儿，用一小块儿纸包上递给杨冰娘，并嘱咐说："您若是在院里种，把籽撒在土里就成，土不要太湿也不要太干。注意不要让鸡吃了，一两天就发芽，把根扎在土里了。"

当时农民还没有自留地，杨冰娘就在院子里用铁锹翻了一小块地，四周插上高粱秸，编成篱笆防止鸡刨。杨冰娘按照卖菜籽的老头儿说的，把甜疙瘩菜籽撒在这一小块地上。两天后甜疙瘩菜籽就冒出小白尖往土里扎，三天后就吐出小绿叶。杨冰娘看着这些小绿叶心里高兴极了，她好似看到了秋后拱土的甜疙瘩菜，看到了希望。杨冰娘想象着春节放寒假时，杨冰回来贪婪地吃着甜疙瘩菜粥，她都忍不住笑了。杨冰娘心里盛不住喜事儿、高兴的事儿，她到街上碰到东家大婶或西家大娘，就拉到家里让人家看看她那刚出土的幼苗，分享她的欢乐和希望。杨冰娘万万想不到，当甜疙瘩菜秧长到尺把高，小甜疙瘩菜正憋足了劲儿往土里钻的时候，来了两三个大队干部，说要"割资本主义尾巴"，不允许在院子里私自种任何东西，转眼间他们就把杨冰娘这一小片甜疙瘩菜苗拔光了。他们不仅拔的是甜疙瘩菜，还同时拔掉了杨冰娘生命中的希望。

从此，杨冰娘一病不起。由于饥饿，杨冰娘本来就身体虚弱，再加上生气，几天滴水不进，多亏西院大婶端汤递水伺候了一个月，老太太才有点起色。

杨冰说到这里哽咽得话都说不出半句，柳笛急忙掏出手绢来给杨冰擦眼泪。

9

柳笛和杨冰吃过晚饭，拾掇清碗筷，两个人坐在卧室的沙发椅上，柳笛长出了一口气说：“累死我了，但我高兴。我唯一歉疚的是不该让你吃甜疙瘩菜粥，勾起你的伤心事。”

杨冰说：“你是一番好意，费了好大劲买来了甜疙瘩菜，我应该感谢你才对。我老了，近些年，我看电视剧、读小说，一感动就掉眼泪。”

柳笛说：“我也是这样，感情比早年脆弱得多。咱不说这些了，昨夜像过电影一样，我们小时候的事，让我想了一夜。放在平时，晚上不到九点我就上床休息了，脑袋一挨枕头就睡着。昨天夜里，越想越精神，你说怪不怪？”

杨冰说：“一点也不怪，有句俗话你忘了，‘人逢喜事精神爽’嘛！还有，现在的事，很快就忘，甚至手里拿着钥匙找钥匙，脑子里想东嘴上却说西，真成了‘心是口非’了。”

柳笛说：“一点也不假，你还记得那年捉迷藏，你捉住我了非要打我不可，我答应长大后嫁给你才饶了我。”

杨冰说：“记得，还记得你爹从此就不让我俩在一起玩了。”

柳笛说：“这都是六十多年以前的事了，人生转眼就是百年，一点儿不假啊！不提这些往事了，提起来光伤心。咱们说现在吧，这是最现在最实际的事儿。”

杨冰问：“你在信上说，让我来给你想想办法，想什么办法？”

柳笛说：“想什么办法，想想我今后的日子怎么过，病如何治。一句话，人生路上这最后一公里怎么走？也许没那么长，还有几十米也说不定。”

杨冰说：“你别那么悲观，我们要有信心活下去，而且争取活得好一些，活得有意义，活得有尊严。”

柳笛说：“你说活得有尊严我非常同意，但要活得有意义我不大理解，我这行将就木之人，如何活得有意义呢?”

杨冰说：“意义是什么，是价值。活得有意义就是活得有价值，不给社会添麻烦，不拖累亲人，让他们放心地、尽心尽力地为社会工作。这是我随机想到的，不一定对。比如你健康长寿了，少吃药，少占用医疗资源，还为许多老人提供了健康长寿的经验，这就是你对社会的贡献，这就是你活在世上的意义。”

柳笛说：“照你这样说，我只要活着就有意义，就有价值。这样的意义和价值，有也罢，无也罢，实在没意思，我也不敢承担。冰哥，谢谢你的夸奖和鼓励啊!”柳笛说完打了一个呵欠，她用双手搓了一下脸。

这个细微的动作，杨冰看到了，他知道柳笛困瞬乏了，便说：“小笛，你有点累，咱早点儿休息吧。”

柳笛说：“我还想与你说会儿话，请你帮我把卫生间的毛巾用热水打湿，我擦把脸。”

杨冰去卫生间把毛巾放在脸盆里，用暖瓶里的热水泡了一下，拧干递给了柳笛。柳笛擦了一下脸，立即精神焕发。她又像十几岁的小姑娘那样有点羞涩地说：“冰哥，今晚我要把憋了几十年的心里话儿说出来，我不怕你笑话，因为是说给你听，我相信你不会告诉别人。即使你告诉了柳絮，她笑话我也罢，说我无耻也罢，骂我下贱也罢。我无所谓也不在乎，因为人死后就没有意识，什么也不知道了。你曾多次说原谅了我，但我不能原谅自己。你那么爱我，怎么我到了W市这个地方，竟鬼迷心窍地嫁给了吴友德。后来我曾想离婚后和你结婚，但你已经结婚了，不可能实现。后来我曾想冲破封建势力的束缚，做你的情人。但你是那样矜持和高洁，在感情上拒绝了我。我现在已经老了，没有当年的激情，身体也不行，有今天没明天。我只有一个要求，希望你今天晚上能和我睡在一张床上，我们年轻时不能做夫妻，老了能否做几天伴。我不勉强你，你若不同意，可以睡在小卧室那张床上去，铺的盖的都有。你自己去拾掇吧，我就不管你了。”

杨冰什么话也没说，他默默走进卫生间，打了半盆凉水又掺上热水，用手试了一下不凉不烫，端到大卧室。他对柳笛说：“脱了袜子，洗洗脚就睡吧。”

10

晚上，关了灯。柳笛愉快地对杨冰说：“几十年来，我都是一个人睡。今天我的身边总算有了一个男人，而且是从童年时代我就非常爱的男人，实现了我一生的美好愿望。今天夜里，我死了也甘心。”

杨冰说：“不要净说这种灰心丧气的话，我们还要健康地活下去，把失去的幸福找回来，把好日子找回来，把一切美好的东西都找回来。”

柳笛说：“那只是美好的愿望，说说而已。冰哥，靠我近一点儿，到我的被窝里来，抱抱我吧。”

杨冰说：“我们这样挨着说话不是很好吗？何必非得在一个被窝里！”

柳笛说："这样说话和在一个被窝里说话不一样！"

杨冰说："有什么不一样？"

柳笛说："不一样就是不一样，我俩在一个被窝里睡，有肌肤之亲。你要知道，我的肌肤饥饿了几十年，它需要亲人的慰藉、爱人的抚摸。"

杨冰说："你这是强词夺理，我没听说'肌肤'还有'饥饿感'。"

柳笛说："我没想到你这大学问家，著书立说的人这么孤陋寡闻，连这点常识都没有。婴幼儿哭闹，是因为他们的肌肤饥饿了，需要有人抚摸，搂抱，以解皮肤饥饿之苦。这时他们的母亲或者其他人把孩子抱起来，他们的肌肤得到了母亲或别人皮肤的抚摸、慰藉，不再'饥饿'，同时又得到了安全感，所以立即就止住了哭闹。"

杨冰被柳笛说动了，他撩开柳笛的被子，把柳笛搂在怀里。柳笛立即激动得说不出一句话来，她用手轻轻抚摸了一下杨冰的背，然后用干瘪的嘴唇吻了一下杨冰的脸颊和双唇，她喃喃地说："抱一抱，亲一亲，我就满足了。今夜是我一生中过得最幸福的一个晚上。我感到自己成了世界上最幸运的人。"

杨冰听了柳笛的话心里也热乎乎的，他热情地吻了柳笛的双唇，柳笛絮絮叨叨的，激动地说："够了，这就足够了。我这个人没有什么远大的理想和抱负。在爱情方面，我要求不高，只希望有一个真心爱我的男人。你过去真心爱过我，我把你丢失了。如今你还爱着我，天赐良机，你又重新回到我的身边了。在亲情方面，我只有一个独生女儿芽芽，我把她当成眼珠子、心尖子，为培养她，我耗尽了心血。但她飞走后就不肯回来了，我虽然伤心也毫无办法。”

杨冰说：“你要想开些，不要为儿女不孝伤心。我记得白居易看到他的邻居刘姓老翁，有一爱子弃叟远去，老人甚是悲痛。白居易就写了一首五言古诗相劝谕。说他家曾住着一对燕子，生了四只小燕。为了喂饱小燕，两只大燕子到处捉小虫累得筋疲力尽。教小燕说话，教他们飞翔，把小燕带大，引到院子里的高树上。四只小燕则举翅远飞，再不回来。白居易最后写了这样几句诗：‘雌雄空中鸣，声尽呼不归。却入空巢里，啁啾终夜悲。燕燕尔勿悲，尔当返自思。思尔为雏日，高飞背母时。当时父母念，今日尔应知。’（见白居易《燕诗示刘叟》）”

柳笛听了说：“这首诗写得很好，不过我当年可没有一翅子远飞，不管父母。”

杨冰说：“这首诗是以燕子比喻人类社会，不是针对哪一个人说的。”

柳笛伤心地说：“难道人类一代一代都是父母跟儿女亲，儿女不跟父母亲，长大后把父母看成负担、累赘？”柳笛停顿了一会儿又说，“我也想明白了。父母若不跟儿女亲，老人不抚养晚辈，人类就不会延续。所以，不只是人类，所有的哺乳类动物都是这样，生下幼崽都护着，辛辛苦苦地喂养大。儿女不跟老人亲，晚辈遗弃老人，人类照样可以繁衍、生生不息。假如老人们生下儿女都遗弃掉，任其冻饿而死，人类早就灭绝了。人的这种本性可能是自然界物竞天择，日久天长形成的吧。我记得一本书上说，‘人就是猴子穿上了衣服’，当时我还想不通，现在我觉得颇有道理，所以我也想通了。是也罢，不是也罢，不去想它了，只要你在我的身边就行，知足了。”柳笛越说声音越细微，不大工夫她就睡着了。

杨冰从五指山匆匆赶来，路途的劳累自不待说，到了柳笛家又不得休息，除了耐心地安慰柳笛之外，还要勤快地伺候她。柳笛睡着后，杨冰也很快进入了梦乡。

尾 声

第二天早上六点多，杨冰起床小解。他感到身边的柳笛身子僵直，他又推了推，柳笛一动不动。杨冰一摸手腕，没有脉搏，他立即给柳笛穿上衣服。这身衣服正是柳笛昨天费了好大劲儿找出来的，也是她最满意的、穿着迎接杨冰的衣服，没想到这身衣服竟成了她的寿衣。

杨冰把柳笛的遗体停放在床上，盖了一个毯子，又把房间打扫干净。这时他才拿起手机给远在美国的芽芽打电话："芽芽，我是舅舅，告诉你一个不幸的消息，昨天，也就是腊月二十六夜里，你母亲平静地去世了。"

芽芽还有点儿不相信，在电话里疑惑地问："舅舅，你怎么知道的？"

杨冰平静地说："昨天我从五指山来到 W 市，夜里我就守在你妈身边。你快回来料理后事吧！"

2017 年 4 月 10 日零时一稿

2018 年 1 月 11 日 6 时终稿

于五指山市"山水绿世界小区"

后 记

这部小说初稿的书名是《我只在乎你》，纯粹是一个缠绵悱恻、曲曲折折的爱情故事。2016 年 7 月间，我回到北京与朋友们聊天时，有个朋友问我：“人生最后一公里如何走，你计划好了没有？”我说：“从来没考虑过。”另一位朋友说：“应该好好想想了，我们都是八十多岁的老人了。”当时我虽然八十有一，但从没有觉得老。

2016 年 8 月中旬，我患着过敏性哮喘和感冒回到五指山，周身乏力，走路两腿酸软。山水绿世界小区的路上有一段不算陡的坡，前几年走这段路根本不当回事儿，如今我竟然上不去了。我努力走到半途，想停下来缓口气，但两腿站立不稳，居然身不由己地倒退下来，而且收不住脚。我意识到这样倒退下去会摔倒的，于是我往旁边跨了两步，抓住了路边的一棵小树，这才站住了。此时我才意识到自己老了，而且衰老得非常快。这时感到生命非常脆弱，说不行就不行。忽然想到前几年有两位朋友，头天还在一起说说笑笑，又唱歌又跳舞，第二天一位突发心梗，另一位突发肺栓塞，竟然阴阳两界。于是，“人生最后一公里如何走”的问题，总在我的头脑中萦绕。在这种情况下，我把书名改成了《最后一公里》，并重新构思了故事情节，着意写了最后两章。

书稿交给出版社之后，编辑提了一些意见，我又做了一次较大的修改。

小说结稿后，我打电话请老领导敢峰写序，他欣然答应，十天后就把序言快递给我。敢峰今年已八十九岁高龄，前年冬天摔了一跤，把腰椎摔折了。所幸敢峰身体好，生命力旺盛。我国的医疗技术进步很快，敢峰在医院治疗后，伤口很快愈合，便出院了。他在家休养不几天，就可以不用人扶持自行下地走动，生活可以自理，仍然在夜间读书，研究“四色定理”。

原教委副主任、国家总督学柳斌，刚做过摘除白内障的手术。我想请他为拙作题词，又怕影响他的视力恢复，便打电话给他，询问身体情况。柳斌在电话里热情地说：“写几个字没关系。”我是星期五晚上给柳斌打的电话，他星期天上午便给我回电话说：“字写好了，寄到哪儿?”

在此，我对这两位挚友表示深深的谢忱。

2018 年 1 月 11 日晨 8 时

于海南五指山市“山水绿世界”